被窝是青春的坟墓

经典纪念版

七堇年——著

四川文艺出版社

图书在版编目（CIP）数据

被窝是青春的坟墓 / 七堇年著 . — 成都：四川文艺出版社，2018.4
ISBN 978-7-5411-4963-4

Ⅰ . ①被… Ⅱ . ①七… Ⅲ . ①随笔—作品集—中国—当代 Ⅳ . ① I267.1

中国版本图书馆 CIP 数据核字（2018）第 070301 号

BEI WO SHI QING CHUN DE FEN MU
被窝是青春的坟墓
七堇年　著

策划出品　磨铁图书
责任编辑　徐　欢　宋　玥
责任校对　汪　平
特约监制　王传先
产品经理　张雪子
特约编辑　李　彤
装帧设计　46 设计

出版发行　四川文艺出版社（成都市槐树街 2 号）
网　　址　www.scwys.com
电　　话　028-86259287（发行部）　028-86259303（编辑部）
传　　真　028-86259306

邮购地址　成都市槐树街 2 号四川文艺出版社邮购部　610031
印　　刷　北京嘉业印刷厂
成品尺寸　146mm × 210mm　1/32
印　　张　10.25　　字　　数　260 千
版　　次　2018 年 5 月第一版　　印　　次　2018 年 5 月第一次印刷
书　　号　ISBN 978-7-5411-4963-4
定　　价　45.00 元

目录

清明

献给那些富含胶原蛋白的夜晚
再版序言

写作者是这样一种职业，需要与生活保持一种恰到好处的距离。太近，会被生活的烟火熏瞎了眼睛；太远，就压根进入不了人间，也看不见世情。

有时候我会思考，为什么偏偏《被窝是青春的坟墓》才是我最受欢迎的一本书。某种程度上，我甚至对它带来的标签和烙印有些介意。

只有到了能和那段日子保持一个“恰到好处的距离”之时，我才能给出一个猜测：可能就是因为书中原始的，真切的，不加修饰的倾诉欲。彻彻底底的，少年人写的少年。

有一部英国的青春片叫作《Submarine》，导演是Richard Ayoade。片子拍得非常美，非常细，很幽默。有这么一个情节我印象深刻：男主角是个15岁中学生，觉得自己是天才，每天神神叨叨喜欢幻想。当时，他暗恋一个女孩儿。但女孩儿的母亲身患癌症，就快要去世了。男孩儿很想关心关心她，安慰一下什么的，又不晓得说什么好，很纠结。

有一次，他看到一本书，说，要给小孩子养一个宠物；这样，当宠物走失或者去世的时候，孩子们会领会到“丧失”的意义，也会对现实生活中的“去世”等事件有免疫，形成心理准备。

男孩儿得到了启发，于是就去把女孩儿的狗狗给弄死了。他觉得，这样，女孩提前体验过“失去”，等到母亲走的时候就不会那么难过了。

这情节简直让我哭笑不得。灰色幽默啊，多么妙，多么丧。这是真正的，少年的心性，少年的逻辑，少年的纯真与恶，少年人才写得出来的东西。

导演兼剧作者已经是个成年人，而对于创作者来说，要写出这么妙，这么幽默的东西，意味着他需要保持着一份跨年龄的天真。

这种“天真”，在充满了房贷、奶粉的庸常生活中，百无一用。但在创作的生涯里，它是关键。

当我后来了解到“无数作家都是靠着早年的倾诉欲，才铺垫起写作生涯端倪”这个常识之后，我才舒了一口气。

倾诉，不难。难的是，然后的事。

今年秋天，我又去了一次云南，在庸俗嘈杂、人山人海的大理古镇中央，下午四点，突然遇到中学生放学。

一片蓝色的校服涌了出来，把整个古镇冲刷成春天的溪流。一个男生高高举着两根烤火腿肠，他旁边的两个小伙伴则跳起来，夺过烤肠，一人一根，抢来就咬，笑着逃跑；他笑着跟了上去，跑远了。

那个场景简直就像在拍青春片。就差导演在旁边喊一声，CUT！很好！再来一条。

我就站在那儿一动不动，看着那些蓝色校服擦过我的肩膀，意识到自己三十岁了。那些明明自己拥有过的场景，变得仿佛从未经历过一样，令人艳羡。

人生也符合熵增原理，不可逆。

我有个老朋友说，有次她去北京五道口办事儿。那儿学生很多，一走出地铁站，到处都是年轻孩子。她深呼吸一口气，大声感慨道："五道口的夜晚！就是胶原蛋白的夜晚！"

哎，想来惭愧，小时候把二十岁以上的女性都喊成阿姨。

我无比感恩，这本书给我的起点。无比感恩我当时遇到的同学们。无比感恩那个当时还自称"小四"的年轻人。

当然，我也感恩我自己的坚持。感恩我曾经怨怼的，苛刻的母亲。

后来就是岁月的套路：长大后的剧情，千篇一律，无非毕业，工作，结婚，生子，奔事业，奔生活。世俗烟火扎扎实实扑面而来，当同龄人的核心议题终于变成学区房、职称或幼儿园哪家强的时候，我才意识到，人生的分野，只在于一个人是否甘心寻常。

好在，物以类聚，人不能抗拒大海的湮没，但可以选择自己的群岛。

我细数了一下我身边的老友：他们关心的，依然是阅读，电影；是事业瓶颈，是下一次旅行。他们惊讶于书本上的福柯理论竟然在现实中得到印证，也还会踏入一些关于极光，大海，骑鲸天上的梦境。

在此，郑重地补充一句："要有最朴素的生活，与最遥远的梦想"，并不是我的句子，而是我当时的好朋友所说的。当我引用到书里来的时候，传播导致了偏差，很多人默认这是我的句子，这让我心生内疚，而我那位好朋友也从未计较过。

大概，唯一一丝自我安慰在于，我和她，都还在实践着这句话吧。

“被窝是青春的坟墓”出处已不可考，据我的记忆，似乎来自我的高中语文老师，也是班主任。他的原话意思是要叫我们千万别赖床，早起读书，好好用功。令人唏嘘的是，这位开明、仁慈、幽默、负责的老师，前几年突然因病去世了。

据说，走之前，他还在骑着自行车……只是平平常常的后一天，就这么倒下了。一切都非常突然。

由此，这本书的名字更多了一份纪念之意。

十年时间，说长很长，说短，也短，拙笔本来不成书，写得多了，也就渐渐成了书。偌大宇宙，生死很薄，人们只是把生死之间的琐事，铺陈得比较厚。

毕竟，院子里的寒花啄雪，你怎知道，那是意味着上一个春天已逝，还是下一个春天未来。

惊蛰

远镇

七堇年。

这是父亲给我取的名字，他说那是因为在他的家乡每年暮春时节会有漫山遍野的三色堇绽放。那种朴素的花朵有着能够弥漫一生的寂静美感。

当我长到能听懂他这些话的年龄的时候，我已经记不清楚他的样子了。唯剩影集里的一张黑白照片，那种边缘上有小锯齿的老照片。母亲说那是我一岁的时候。我看到一张天真无邪的幼儿脸庞，稀疏的毛发，瞳仁深黑而且明亮。父亲抱着我，目光无限深情与严肃，带着拘谨的淡淡笑容。他有着突出的颧骨与瘦削的两腮和下巴。轮廓分明，面若刀砍斧削一般英俊。穿一件洁白的衬衣。很多年之后偶尔翻出来看到，凝视着定格在这张照片上的两张面孔，感到陌生。这些在当时郑重其事的，却在今日早已被遗忘了拍摄目的的旧照片，给我留下轻微叹息。

我知道有些人是无法忘记的，即使在你成长之初他们就已经消失。但是他们被镌刻在你的生命线上，无法磨灭。让我们终其一生为了这些印记做两件事情：怀念或者寻找。

那年春天注定是段糟糕的日子。连绵的阴雨十几天不断。日照开始渐渐变长，天亮的时候听见这个城市开始蠢蠢欲动的各种声音——那时候，生命的每一天都是一模一样的：睁眼看见雪白的天花板，知道自己又离死亡近了一天。厨房里母亲在给我准备早餐，有叮叮当当的声音轻微作响。楼上有人会放帕格尼尼或者柴可夫斯基的弦乐。声音透过墙，变得气若游丝，却格外柔韧。很快我就必须醒来，穿衣洗脸梳头吃饭上学，并且于这机械化的行动中昏昏欲睡。下楼穿过花园，穿过马路，人行道旁边种着常青灌木，图书馆门前许多老人在打太极。上班族神色慵懒地等公车。有和我一样匆忙的孩子驮着书包，像一匹匹骡子。

我是什么时候开始怀疑这一切的真实意义的，我也记不清楚。我只是不愿意将生命浪费在拷贝一样的日子中。盘古乐队在唱：

> 死亡不是最可怕的事，有比死亡更可怕的事。你们每天这样工作生活，就是比死亡更可怕的事。

我们在高三。

每天进教室，会看到有人已经捧着一本封面上印着“题网恢恢，疏而不漏”或者“题海无涯何作舟，某某帮你不用愁”之类字样的参考书在啃。教室里格外拥挤，寒冬时节不开窗，空气格外混浊缺氧，让人觉得仿佛身处一座玻璃囚房。我深知自己将把最美丽的年华埋葬在这里。无可选择。悄无声息。

在数学课最昏昏欲睡的时候，望见窗外的阴霾天色。南方的阴雨天气总是绵延不绝，津台雾锁，目及远处是一排高大乔木在风中微微摇晃。这种时候会想起一些遥远的路，想起父亲。思绪像蚊香一样蜿蜒扩散，触到某个隐忍的伤口，猛地收回来，疼痛不已。四下只剩那满满一黑板的字让人盯到眼睛发酸。

或许我们的生活中，任何事情都不可知。

晚自习开始之前的黄昏，偶尔地，十禾和我会跑到教学楼楼顶上去看日落。幻灭的云霞和微弱的光线，有种世事无常的意味，仿佛目睹一场漫长的落幕。直到晚自习的铃声尖锐响起，她才回过头来，说，走吧，回去了。

此时已经夜幕低垂。偶尔有一两颗明亮的星宿遗落天边，寂静闪光。

3月17日

我发现我无法专注于做任何事情。我想也许真的走不下去了。晴朗的黄昏，堇年陪我一起看落日。血红的云霞，一直延伸到天空深处。遇到不好的天气，她就和我一起站在走廊上，看墨鱼他们打篮球。他打球的样子很好看。但我想他大概永远也不知道我们在看吧。这是一个人的游戏。

心情很好或者很不好的时候，我和堇年在后山的荒草之中奔跑。今天居然在草丛中遇到一条菜花蛇，盘踞在石头后面。我们在那些高草之中躲藏，奔跑，累了就倒在地上喘气，世界安静得只听得见自己狂莽的心跳和呼吸。我们就这样倒下去不起来，看黄昏里的云不知去向，最后只剩一片绛红的天色，无限壮丽。天地广阔到你感觉微不足道；生命短暂，无人问津，与这些丛杂荒芜的野草并无二致。

回家之后，迎接母亲的唠叨。有些话已经听了十八年，像生活的背景音乐。我关上书房的门，一个人在黑暗的房间里踱步，大脑因为疲倦而无法集中精力，于是常常打开窗户透气，坐在窗台上看看夜景。风大的时候，感觉自己被悬挂在二十米高的水泥森林上，有摇摇欲坠的感觉，令人惶恐，产生想放声大吼的欲望——却发不出声音。眼前是夜晚雨后，湿漉漉的城市燃起万家灯火，像一张张急于倾诉的嘴，有多少窗口就有多少故事。

我对自己说，一切都会好的，一切都会好的。

其实也没有那么多时间可以浪费。作业做完总是很晚了，打开书房的门，准备回卧室。发现门前放了一张凳子，上面有一盘水果，一杯牛奶。母亲却早已睡了。

我的母亲在为她勤奋读书的女儿准备水果和夜宵，甚至不忍心打扰她。而事实上我一直坐在窗台上，没有做任何事情。

我望着那些水果和牛奶。一句话也说不出来。

那天语文老师上课的时候复习唐宋诗词。这个年轻的师范毕业生凡事要比那些老教师来得特立独行一些。他说，书写青楼艳遇也是宋词的一大题材，上至欧阳修、苏轼、辛弃疾，下至柳永、晏几道……但我确定宋朝有名词人当中有一位是绝对没有狎过妓的，那就是李清照。

全班响起一阵持续的笑声。

旁边的十禾却毫不理会，在仔细研究一张CD的封套。我感觉拥挤的教室很缺氧，昏昏欲睡，趴在课桌上，听见十禾重复哼着Pink的歌。

Goodbye, the cool world. I'm leaving you today. Goodbye, goodbye, goodbye.

Goodbye, all the people. There is nothing you can say, to make me change my mind, goodbye.

窗外有雨过天晴的迹象。大概终于要放晴。

3月21日

伍尔芙说，生命的内核一片空荡荡，就像一间阁楼上的屋子。

我近日在读她的作品，比如《奥兰多》。我这样喜欢这个天才的灵魂。有湖泊般的深深孤独。她在遗书中最后写道：

“假如还有任何人可以挽救我，那也只有你了。现在一切都离我而去，剩下的只有你的善良。我不能再继续糟蹋你的生命。”

就这样我看到在春日的英格兰乡下，淡淡阳光带着矢车菊的辛香，铺满整间房屋。鹅毛笔与厚厚纸张摩擦，发出轻微的悦耳声响。这个终生在爱与死之间作茧自缚的天才，最后是在精神崩溃、幻听幻想的折磨之中死去的。她在寻找生命的内核，但是只找到一间空屋，盛满了孤独的疾病。

我从语文书的扉页上剪下她的照片。其实看不懂她捉摸不定的意识流风格，但命途亦是捉摸不定的东西。谁都不能看懂。

他们又开始吵架了。我隔着房间听他们激烈争论。

我的天。

四月。清明。原本雨纷纷的时节，天气竟然放晴。多日不见的和煦阳光格外珍贵，天空呈淡蓝色，云朵一丝丝凝固。不知从什么地方飞起的风筝，远远地望着我们。那个晚晴的黄昏，被云霞拉得无限漫长，优美得像穿越指间的一场电影。夜幕初临，纯净的深蓝色在暗红的霞晖中，渐渐显影成形。这是人间四月天，春晓烟花的季节。时间依然是不紧不慢地流逝，却像极了一群沉默的暴徒渐渐逼近，让我有一种手无寸铁的慌张：决斗的末日就要到了。

等我们慢吞吞地走进灯光煞白的教室，大家早已在埋头刻苦攻书做题了。班主任站在门口，看着我们俩不情不愿的样子，像赶两只不想回羊圈的小羔子似的，一边叹气一边在我们的背上拍了几下。她的新口号是什么来着，对了："只要学不死，就往死里学。"跟别的口号不同，每个人都在嘴上反抗，却在行动上响应。

终于结束自习回到家里，一如平常：洗澡，看书，在六十瓦的台灯下做题。被一道数学题卡住，心情烦躁，于是起身，吃母亲送来的水果，喝牛奶。回到桌前，读了一小段闲书，企图安抚身心，结果却是更加令人烦躁。此时已经夜深。大概是因为有云，星辰很少。楼上的大提琴声隐约传来，脆弱而拘谨，断断续续，如泣如诉。大约拉琴的人性情克制而且孤独。

放弃令人头痛的卷子，就着琴声入眠。

一天又过去了。

我开始知道生命的脆弱，也是从这个万劫不复的季节开始。

晚自习复习到"布拉格之春"的时候，闷热的天气骤变，黑色的云层压下来，天边是惨白的亮，一场暴雨在即。坐在窗边，冷风灌进单薄的衣服，豆大的雨点掷地有声，淋漓痛快，让人产生想冲出去的欲望。下课的时候，十禾拉着我的手冲下楼去，跑进大雨中，天色大暗，雨滴沿着她光洁的面孔下滑，头发湿透，每一丝碎发都伏帖地粘在额前。她踩着积水跑了很远，张开双臂在大雨中站定。

她的背影有种让人不忍打扰的孤独，令人怜悯。

一个人回到教室，刚进门，突然停电。整个教学楼顿时人声大哗，教室里乱作一团。黑暗中的鼎沸，几乎掀翻屋顶。班长站起来维持纪律，大声喊，安静！安静！——只是没人理他。

直到班主任走上讲台，大家才收敛了放肆，安静下来，黑暗中窸窸窣窣地摸索着，站定。“今天停电，提前放学回家，路上注意安全，回家不要偷懒，继续用功！”布置完，班主任转身走了。

“真希望一直停电停到高考，一了百了……”背后一个女生懒懒地说。我笑笑，收拾东西准备回去。

阵雨刚停，空气清透如洗，弥漫着雨水和植物的辛香。我在黑暗的校园中搜寻十禾的身影，却没有见到她。

怎么也没有想到，我差点再也见不到她。

真是个万劫不复的四月：大约是春天太美好，连诗人都走失在这样的季节——第二天早上十禾没有来。我盯着她的座位正在发愣，突然间班主任冲到我面前来：“出事了，你知道吗？她没对你说什么吗？！你怎么不告诉大人？你们这是为什么……”班主任急匆匆地转身走了，我感觉心被击中，却找不到枪手，像个失魂的木偶一样跟着她走了出去。

到了十禾的家里。她的父亲在客厅里抽烟，神色极其烦躁。像一头被重创的兽，奄奄一息地隐忍着暴烈。她母亲对我们说，六点的时候叫她起床没有回应，去喊她的时候房门又反锁，屋内没有声音。他们很恐慌，撬开了门，看见她这样睡着，怎么也叫不醒。家里的安定药瓶已经空了。

我站在十禾旁边，凝视这个沉睡的婴孩——她好像就这样沉睡了十七年。

十禾的母亲几乎崩溃，她喊：“你怎么能这么任性？！”

4月7日

母亲：谢谢你养育我这么多年。只是我们彼此都这么累，真的没有必要再勉强了。你对我说，“我真是一念之差生下你，一念之差！”的时候，我瞬间感到我终于失去最后一个值得坚持下去的理由，竟痛得释然了。希望没有我以后，你可以拥有如你所愿的生活，我们都不再会是彼此的负担。我真的不希望你是因为我，而没法好好对自己，并且又为此心怀怨恨。我也觉得，我的存在是个错。

父亲：我不知道为什么你和母亲之间总是有吵不完的架，希望我的离开能够使你们都原谅彼此。

堇年：我不求你理解我这样做的原因，这个解释我就欠着吧，来生再还你。只是我真的疲倦极了。想去休息一下，长长地去休息一下。你要好好的。好好地过下去。

很久以后，在漫长的旅途之中我反复回忆她这段话。她善良得多么孤独，这个世界真的不适合她。但我知道她不会就这样离开。肯定不会。大概许多年过去之后，我们现在所感受到的痛苦会因生命的通货膨胀而贬值得无足挂齿。可是现在，活在当下的我，只想问问她：

在她决定离开这个世界的时候，心里想到的是什么？

后来我们把十禾送去医院，医生说，已经在药效峰期，洗胃也无济于事。过度的神经中枢抑制会出现什么后果依病人自身状况决定，我们也不知道。只有等。如果幸运，四十八小时能够醒来，如果没有醒来，那么我们也无能为力。请谅解。

我轻轻抚摩着她安静的睡容。或许我将再也看不到她，这不是不可能。于是我想在此刻铭记她的容颜。永远。铭刻在我的记忆里。

二诊刚过，我不知怎么考得一塌糊涂。高考已经非常迫近，我只觉得心灰意懒。我想，高三最痛苦的，其实不仅仅是读书做题本身；而是周遭的同学、老师、家长……带来的巨大压力和无形磁场，让你感到你完全无路可走：少看一分钟书都是错，多睡一分钟都该死。

可是要我怎么心无旁骛呢？在教室里，只要一看见旁边空着的十禾的座位，我便觉得心慌如焚，完全看不进去书。回到家里，母亲忧郁地看着我一夜夜无法入睡，束手无策。她的担忧和忍耐我十分清楚。生命开始被拖进黑暗的迷宫之中，我感觉自己对所谓前途，所谓高考，已经没有任何期望。

“堇年，我担心你。你这样下去必然毁了你自己。”

我反锁房门，躺在床上望着天花板。听见门后面传来母亲的声音。此时是凌晨一点。

“……行，你可以不开门。你听我说。我一个人拉扯你这个孩子，其中辛苦，你长大后才会明白。我只是想你能自己对得起自己。我这几十年是真正见过悲欢离合的过来人，我不可能看你这样去走弯路。这些是你听腻了的空话，只有等你自己体验到冷暖炎凉的时候你才会醒悟。就像我当初一样。”

我轻轻起来，打开门，是母亲憔悴的面容。彼此对视，我忽然心中一阵酸。

我不是不知道，每个夜晚，母亲犹犹豫豫地站在门外，听我的动静，劝我早点睡觉；夜里过来看我是否掀了被子，怕我着凉。毕竟这些日子我几乎总是彻夜失眠，听见母亲起床并走过来，我立即关灯，闭上眼睛装作沉睡。

我能够感到母亲轻轻抚摩我的脸，为我拉好被子，偶尔自顾自说一些令我锥心般难受的话。她起身回主卧室，我却每每忍不住钻进被窝里哭，但一丝声音也没有。那天大概是想着心事没有关灯，被母亲察觉。

我紧紧抱着母亲，分明感到汹涌的泪水自胸腔底部奔涌出来。自父亲离开之后，母亲独自带着我与岁月世事周旋，日渐坚忍。多年不见她的眼泪，只见她以我成长的速度迅疾衰老。

二诊过后母亲看到我一塌糊涂的成绩，起初会失去控制地骂我，像小时候偷懒不练琴被她发觉过后遭痛打那样，后来她渐渐不了。我想那是她对我放弃希望了罢。班主任总是找个别同学单独谈话，我自然逃不脱。那日她找到我，从晚自习开始一直谈到下晚自习之后，也正好是十禾出事之后不久。我情绪极不稳定，对班主任的态度不算恭敬。可是她很和气，是长辈的姿态。她问我有什么打算，我反问她，你说我有什么打算？我能有什么打算？我一进教室看见那些不要命的“学霸”，我真想吐。我真没骗您。我一看书就气紧。你说我怎么办？你以为我不想好啊。

说到后来我简直泣不成声。我以为照她的脾气肯定一个耳光给我抽过来，但是她特别镇静地听我说完，她说，都骂出来，都骂出来，骂出来你就好多了……我知道你心里没别的，你就是积郁太久……好了，没事了……

那晚班主任特意送我回家，怕太晚不安全。她在车上轻轻抚摩我的头，说：“你这孩子，什么都好，只是……太犟了。”

我心中其实充满感激，可是不知怎么表达，只能窘迫地将头转过去，看车窗外的夜色一闪而逝。

回到家的时候，我推开虚掩的门，母亲坐在黑暗的客厅中，坐成一帧静默的剪影。良久之后，我说，妈，我回来了。

母亲扭亮灯，我看清她松散的发髻。她说，厨房里有热牛奶，喝了快去洗澡。该睡了。

我说，好。

然后转身进厨房。眼泪一下子就落了下来。

十禾醒来的那天，我去医院看她。她几天未进食，脸上苍白没有血色。她说，脚一沾地就头昏，完全站不稳。趁着她父母出去了，我在床边坐下来。突然找不到话说。几日不见，仿佛隔了很多年一样。我们看着窗外一点点沉下去的天色，彼此之间静得听得到呼吸。

> 我尚且还知道你是谁。也知道我们过去必定非常亲密，有过许多事情。因为看到你我觉得熟悉。可是我们过去具体有些什么事，我已经不怎么想得起来。真的。那天早上我昏迷之中感到人们拉我，使劲推搡，最后被拖下床，我知道我的头撞在床头柜的棱角上，却不疼痛。这些是母亲告诉我我才想起来的。
>
> 毫无知觉地沉睡。我感觉到我的灵魂浮在身体上面，贴着天花板，几乎能够俯视一屋子的人，推打我的身体，非常用力。他们还在骂。但我什么也听不到，感觉不到。真是濒死的体验。

我的痛苦消失了。而痛苦的不存在，竟然让我如此地不适应。本来以为抹去记忆是一件美好的事情。而现在觉得，它比背负记忆还要令人手足无措。

那天整个病房里十禾一个人在说话。她的目光一直落在窗户外面。我就这么一直听她说。她似乎是想把她还记得的话都要说完似的……

其实我想，她大概已经不太记得所有的“我们”了。她不会知道这些日子以来，我们一起看过的长长的落日，不记得荒草地里我们奔跑过后的急促呼吸，不记得那一场停电之前的大雨。

我有种我失去她了的感觉。

康复之后，她没能如我希望的那样回到学校，反而退了学。

我伤心得好像在硝烟弥漫震耳欲聋的战壕里，刚刚痛失一位战友。她真的就这么走了，留下我一个人，要我好好地过下去。好好的。

她的母亲来学校收拾东西。我帮她把十禾的书一本一本摞好。伯母对我说谢谢。我看着她吃力地提着一大袋书，忍不住上前说：“伯母，需要我帮你吗？”她看着我，说：“谢谢。不用。你快回去上课。”

过了一会儿，伯母又犹豫地说：“十禾的……日记……在你那里吧？替我们保存好。十禾对我们说过，只有你才从来没有让她失望过。她是真的很喜欢你。我替她谢你了。”

连书本都清空了之后，旁边就真的只剩下空荡荡的座位了。

“要好好的。好好地过下去。”

到了三诊。有时候做题做累了，困倦之中一抬头，看到钴蓝色的天幕沉沉落下。目光很久都收不回来。我知道，再没有另外一个人陪我一起看落日了。

在故去的黄昏里，母亲拉着我的手在长满苜蓿和青荚的小径上散步。夏日清朗的空气中弥漫着植物辛辣饱和的香气。夜色极处出现清浅的银河。星辰以溪涧在流泻中突然静止的写意姿态凝固。缥缈似一切孩童梦境中的忘乡。

那是十年以前空气污染并不严重且我的视力没有被书本腐蚀的时候。能够清晰辨认出天狼星的时候。现在的我，戴着啤酒瓶底一样厚的眼镜，用力抄写黑板上满满的复习提纲，真希望自己盲掉。我常常想，为什么必须得这样呢？我，你，我们所有的人，在最美好的青春时光里，困于明知以后不会再碰的书本、习题与考试，一片黑压压的人头，顺从于指挥棒的奴役——无人质疑的事，是最可怕的事。

当然……像我这样把时间和心思花在质疑这一切和抵触这一切上面，总没有什么好的结果；而不好的结果，更加令我质疑和抵触这一切。这样的恶性循环，总是能在开完家长会的时候酝酿到极致。

那天，母亲回家来已经是一张冷若冰霜的脸。家里气氛一下子变得不寒而栗。她看着我，然后抖着手把那张成绩单扔到我的脸上。

“我对你，真的仁至义尽了。你知道你都干了些什么吗？你就这样伤害我吗？”然后她一脚踹在我的胫骨上。一阵剧痛。良久的对峙之后，母亲见我又犟着不说话，一个耳光抽过来，一阵耳鸣。我最终还是说：“行了，妈妈，你别打了……你别打了……我是你女儿……你别打了……”

记忆中自父亲离开之后，很长一段时间母亲情绪很坏。那时我不过七岁，放学很早，回家之后见到她烦躁的表情，就小心翼翼地去淘米、洗菜。不敢出一点纰漏。不敢看电视。不敢听音乐，哪怕是古典钢琴。不敢说话。任何一点噪音都会令她烦躁，呵斥我关掉。

安静。只需要安静。这是我孩提时代非常深刻的印象。以致在我长大之后，依然对嘈杂与人多的环境充满恐惧和警惕。

那时家附近是长庚宫的遗址。某日黄昏，松柏苍郁的碑林。她突然对我说："如果以后妈妈又莫名其妙骂你，打你，你就对妈妈说，妈妈我是你女儿。一定要记着提醒妈妈，记住了吗？妈妈情绪不好……有些事情真的对不住你……你要原谅……"

母亲说着说着开始流泪。隐忍地，言不由衷地抽泣。我惊慌失措。那年我仅仅七岁。后来我才知道，成人世界的游戏比我们想象的复杂。太多事她独自背负多年，无人分担。人事音书，亦不过是冷漠。

我不知道孩子与成人的交界处，有多少东西握在自己手中。

父亲在我两岁的时候去了北疆的油田。那个遥远的地方叫作库尔勒。母亲每个月总会花某个下午的时间握着我的小手写信给父亲。新疆库尔勒。这是三岁的时候就熟稔的字。幼儿园的阿姨惊叹一个幼童能写出这么复杂的字。

小学拿到第一个一百分的时候，收到父亲送我的一整套精美的俄国进口制图仪器。包括千分位精确度的游标卡尺和好几种专业圆规、矩规。镀银的仪器镶在带有凹形槽的天鹅绒盒子里，有着厚实非凡的意味。母亲笑父亲完全不讲实际，把这样的礼物送给一年级的孩子。而十多年后，这份郑重其事的礼物，突然让我在高中立体几何的课堂里，感到了一个父亲的朴拙的爱。

每个月母亲会带我去邮局打长途。在那个时代，通信的落后不曾阻挠人们渴望亲近的愿望，与今日拿着手机却不敢接电话的城市病形成鲜明对比。那个讲东北话的接线员已经能够听辨得出我的声音，总是热情地跑很远去叫我的父亲。听筒里，父亲的声音从千里之外传来，带着颤抖的杂音，我总是乖巧地大声喊，爸爸，好好注意身体。我和妈妈都想念你！

父亲后来对我说过，每次听到我的声音，他总是潸然泪下。

生命中有爱，是我们坚持走下去的全部意义所在。路途中一瞬间的爱，竟然赚取了我们去活一生，对那一瞬间的甜蜜之后庞大而又隐遁的苦难甘之如饴。

然而由于长期的距离和隔膜，我已经完全不习惯任何一个除了母亲以外的人以任何形式走进我的生活。每次父亲回来，都对我感到失望，因为现实中的我并不像电话里面那样温顺乖巧。我总是躲在母亲后面，不与他亲昵。

大约由于我的原因，父母的争吵多了起来。这些是在我长大之后才渐渐明白的事情。因为长期分离，他们彼此迥异的生活和性格，连磨合的机会都没有，各自怀着种种内心艰难，给彼此带来痛苦——尽管他们是我见过的世上最为善良和勤劳的人。

人总是难免因为孤独和软弱而希望对方多体贴和抚慰自己，但是忽略了彼此共有的性格缺陷，且忘记了给予的前提。加之我又是一个受家庭负面影响深重的孩子，一条不够有力的纽带，所以后来，本来很难得的探亲假变成了家里最吵闹的时候。

我记得过错仍然是我的。那次父亲好不容易得到探亲假的机会回来。晚上我洗澡，父亲坚持要进来给我冲热水，擦背。虽然我明白那是父亲在尝试融解我们之间的生分，但是我们确实相隔天涯多年，他的形式笨拙的关爱，令原本就与他生分的我，更加无法接受。他想进来，我不让，最后他略带愠怒地推门进来，我忽然感到非常羞耻，冲动地挥舞着毛巾，蛮横地赶他出去。

父亲脸上有不可置信的失望。因为我甚至失手用毛巾抽到了他的脸。

那天晚上我沉睡之中突然醒来。听见隔壁在吵架。父亲责怪母亲没有教育好我，母亲则委屈而愤怒地指责他不体谅一个女人含辛茹苦养孩子何等艰难。

我躲在自己的小房间里，蜷起身体钻进被窝。努力不让自己再听见什么。我知道自己犯了大错。眼泪流下来，枕头湿了，被子也湿了。后来不知不觉睡过去，梦中依稀可见清朗的夏季夜空，绵亘的星河璀璨。我甚至听得到母亲教我唱的歌。

> 长亭外，古道边，芳草碧连天。晚风拂柳笛声残，夕阳山外山。

这曲悲歌伴我度过凛冽的年纪，像一个熟稔的背影，在离途上顾盼不舍。

第二天醒来，见母亲已经坐在我的床边。眼睛红肿。

爸爸呢?

爸爸走了。他生气了。

妈妈，我错了。

没有，不关你的事。这是大人的事情。不怪你。你只要听话，妈妈活着就有盼头。懂不懂，啊？……什么时候你才能长大……

然后我不敢再说话。母亲泣不成声。

第二天，父亲中午突然回来。进门之后开始沉默地收拾东西。他简直忽略我的存在。收拾了三个黑色的大提箱，然后直起身子，定定地看着我。

以后听你妈的话。跟她好好过。懂事点，别给你妈找麻烦。

然后他抚摩我的头。目光无限深情与严肃。似要落泪，亦有所期冀——我最终没有像别的孩子那样哭喊着那句“爸爸你不要走……”

我甚至咬牙不准自己哭。

我的这个家庭，每个人都是善良至诚的，却有着固执与强硬的性格，从来不善表达。困于爱彼此，却让彼此感受不到爱的怪圈。由于表达的障碍，一直缺少温情。

这么多年我一直在后悔，如果当初我说爸爸你不要走，我求求你了，结局或许不是如此。但是这又有什么不同呢？

父亲真的走了。在我成年之前，这竟然就是我最后一次见他。

母亲从法院回来，餐桌上，昏黄的灯光映着她极其惨然的面容。亦是从那天起，我察觉到了母亲的迅疾衰老。她说，今后就和你妈妈过。要乖。

我的喉咙哽得厉害，勉强发出含混的声音算是回答。然后把头埋进饭碗里，眼泪一下子就被热气蒸干了。

这一年，我七岁。

在应该被宠溺的年纪，我就开始懂得并做到自立自知。被所有师长称赞为善解人意、成熟懂事的好孩子。我总是很厌恶听这些话。因为成为这样的孩子，并非我愿意。

有些事情，是凹凸有致的碑铭。关于爱或者恨。如同暮春时节漫山遍野的山花烂漫，在无人的寂静中生长，蔓延，凋谢。在我懂事之后，分明地察觉到了这些印记在我生命中产生的支配性力量。我已经在性格中暴露出明显的父辈的特征。血脉为缘。岁月为鉴。

这年。我十七岁。

三诊的成绩给我母亲很大的刺激。她不再对我抱有太大期望。拿成绩那天晚上，我们就这样僵持，母亲一直发火。直到十二点。后来我躺在床上思考我的出路：如果质疑当下，那该怎么安排自己的生活。三点的时候我头脑清醒至极，起来想喝杯水。发现母亲坐在客厅。我轻轻扭亮立式台灯，在她身边坐下。

已经很多年，我们不曾面对面进行一次冷静而认真的谈话。

妈。我不想再读下去了。

良久，她说，那你想怎么办?

妈。这些日子我老是想起小时候的事情。以前你每天带我去学院的后山散步。也想爸。我整整十年没有见过他。我想去见他。我觉得我从来就没有让你满意过。不管我觉得自己已经多么努力。你和爸一直都很自负。我也觉得，我和你们一样，刚愎自用。这不算什么优点，可至少我从来不会怀疑自己的才华与头脑。即便是现在。

她没有什么反应，只是静静听着。

我继续说，我觉得你太累，我也累。我不想在这里待下去。十禾的事，你是知道的……我都快成年了。想出去走走。不是什么闯荡。我对那些东西没有野心。只是想去旅行。

母亲没有说一个字。我们这样沉默地在黑暗中静静坐着。竟然直到天亮。

最后母亲对我说，以前只希望你不要走弯路。可是你不自己去走，怎么知道什么是弯路。你自己挑的，以后自己承担。我已经懒得再管。好自为之。但你需要清楚生活是这样现实。你可以去旅行。但是以后，你自己维持生计。

五月。阳光充沛。每一场大雨过后，空气就无限清朗。夜晚阒静的街道，隐约有着树叶遁走的声音。

就这样我开始漫长的旅行。去北疆。去有父亲的地方。临走的前夜，我又听见楼上抑扬的大提琴声。断断续续。于是我起身上楼，轻轻敲门。琴声戛然而止。之后打开门，隔着防暴链条，一个轮椅上的男子，手里还拿着琴弓，疑惑地看着我。

你是谁？什么事？

我突然不知道该怎么回答。

我说，你的琴拉得很好。

……再见。

然后我匆匆跑下楼。

翌日，天尚未亮。我背起沉重的巨大行囊，与母亲道别。

天亮之后阳光非常强烈。挤在人群中，竟微微无力而晕眩。在拥挤简陋的月台上等待，终于上了火车。在轰鸣的铁轨上飞驰。风声过耳。我庆幸地知道，生活与理想十几年的分野终于在今日弥合。

我从车窗外回望。铁轨消失在地平线。与家渐行渐远。心中突然有孤独和恐惧感。我赴往未卜的前途与叵测的命运，像一个渴望重生的囚徒，将年华和记忆弃之彼岸。

沿宝成线至宝鸡，一路上都是大陆腹地单调的景致。深夜睡在窄小的铺位上，感受车轮与铁轨之间规律地震动。车厢有昏暗的脚灯。睡我上铺的那个女子整宿坐在车窗旁的简易座位上，望着窗外。微弱灯光使她看起来格外忧郁，模糊的容颜上覆满爱情的灰烬。

那夜是漫长旅途的第一夜。我几乎一夜未眠。狭窄而陌生的车厢里，有此起彼伏的鼾声。坐在窗前的女子纹丝不动，我猜测着，她如何对生活充满原谅和默许。有时候沿着一个陌生人的生命脉络向深处追溯，就清晰地感到每个人灵魂深处的雷同。

想起十禾明媚的面容。怀念如轻风徐徐而来，又如花朵，次第绽放。

清晨车厢里非常安静。那个女子开始收拾行李，似乎要下车。我注视着她有条不紊地清理衣物、食物、水果刀，装进行李箱；收拾完之后，坐在我下面的铺位上。喝一杯水。继续看一本陈旧的书。

我关注她的热情，简直如同经历一场爱情。直到她的背影消失在简陋的小站月台，我才回过头来，闭上眼睛。

在宝鸡换车，上兰新线。一路上单调的戈壁。见到了胡杨。苍茫的戈壁绵延至地平线，然后轰然沉入落日的余晖。漫长无尽。时光开始渐渐静止下来。

到达库尔勒的时候是早上，日光充沛。我下车，觉得非常疲倦。在小街上找了一家旅店。脏而且乱，走廊尽头的公共厕所散发出强烈臭味。我犹豫了很久，不得不走进去，找老板订房间。那个中年妇女看着我说，就你一个人？我说是。说完就后悔，可能不该告诉这样的信息给陌生人。但也许是我多虑了，很快我就发现她的意图仅仅是为了将我安排在一个只有女客人住的房间。

这个旅馆其他的房间都是男女混住，五湖四海，大多是来探亲。我想将背囊放下，转念想想，觉得不安全。于是又背起来，决定找个地方吃饭。

饭馆里的菜非常咸。努力使自己吃饱，以便有力气走路。回到房间，我问老板怎样才能去库尔勒石油大队，老板说很远，最好到城西的远程车站去搭车。

在库尔勒住了一夜。因为疲倦，我竟然睡得很沉。睡眠中却不忘紧紧抱着背囊。早晨吃了点干粮，决定去找车。还未到车站的时候，我看见街边停着一辆东风大卡车。驾驶室的车门上印有拱形的“新疆库尔勒石油大队　0537”字样。于是我走过去找那个在车上打盹的司机。

门打开。我看到那个司机有着一张惊人的英俊面孔，典型的维吾尔族男子。面颊的轮廓优美，如同海岸线。古铜的肤色，有黑色的鬈发，浓眉深入鬓角。眼神落拓直白。这是一张诱人的面孔。

你会汉语吗，师傅？

什么事？他说。

你是石油大队的司机吗？你的车什么时候回去？我想搭你的车去大队，可以给钱。

他问，你为什么要去那里？

我父亲在那里。

你父亲是谁？

就这样我坐上了他的车，他告诉我他和我父亲是故交。我心中高兴了一瞬，然后突然就恐惧起来，这些和拐骗人口的报告文学中一模一样的情节，让我后悔不该这样随便搭人的车。但是我更不知道现在该怎么说又不坐他的车了。于是我想，如果他是恶人，我又有意上当，那么这是命中注定的事情。

上车之后他说他去买包烟，马上就可以走。我看着他下车去对面的杂货铺。发现他非常高，偏瘦。这个男子骨节接榫处明显凸起。穿浅灰的卡其布夹克。我不得不承认他的笑容这样迷人。

开出市区，驶上柏油马路。开始时沿街还有杂货摊或者简陋砖房，见得到蓬头垢面的异族妇女抱着小孩无所事事地坐在路边，或者戴着厚帽子的老人在抽旱烟。不久之后便开始进入荒凉的路途，人烟稀少，大路坦荡。

已近暮春，西域干旱。焦灼的土地尘土飞扬，气温却很低。干冷而且风大，使人真有风尘仆仆的感觉，进而确信自己在路上的真切体验，疏离了城市中精致安稳的平淡生活。一个月前尚在灯光煞白的教室里做模拟考卷的记忆简直恍若隔世。生命进入一种本质状态，并将以不断告别和相遇的方式继续下去。

我遥望着黑色的柏油马路延至大地尽头。胸中似乎有烈风掠过一般急切。我想起一部叫《振荡器》的日本电影。其中有个抑郁的女作家登上了一个陌生男子的卡车。但就此过早死去。我想，要后悔也迟了，不如先享受这一路吧。

旁边这个不停抽烟的维吾尔男子，我几乎爱上了他的面孔。对他那张面孔之下的故事充满了天真的好奇。我陡然发现自己原来依然停留在可以幻想的年龄。真好。

什么时候可以到？

太阳落山之前吧。

我们已经坐了多久的车？

大概才四个小时。

不久他将车停在马路边上，说吃点东西再上路。我立刻紧张起来。看见他跳下车，从遮着绿帆布的车斗里找出一个箱子。打开来，里面是军用水壶和新疆最常见的馕饼。他分给我两个饼和一壶水。我说谢谢。

因为怕上厕所，所以我不敢喝水。勉强咽下半个干硬的馕。手里拿着剩下的，不知所措。

不喜欢吃?

不是，我吃饱了。

饱了？那么给我。

我递给他，然后他大口大口咀嚼，像个孩子一样。

他站在路边抽烟，我在副驾的位置上观察他不经意之间的各种小动作：用大拇指和食指夹烟，猛吸。是个落魄而且拘谨的抽烟姿势。也许他并不是有良好习惯的干净的人，但他的生活里应该有许多的女人，凭他这张几乎是原罪一般的英俊面孔。但他也许只不过是想要一个温柔贤淑的妻子，再偶尔邂逅某个目光热辣的维吾尔女孩。他的生活肯定充满各种纠缠。

我暗自笑自己不着边际的猜度。

如果不是远行，怎么会了解远方陌生而绮丽的生命轨迹。当你蜗居在城市里，为着尚不可知的未来奋笔疾书的时候，远方的人们，他们在做什么？他们或许正在梦乡，在清真寺祷告，在中东的战场上包扎伤口，在北极圈的冰天雪地里等一场极光，在守候着垂死的亲人，在部落里面接受男孩的成年礼，在蔷薇盛开的小巷里吻别……世界这么大，我们互相等待，等待着有一天以过客的身份出现在某时某地，装点自己的旅行，装点别人的风景。

真是局诡异的棋。

整个下午我昏昏欲睡。车上有浓烈的烟草味道。醒来的时候看见大漠的黄昏。比我和十禾在教学楼上看到的要开阔与壮丽得多。在遥远的地平线上，金色的光线凝集并与天相接。天空之中已见稀疏星辰。黑色巨大的鸟在盘旋，不祥而忧郁。

目及之处落满父亲的气息。

司机已经开了十多个小时的车了。新疆与家乡城市已经有明显的时差。天黑得非常晚。晚上九点半，黄昏正浓。

我问他还需要多少时间？他说，不要着急。应该很快。你可以睡一下。醒来就到了。

觉得他应该是个善良的人，从他平淡镇定的语气来看，让人非常踏实。我再次睡过去，颠簸的时候梦境就被骤然打断。

天色渐晚的时候，他叫醒我，说，看，到矿区了。透过挡风玻璃我眺望，看见不远处矮小的砖房，沿着大路排列。再往前，见到一盒盒被废弃的铁皮屋，像是集装箱那样，已经锈迹斑斑。都是以前石油工作者住的地方。我父亲也住这样的铁皮屋，冬天很冷，夏天很热。

很快我们见到了人影，司机和他们打招呼，用我听不懂的维吾尔族语言。

半个小时后，卡车已经开进了车队。他说他要把车停到库里去，于是让我下车。他告诉我，你父亲在第四中队，从这里可以一路问过去，这里的人们都很熟。我对他说谢谢，他明朗地笑起来。自然而且直白。忽然他说，以前队长经常收到你们母女的音讯，怎么后来都没有了呢？大家还吃过你们母女送给队长的柑橘呢。他无意问，我却感到难过。我什么也没有说，只是道再见。

看见他爬上货车斗去卸货物，矫健如同翻墙逃学的快乐少年。真让人难忘。

我终于找到了父亲的住所。和父亲信中提过的那样，不过是间小铁皮屋，正面和背面各有一扇小窗。没有开灯，里面也没有人。于是我在小屋前面的空地上坐下来。静静等待。

彼时天已经完全黑了。塞外的夜空非常纯净。是纯正的暗蓝，有絮状的缥缈云丝。我从未见过这样多的繁星。依稀记得幼年的夏夜，父母带我在学院后山乘凉时，偶尔得以见到这样星光坠落的夜晚。银河泻影，树荫满地。影子随习习凉风微微变幻。古老而神秘。耳畔有亲切的童谣。那些跳跃的小调，似故土长出的藤蔓，缠绕在我的血肉里，屈曲盘旋并不断沉淀，析出时光的叹息。那时母亲常对我讲欧·亨利的短篇。印象深刻的有《最后一片藤叶》。父亲时常教我辨认天空中的各种星座。这些事件是这样真实具体地存在过，但回忆起来的时候，像是在羡慕一件自己没有得到过的礼物。

是什么时候，我们就倏忽而过这样的纯白年代。

就这样我终于等来了父亲。

我看见他从黑暗处走来，如同偶尔梦境之中的情形。我知道那一定是他。我甚至如此熟悉他走路时漫不经心的姿势。丝毫没有改变。渐渐走近的时候，我又见到了他的面孔。在阔别了整整十年之后。

这张面孔时而会在某个混乱的梦境中闪过。我深知它从未离去。想念是一种仪式。真正的记忆是与生俱来的。父亲更瘦了。他的面孔有明显衰老的痕迹。棱角更加突出。眉目之间有着经历孤独之后的隐忍。他穿着工作制服，异常诧异地看着我。

我们对视很久没有说话。然后我突然就掉泪。胸中有巨大的隐痛喷薄而出。

我喊他。爸。我来看你。

父亲难以置信地慢慢走近，蹲下，凝视我的脸。伸出手抚摩我凌乱的头发。小心翼翼似乎是在为一件脆弱的瓷器拭去灰尘。我已经与他近在咫尺，却怀疑这一切的真实。这是十年前离开我的父亲，这个善良的、爱我的父亲。他本来有着与天下一切初为人父的男子那样沉重的爱，但是生活令他变成另外一种模样，他最后选择告别。

我看见他眼睛里闪动的光。他说，你怎么一个人来。你妈呢？

我说，我一个人来，你不高兴吗？话到这里，我已经泣不成声。

父亲牵我起来，我发现自己已经与他一样高了。他亦激动地说，你都长这么大了。

我分明看到我们之间长久的隔阂之后已经完全疏离的感情。感情虽然愈见深刻，但是表达的障碍却前所未有地深重。我完好地继承了他们的性格。我们没有抱在一起痛哭，没有讲不完的话。我们十年之后的重逢，平淡得仿佛只是一个假期之后的相聚。

父亲说，进来吧。我闷声答应。

他拉了灯绳，六十瓦的电灯下，我看清了这个简陋的住所。父亲就是在这里度过了十年漫漫岁月，厮守着西域大漠里日复一日的熹微黎明和沉沉落日。在这背后，隐忍了怎样庞大的绝望和妥协。我非常心疼。

父亲问我近年来同母亲的生活如何。我说很好，她是在用全部生命爱我，可是我不争气。他又问，你今年是不是该高考了？怎么跑这里来？我说，我已经打算放弃高考，我撑不下去了。

于是父亲叹着气。沉默不语。方才谈话间，他为我倒暖瓶里的水，让我洗脸。

环视这个小屋，一张弹簧床，一只铁柜子，用来装衣物。另外一头有盥洗架，搭着毛巾。寥寥数物，却让房间显得拥挤。铁质的地板踩上去发出空壳的响声，听着心生寂寞。

父亲断断续续地说话，直到凌晨三点。他说，是不是困了？我不该和你说这么多。你睡吧。明天好好睡个懒觉，难为你走这么远的路。我说你呢？他说他不想睡，可以坐在椅子上看书。

我因为疲倦，倒头就睡着了。躺下的时候，看见床头柜上放着两个简易的黑色相框。其中一张照片是小时候我与母亲抱在一起的样子。幸福的表情。记得是小时候随信一起寄过去的。另一张却是一个陌生女子。我承认是个非常漂亮的异族女子。笑容明媚。心中明白了一些。但我已经什么也不想思考。父亲关了灯，我沉沉睡过去。

这是这个旅途中睡得最香甜的一夜。边疆夜晚有呼啸的风声，荒凉得能感到细小的沙粒落在眼睫上。那夜有着各种各样杂乱的梦。许多人许多事情错综交织，却都是模糊的。也梦见遥远的家。

早上醒来，父亲已经上班去了。床头柜上留着一张字条：爸爸去上班。早餐在小桌上。不要随便出门。这里有几本书，你可以看书打发时间。我拿着字条凝视温暖的字迹，多年不见。床头柜上那个陌生女子的照片已经被他拿走了，只剩下我和母亲的那张。

小桌上有馒头和馕，一杯牛奶。我吃完后帮他清理衣柜，打扫屋子。感觉这样陌生，像是在偷盗别人的东西一样。

坐下来的时候已经将近中午。翻开桌上的书，有一本是讲解各种植物的科普读本。我饶有兴味地看，不多一会儿，父亲就回来了。

他说，走，去食堂吃饭。

于是我跟着他出去，一路上有穿工作服的人跟父亲打招呼，他们都新奇地打量着我，说，这是你的女儿？长这么大了！五湖四海的口音。我甚至看到了那个司机，和一群人在角落里抽烟，笑谈。

随父亲在职工食堂吃饭。这里都是汉人，有猪肉吃。父亲和同事们闲谈，我感到饿，只是静静吃自己的，不说话。午饭过后四处走走，没有走远，就在矿区的办公楼附近。钻井架尚在更远的地方。四处是陈旧的楼房，水泥都已经变色。或者就是一间间铁皮屋，非常单调。

第二天走远了一点，走出生活区，就真正踏在了大片的荒漠之中。风沙非常大，我的嘴唇和皮肤全部干裂脱皮。那种真正渺无人烟的荒漠里，弥望四野，突然感到真正的绝望和孤立。

村上春树说，人的一生应该走进荒野，体验一次健康又不无难耐的绝对孤独。从而发现只能依赖绝对孤单一人的自己，进而知晓自身潜在的真实能量。

随工人们走回生活区，父亲焦急地站在大门口等我，见到我就责备我不该一个人就跑那么远，沙漠里容易迷路遇险。下次去要穿上工作背心，万一走丢了救援的人才能很快发现你。

在父亲那里待着的日子，我没有任何事可做，每天穿上鲜红亮黄相间的工作背心去钻井区附近的沙漠里行走。黄沙湮没我的每一步足迹。回来的时候翻阅地图，发现阿尔泰山脚下一个叫禾木的小镇。突然我就告诉自己我想去这里，凭直觉确信这里是我想要去的地方。

就这样在父亲这里逗留了五天之后，我告诉他我准备继续旅行。

是个仓促的决定，毕竟这里的乏味枯燥超出我的想象。夜晚关上窗子会闷死人，但是打开窗户会有风沙灌进屋子来，感觉灰尘落在你的眼睫上。更让我心不安的是，父亲也睡了几天地铺了，他执意以这种方式偿还心中的内疚。

临走的那晚，我和父亲进行长长的交谈。在黑暗中用言语安慰灵魂，彼此清楚在天亮之后就要告别。父亲像天下一切小人物那样无止境地向我诉说他不幸的生活。

你母亲没有再婚？

没有，她一直很独立。

你生活中没有什么困难吧？当初本来我有义务负担抚养费。但是你母亲对我说，各自的生活都不容易，孩子她可以独立抚养。她坚持不要任何抚养费。我告诉她今后万一有什么意外或者你上学需要钱，她可以随时找我。你母亲真的很不容易，这么多年，她从未找过我寻求任何帮助。

她也许是找不到你。我轻轻说。

我的话带给父亲一阵沉默。

你明天真的要走？

是。我不喜欢在一个地方停留太久。

回家还是……？

不。暂时还不打算回去。在新疆旅行之后再考虑回去。

父亲叹着气。你还是这么犟。然后他从抽屉里拿出一些钱，说，路上小心。我告诉他不用，母亲给了我一笔钱。

拿着。他语气非常坚决。

后来我们又陷入沉默。晚上无法入睡，走出小屋，夜风正紧。晴朗的夜空，星光抬眼可及。心中充满深渊一样阒静的悲。

不知道什么时候起，在这个世上，我只对离别抱有无限热情。

巧的是，那个司机又将去乌鲁木齐，于是父亲让我再搭他的车。我上车的时候，他那样明朗地朝我微笑，说，才过几天啊你就要走。

我没有说话，坐在越野车的副驾上，看着父亲向我道别。引擎轰鸣，车窗为了防沙紧闭着，我已经听不见他的声音。唯见他动情的面容。

这一离别，不知道又何时才能相见。我转过头，心中非常不舍，有冲下去的欲望。手握着车门把，颤抖不已。但是我最终没有拧开门跳下车。车开走的时候，我回头。看见父亲还站在那里，一身孑然。他显得那么老。

车开往乌鲁木齐，我们的谈话渐渐多了起来。他开始和我聊很多琐碎的事情。我尽管情绪不好但还是尽量应付他的谈话。他说他是维吾尔人，从小在乌鲁木齐长大，所以会讲汉语。他说，汉人姑娘非常漂亮。我诧异地说，怎么可能，维吾尔女子是所有民族中最漂亮的。

渐渐我们开始比较随意，我在车上放心睡。有美丽的风景的时候他就推醒我，让我往哪边哪边看。非常孩子气。

他带给我一片前所未有的视野，身上有浓厚而狂放的男子气息，却天真赤诚，是我在十几年狭隘的城市生活中不曾体验过的。我闻到他身上浓烈的烟味，似有热气腾腾。线条完美的侧面。他和这片土地一样精彩，这是坐在空气污浊的教室里读书做题时所不能想象的。

天色阴沉，似要下雨。退化的草原上，有牧羊人赶着羊群。远山之巅有皑皑白雪，眼前异常开阔。他说，也许会下一点小雨。要不要下车去休息一下？我都饿了。

我们拿了水壶和馕，跳下车。随他往远处走，过度的放牧已经使草原完全退化，草非常浅。见到一个孩子赶着一大群马。这个男子呼喊着向马群跑去，马群被惊吓得四处跑散。他展开双臂奔跑的样子，如同高原的天空深处盘旋的黑色鹰隼。我坐在地上远远看着他狂放天真的姿态。伸出手在眼前比画一个取景框，像我的绘画老师带我去写生的时候教我的那样。从取景框中窥看，非常具有画面感。突然间我真想把这个男子画在我的速写本上。

不久之后真的下起了小雨。大地中蒸发出植物和泥土的浓烈气味。但是很快黑云就飘走，雨停了。天边出现极浅极淡的彩虹，逐渐隐没。我惊奇地发现地上长出了许多白色的菌菇。这些荒凉的生命竟然拥有如此感恩的情怀，一场小雨就可以让它们竞相萌发。

我们上车继续赶路，我又抱着背包沉沉睡过去。醒来的时候，发现他已经把车停靠在了路边，正要跳下车去。我问他，你去哪儿？他说，天已经黑了，你在车里睡。我睡车斗里。明天还要赶路，你要休息好。

然后他重重地关上驾驶室的门。

他走了之后我突然清醒起来，预感到长久的失眠。深浓的夜色之中只见远山的粗犷轮廓，连绵的姿态鬼魅得像一段靡丽的传奇。极度的安静。没有丝毫声音。

我摸索到他放在仪表框上的烟和火柴。擦亮火花，四下陡然被照亮。微弱的火光在跳动，而我就这样突然在这千里之遥的大漠腹地，在这深浓的夜色里，想念起父亲母亲。像某个童话中的小女孩一样，陷入对温暖和宁静的深沉期待。

我抽他的烟。辛辣的味道重新刺激我的肺。想起自己以前曾经在沉闷的晚自习期间，逃离教室去透气，向男生借烟，然后和他们一起躲进顶楼去抽。其实我一点都不觉得，抽烟真的会让精神要好一些。那时候我们都很傻，不断用最醒目的形式，标榜自己的痛苦，以为痛苦如果得到了表达，就会消失。事实上，抽了烟又怎么样呢？一样要走回教室继续赶做数学模拟卷。

又想起我的一个绘画老师。她的面孔苍白瘦削。只穿大衣或者睡袍画画，显得优雅、冷漠而迷人。盛夏的时节外面有浓郁的树荫。我坐在宽敞明亮的画室里反复描绘那些石膏。她在旁边踱步，或者蹲下来修改我的线条。她画画的时候总是叼着一支炭笔。我曾经对她说，你这个习惯很不好。她说，不，我是在戒烟。以前画画的时候留下的恶习，我现在打算改变它。想抽的时候我就咬这支笔。喏，你看。她把那支笔给我看。我看到上面深浅不一的牙齿印。很多个夜晚我在画室里逗留，看到画室角落里堆放的头像、胴体、躯干、腿、脚、手……在黑黢黢的房间里恐怖至极。于是我们关灯，在画室里玩恐吓，累了就坐在窗台上一起分抽一包烟。

在那些年轻得危险重重的年纪，我们是这样容易浮躁。妄图以一切叛逆方式反抗这个世界，倾其所有要与别人不同。在衣食无忧的环境里，非把自己弄得非常落魄。比如我跟那个老师在一起的时候。直到今日，回想起来，才知道自己不可救药的幼稚。那些苍白的反抗之后，有着更苍白的妥协接踵而来。

就像我今日再看到那些拙劣的水彩和素描，以及速写本上偶尔出现的文字的时候：我明白我是义无反顾的。总有理想将解救出来——在十禾离开我的那一刻我就明白。

生命若给我无数张面孔，我永远选择最疼痛的一张去触摸。

十禾出事之后，有时我依然会在下了晚自习之后看那些在操场上打球的男生。一个人站在暗处。那天墨鱼突然跑过来，满脸是汗水。问我，十禾不来吗？我按捺着心里的惊讶，说，对，她不来了。

她到底怎么了？

我说，不关你的事，说不清楚的。

我突然想，也许，墨鱼早就注意到我们总是这样看他打球。真是……太丢人了。于是我站起来，拍拍身上的灰，转身走。墨鱼跑过去拿了书包，大声喊我。

我送你回家。他说。汗水顺着额头滴下来。

我们不说话，一路走着。快到我家的时候，他说："你等一下，我有东西送给你，把手伸出来。"

我发现我伸出手来的时候非常不自然。

"把眼睛闭上。"他又说。我有点不耐烦地看着他，说："你多大的人了……"

他不说话，从书包里掏出一个球，放在我的手上。是一个木球。蓝色的，七号。圆滚滚的，一握大小。带着他手上滑滑的汗。

我心中温暖了很久。

我问他，你从哪里得来的？他说，我做的。你的名字里有七这个字，我想你可能喜欢……虽然，后来我才知道……真正的七号球其实不是这个颜色的。

在哽噎的灯光下面，我们就这样站着不说话。我透过他白色的湿棉衫看见他纤细的少年的锁骨。非常好看。我在他面前安静地笑，为他好看的锁骨。他不自在地说，那我就走了，再见。

我捏着那个木球，捏出黏湿的汗水。白色的飞蛾在乱撞，我看着他走进阴暗里。少年的轮廓和线条。

但是从那天过后，我就休了学。

走的时候我去找过他。去的时候放学了。我一直坐在操场边上看他打球。不远地方还有低年级的小女生。我一直等着他，看他过人，三分投篮，不免耍帅。小女生在旁边尖叫。夕阳消失很久之后，篮筐也看不清楚了。他们准备回家，我喊住他。

他说，走，我送你回去。好像我们已经很熟的样子。

他送我到小区的门口。那里有常春藤和玉兰花高大的枝干。花朵洁白。他站定，说，我有话对你说。

好，你讲。我望着玉兰花的花苞。目光落在枝间。

沉默了半天，他突然放下书包从笔袋里找出一支笔，抓起我的一只手，在手臂上写字。写下第一个字之后他短暂停顿了一下，说："你闭上眼睛。闭上。等我叫你睁开的时候你才可以睁开。"

我忍不住笑出来。他似乎只会说这样的话。但是我此刻心情很清澈，甜美。

手臂上很痒，默默数，大概写了十个字。然后我听见他背起书包走远的声音。他急切地跑开，然后喊："好了！睁开眼睛！"

我只看见一个快乐的少年消失在林荫深处。背影被植物盛情包容，似一个甜美的、倏忽而过的梦境，却因千百次的记忆而深刻起来，带着经久不散的醇香。

我努力辨认他的字。这个漂亮的少年对我说，我喜欢你。希望你也一样。

从那天起，我再也没有去过学校。这是我见他最后一面。我没有告诉十禾。那是十禾出事之后的事情。我没再见到她。

后来不管走到哪里，我的背包里装着这个七号木球。我收到的最干净温暖的礼物。但我不知道他是不是早就把我忘记了。

世间有太多感情，经过渐次否定，最终在时光的阴影中渐渐失血。剩下苍白的轮廓。但我们知道它存在过。干净得像枝间的玉兰花瓣，洁白似精美的瓷器。不可触及。我知道我在梦境之中见过他。他永远不变的少年的单薄轮廓。有很多人，你原以为可以忘记，其实没有。他们一直在你心底的一个角落。直到你的生命尽头。在那里你会怀念所有黑暗之光，因为他们组成你的记忆与感情。但是你已经不能拥抱他们。只能在最后明白，成长是一个念念不忘的失去的过程。

这样的少年，生命中没有第二个。

我们开得很慢，坐了连续三天的车。然后到达乌鲁木齐。分别的时候我跳下他的车，我说，谢谢，再见。他说，一路顺风。然后他关上卡车的门，隔着窗户向我挥手。我凝视他高高在上的面孔，知道这不过是一次微不足道的告别。可是我为什么突然舍不得呢。我以为这个世界上已经没有我舍不得的分别了。

在乌鲁木齐的青年旅社里住下来，感受这座城市与南方某个中等城市并无二致的风情。除了偶尔感受到吹过的风要更加猛烈一些外，没有任何区别。索然无味。在回族人聚居的社区闲逛，满街的廉价手工艺品。妇女的头巾、小吃、特产，挤满了整条街道。清真寺的圆顶随处可见。彩色的墙上写满了异族的经文，文字和图案一样精美繁复。常常见到惊艳的维吾尔族少妇，明媚羞涩的眼神。天生的宠儿一般干净清澈。我打量她们，她们便热情地用我听不懂的语言向我推销商品。

在乌鲁木齐住了两天，因为交通不便，最终决定拼团旅行。汽车在一个景点一个景点之间长途跋涉。随伊犁河北上，见到塞外江南的山清水秀。同团的一个高而精瘦的女大学生，一路上一直捡垃圾。巴士司机停车时就将垃圾全部扫出去堆在路边，她不声不响拿出纸袋耐心地将垃圾全部装进去，待到有垃圾站的地方再丢。

我一直很想认识她，但我始终没能鼓起勇气。

在那拉提草原上看见弥漫到天边的绿色。起伏的小山丘，间或生长着一片片针叶植物。远处山脉上白雪皑皑。阳光纯净明亮。我租一匹马上山，马蹄踏过清澈溪涧，踩在柔软的草皮上。站在山顶，宁静的绿色异常明亮，层层叠叠，铺到天边。

我几乎感到身体在舒张。呼吸畅快。久违的愉悦，让人想要大声喊出来。

下午六点的时候还在往伊宁赶路。旅行社总是充分利用这里日落非常晚的特点，常常是十点钟还在赶路。

路过高山湖泊，真正的大地眼泪一样的湖泊。湖水湛蓝，冰冷至极。湖心有两个小岛，岛上有两座精巧的亭子，传说是一对长相厮守的忠贞情人化作的。这是一个极其宽广的湖泊，十几平方公里。因为海拔高，这里的日照非常强烈，烈风一直刮着。温度却非常低。我站在湖边冻得发抖，阳光刺进眼睛。风从四面八方涌来，像是在激烈舞蹈。寒冷让我的手脚全部麻木。

晚上十点的时候才赶到伊宁。黄昏刚过，大约是内地七点钟的光景。住在伊宁非常安静的小旅馆里。我和那位大学生一起住。她一直在安静地写游记。我简单冲了一个澡。在十二点的时候我们都还精神很好，我提议出去吃夜宵。于是我们走出来，在外面的小吃夜市里找了一家生意红火的小店坐下。有许多旅客在吃东西，肥羊肉串、馕、啤酒。老板一家子是维吾尔族，非常爽朗热情。那一顿吃得很饱。那种穿在长铁扦上的大串羊肉，肥而油腻，沾着辣椒胡椒，吃得我们眼泪都流出来了。四十瓦的电灯泡被大风吹得摇晃个不停，塑料棚也一直哗啦啦响。

我们很晚才回旅馆。坐在冷清的小街边上，有一句没一句地闲谈。回房间的时候，已经是三点。

睡下去的瞬间，突然想念起母亲。非常。我出来已经有一个多月，不知道她现在过得好不好。

翌日又是不停地乘车，导游按照大家的建议临时更换了路线，于是我们的车在渺无人烟的山间行驶。植被荒凉的岩山。盘山公路屈曲回绕。风异常大，干冷而且凛冽。下山的时候坡度减缓，山坡上有当地人废弃的石头房子，更显荒凉。随着山路的转弯，河流忽隐忽现，岸边开满了黄红紫相间的野花——我从未见过这样美丽而繁盛的野花——像是维吾尔族少女的羞涩笑容，明艳并且色泽饱满，充满了生命的质感。我们停下车来，所有人都拥向这片野花。它们在开阔而干燥的土地上一直烧到天边，在这塞外的六月阳光下，呈现出前所未有的蓬勃茂盛。我替那位小姐姐照了一张相。她拘谨地坐在地上，笑容浅淡。阳光和她身边的野花一样，兀自撒欢。

我突然想起一部伊朗的电影，叫《天堂的颜色》。电影里有中东的沙漠上大片紫红色的野花，两个盲小孩天天采集这些野花，装在篮子里带回家碾碎，制成天然的染料。奶奶在家织出精美的挂毯，用花的汁液染色，在集市上出售，被旅行者带到很远的地方去。

突然直面生命中这么纯真的一面，几乎令人感怀得落泪。

后来我们就进入了乌一号和乌二号冰川地区。

在雪线以上的陡峭山脉间小心行驶，窄小的公路上时刻有翻车的危险，遇到迎面而来的卡车，小心翼翼地倒车，错车。你可以看见悬崖边上的碎石滚落下去。也许一个不小心，我们就会从三千七百米的山上滚入谷底。

十几个急转弯之后，我们终于望见山川之巅积覆的冰雪。

下车，陡然感到寒冷的烈风穿透自己的身体一般，迅猛地进入胸腔。站在悬崖边上俯视铁灰色的崇山峻岭，丝带一样盘绕的公路，以及近在视野中央的银白色冰川覆满整整一面高山。只穿了一件短袖，零摄氏度的气温让我冷得嘴唇发紫。

站在这样的悬崖边上，有摇摇欲坠的仓皇快感。仿佛生命可以以这样一种壮烈而寂静的方式断裂。于是突然于这六月的雪山艳阳下瞻仰起生命最本真的脆弱与阒静。你不由得怀疑起经历它的目的与意义，感到满目冰川一样寒冷的绝望，轰然坠落。

这是我在新疆印象最深刻的地方。无论是后来我踩在五十摄氏度的火焰山上，还是在天池的水边，都不及冰川，给我这样的峰极体验。

新疆是这样一片丰富的土地。有着塞外江南最阴柔的脂粉和大漠孤烟最阳刚的汗液。你看见青山绿水之中的溪涧，以为自己身在不为人知的江南小镇；但是走出绿洲，你又见到大片大片黄沙漫延的悲情荒漠。历史与景象交错。它们在维吾尔女子的一颦一笑中歌舞升平，丰美盛极。你几乎能见到从阿尔卑斯到西伯利亚，从盛唐遗风到现代商业区的全部景观。

在这旅途的夜晚，仰望这里最纯净的深色天幕上面布满星辰，突然觉得能在这里生活，是神的赐福。

我结束了十五天的行程，在乌鲁木齐休整了一整天，和那位小姐姐一起，继续乘坐北疆线，在奎屯下车。从奎屯，至克拉玛依、乌尔禾、吉木乃、哈巴河，然后国道终止。那位小姐姐在这里终止旅途沿原路返回。我继续向北。向阿尔泰山区深入。

这些路程花费了近半个多月的时间。沿途风景优美，许多牧民和村舍，令你怀疑身处阿尔卑斯的村落。但长途坐车，听不懂语言，夜晚来临时非常害怕。极致的孤独，使我面对并且自省本我。

幸好一路上我和那位小姐姐是很好的旅伴，在夜晚露宿的时候，她让我先睡，她守夜，然后凌晨叫醒我，我来守夜，她接着睡。她只睡不长的时间。她告诉我长期的旅途使她异常坚定，有时候一个人，还不是得彻夜地熬过来。

在哈巴河我们分手。各自踏上旅途。

我已经对这样的行走着迷。

一路上小心询问驻守边疆的士兵。大概清楚了去禾木的方向。在阿尔泰的林区工作人员有很多是汉人，他们大多很久没有回过家了。我甚至遇到了一位同乡，一个四十多岁的林业管理员。我和他说起老家的事，他忍不住掉下眼泪。但是我亦不敢在那里停留，问了路就匆忙行走。临走的时候他给我一件军大衣，说这么冷的地方，你一定熬不住。这是以前一个朋友的，他大概永远用不着了。你带上。

我说，谢谢。

抱着陌生的温暖，心怀感激。

在路上又过了一个月。走走停停。七月末，我到了禾木。

这个村寨有十几户人家。在阿尔泰的山谷里。额尔齐斯河有细小的支流养育这里的人。风景如画。每家每户有自己的一群牲畜。生活非常原始。这是我后来才知道的。

我记得我刚刚到那里的时候，已经将近黄昏，搭乘采金矿的工人的拖车。下车后自己走了几里路。天色渐晚，林区的黄昏迅速寒冷起来。我在远处望见童话一般的小木屋零星点缀。

我在艰辛的行走之后累得不行。走向最近的一间木房子。敲门。这仿佛是某部神话或者电影里的情景。门被打开的时候，我惊讶至极地发现站在门口的是一个白种女孩。但似乎也有东方血统。非常清澈的面孔。浅棕色的长发编成辫子垂至腰际。高寒地区的人们普遍高大，但从她的身形依然看得出来是非常年轻的少女。衣着和当地人一样朴拙。我看着她蓝色的眼眸，如同旅途之中见过的高山湖泊。寂静并且清澈。非常熟稔。心生好感，觉得安全。我比手画脚地向她表示，我可不可以在这里留宿？

她微笑着说，好。

我没有想到她还会讲汉语。后来的交往中我知道她会说一些简单的汉语。

Б а д а д а й к а。请叫我Б а д а д а й к а。

拉拉衣加。三弦琴的意思。这是你的名字吗，衣加？真美。

就这样我随她进屋。非常窄小而温暖的屋子。我在房间里四顾：正屋的墙上挂着一把三弦琴，我知道那是俄罗斯古老的民族乐器。她对我说，这是外祖母的宝贝。她是俄罗斯人。所以她的名字就叫拉拉衣加。就这么简单，没有其他。

房子全部用原木搭建而成。散发着森林的清香。窗子和墙缝透进一束束细细的昏黄光线。由自家手工制作的宽大毯子，手感温厚。她把我领进她的卧房，极为简陋。两张木床之间刚好侧身通过。她说平日里她和外祖母一起睡。外祖母不久就会回来。我把行李推到床脚边的角落里。和她一起走出去。

我们坐在灶边，衣加忙着烧火煮食。跳动的火光映在她温润的脸庞上。我们不说任何话。

不久衣加的外祖母便回来了。她扛着一大袋土豆，看到我略微震惊了一下。我拘束地站起来，向她行躬身礼——除此之外我真的不知道自己可以怎么做。衣加走过去接过袋子，用俄语向老祖母说着一些话。外祖母向我微笑。真正的俄罗斯老太太。臃肿肥胖的身体，面色红润，大辫子发白。

老祖母走到我面前，用我听不懂的语言热情地说话。衣加说，外祖母很欢迎你。她很喜欢你。

那晚我们一起吃饭，席地而坐，手抓牛肉和土豆泥。非常美味。饥饿太久，我狼吞虎咽地吃着。抬起头来发现外祖母怜惜地望着我，喃喃自语。衣加的面容忧郁起来。

晚上非常寒冷，我与衣加睡在一张床上。外祖母发出均匀的呼噜声。我非常疲倦，却整夜无法入睡。轻轻一动，木床就发出嘎吱嘎吱的巨响。我不敢辗转反侧，怕吵醒衣加和外祖母。凌晨的气温大概只有几摄氏度。我不得不拼命裹紧棉被蜷缩身体。窗下有牛儿低声叫唤。

思维平行着像铁轨那样往深处延伸。触及遥远的有关家的事情。

我暗自计算，离开家已经两个多月。母亲是否会苦苦等待我的归来？是否会在每一声门铃响了之后都欣喜地站在门口以为是我？是否像我一样体验了真正的绝对孤独之后开始怀念亲人的意义？父亲又在哪里呢？十禾呢？

我就在这边境的村庄，在这寂静无声的夜晚里想念你们。

有时候明白人的一生当中，思念是维系自己与记忆的纽带。它维系着所有过往、悲喜，亦指引我们深入茫茫命途。这是我们宿命的背负。但我始终甘之如饴地承受它的沉沉重量，用以平衡轻浮的生。

我这样想念你们。

清晨，远镇有着熹微的晨曦。雾霭缭绕在林间，视线因此迷离起来。衣加和外祖母先后起来，开始忙碌各种事情。我局促地站在一边，问，有没有什么事情我可以帮忙？衣加笑着说，没有，不过愿意的话，我们可以一起去放马。

就这样我们带上手抓饭和马奶，随马群行走，跨过湖泽和草甸、树林与野花。如同在欧洲的童话里，向神秘王子的城堡前进。

禾木有很多高大的桦树，树干雪白，桦叶渐次变黄。恍若油画上斑斓的色彩，肆意蔓延。

清晨天气很凉。到处有零星绽放的野花。未上鞍的马儿低头吃草，鬃毛被镀上金色。都是我从未奢望得见的景象。宁静如同儿时睡前母亲在耳畔唱过的歌。在这片不食人间烟火的净土上，难以想象我是从另一个遥远的世界而来的。在那个世界我们贫穷得需要出卖灵魂以求生存。在充斥着压抑气氛和粉尘的污浊教室里做着习题。面对着心口不一的嘴脸。与身边同样不知道哪里来也不知道哪里去的人们一起，度过一天又一天。

而现在我在这个风景如画的远镇。看时光静止。记忆摇曳多姿。多么好。

一个星期之后我和衣加一家渐渐熟悉，力所能及地为她们做一些事情。我喜欢这个家庭，祥和并且神秘。她们的善良让我这样温暖。夜里，衣加喜欢牵着我的手入睡。有时，会有节奏缓慢持续的对话。

你妈妈呢，衣加？

她去找我爸爸了。很久没有回来了。

那你爸爸呢？

以前他会每年都来看我们。可是后来，他渐渐不来了。

你想他吗?

我很想他。爸爸是很好的人。

那你外祖母呢，她为什么会来这里?

……这些事情太远了。真的很远。

你看见墙上的三弦琴了吗？外祖母年轻的时候和外祖父一直在一起。外祖母喜欢弹奏三弦琴。她是村里弹唱得最好的姑娘。我没有见过外祖父。但是外祖母告诉我外祖父是第一批来中国勘探矿产的俄国人。那个时候外祖母怀上了我母亲。她因为想念外祖父只身来到新疆，被队友们告知外祖父罹难，成为苏维埃的烈士。外祖母承受不住打击，险些流产。同事们送她回国，在边境上外祖母身体不支，差点死去。当地人救了她。两个月之后，早产生下了我母亲。由于大雪封山，无法行走，外祖母在这里停留了下来。来年化雪的时候，她已经决定不回去了。因为她要和外祖父在一起。

就这样外祖母在这里定居。俄罗斯是让她伤心的地方。因为那里充满了恋人的气息。

我的母亲与外祖父很相像。外祖母非常爱她。母亲后来遇到一位来这里勘探的汉人，也就是我父亲。母亲陷入恋情。她不顾一切。在他离开之后，母亲固执地留下了我，以此纪念他的爱。在我一岁的时候，父亲来过这里。后来父亲曾经很频繁地来看过我，教我汉语，给我带来衣物。五岁的时候父亲又来过一次。却从此再也没有来过了。母亲在等待了两年之后决心去找他。

直到今天，我再也没有见过父母。

我们一直说到天亮。我看见衣加的眼睛，像星星一样闪烁着。我伸出手小心触摸，唯恐惊吓了这个幼小的婴孩。我抚摩她的长发，渐渐抱紧这个可怜的小孩。衣加把头埋在我的脖颈之下。我感到她灼热的眼泪滚过我的皮肤，几乎将我烫伤一样疼痛。

十一月。阿尔泰下了第一场雪。

天地间只有一片雪白，那种真正的漫无边际的皑皑白雪。纷扬的大片雪花欲要原谅一切。不停地飘落。我从来没有见过雪。于是站在木屋的门口，心中寂静如这空山，只被大雪覆盖。

很多个夜晚，衣加向我诉说她的父亲和母亲。我只是安静地听，却说不出来任何话。忽然感到生命的韧性可以如此顽强。遥远的边疆，有遥远的故事。我忍不住想永远留下来，守护可怜的衣加，还有外祖母。

在我自以为痛苦的城市生活中，从未曾想过，时时刻刻都有不幸的事情发生。而你能与他们擦肩而过，并在此刻只是聆听这种残忍，已经是多么庞大的幸运和福祉。

我吻衣加的额头。衣加，我想一直留在这里。陪伴你们。

家里储存了一冬的粮食：土豆、青稞、荞麦面粉、腌肉。由于不适应这里的饮食，没有蔬菜和瓜果，我的牙龈溃烂，流脓流血。鼻血不断，皮肤有道道皴裂的血痕。衣加心疼地冒了大雪走很远给我摘来一种果子。青红颜色，非常酸。我感动得不知道说什么好。吃了两天的酸果，病很快就好转了。

家里没有什么事情可做了，每天给马厩加草料，煮食。那些日子里感觉自己一不小心就成了关心粮食和蔬菜，喂马劈柴的诗人。夜里很早便睡去。禾木的当地人非常好心，常常有人给衣加一家送来粮食和御寒的兽皮。这些垒木为室、狩猎为生的人，知道衣加她们无法打猎，好心地送来兽皮，让一家人过冬。

阿尔泰的冬天这样漫长。黄昏的时候，天黑很早。天空是纯净的钴蓝。夜幕下的雪也是蓝色的。美丽得无以言表。广阔的林海成了一片雪原，额尔齐斯河冻结。我们在温暖的小木屋里生火，取暖，煮食。听外祖母弹奏那把三弦琴。唱着俄罗斯忧伤的民谣。

我凝视着燃烧的柴火，映着外祖母苍老慈祥的容颜，伴着忧郁的琴声，看见爱情最深沉动人的面容。优美至极。

生命在这样的瞬间，显得充满尊严和永恒。那亦是爱。永无止息。

衣加坐在我旁边，神情平静。我轻轻抚摩她的脸。

衣加。你在想你的母亲吗?

是。我非常想念。还有我的父亲。

我会一直陪着你的，还有老祖母。

不用说这么绝对的话。我已经十五岁。完全习惯了。我只想好好陪外祖母，一直生活下去。

外祖母担忧地抬起眼睛。看着我们。

大雪封山，皑皑白雪好像永不会消融。我已经在禾木待了六个月。这已经是我十九岁这一年了。

二月，阿尔泰的春天还没有来。在这些安静的时日里，除了帮衣加和外祖母干活，其余的时间，就和衣加聊天，或者写些文字。我的背包里有两支上好的炭笔，一本速写本。我画了几幅素描。一幅是衣加，长长的辫子，眼神清澈。靠在一匹马身上。甜美无知疼痛的微笑。还有一幅是外祖母。她坐在火炉边弹奏三弦琴。最后一幅是木房子门前的溪流、野花，层层叠叠铺到天边。衣加最喜欢的那匹小母马，低头吃草。

其余的白纸上，有凌乱的文字和诗句。

衣加曾小心翼翼地问，我可以看吗？我说，这本来就是送给你的。她看见我画的人物肖像，惊喜地问，是我吗？是我吗？我有这么漂亮吗？

我说，衣加，你和你母亲，还有外祖母一样，都是这世界上最漂亮的人儿。

然后她天真的淡淡笑容，徐徐绽放。

禾木的冬天里，安静的夜里偶尔听得见冰雪压断树枝发出的裂响。噼噼啪啪几声，寥落地在大山里反复回荡。春天来临的时候，额尔齐斯河的冰大块大块地崩裂，浮冰在生机勃勃的流水中撞击，如同远方的鼓声。雪渐渐融化，湛蓝的天空之上，偶尔见到候鸟优雅迁徙。

土瓦人高亢的歌谣，同春晓之花一起绽放。一个新的季节来临。一转眼，就快一年了。

衣加和我忙碌起来，砍柴，喂马，帮外祖母织毯。木房子檐上覆盖干草用以保暖，屋顶上又有空洞用于通风。独特的房屋结构。我尝试修葺熬过了一冬的老木屋，寻找新的干草换掉已经腐烂的那些。劳作的感觉异常充实快乐。

我们放马的时候，漫山遍野奔跑。我采摘野花，插在衣加浅棕色的辫子上。她穿长的布裙子，被风吹得裸露出膝盖，羞涩地笑起来。

初夏来临的时候，山区才渐渐转暖。阳光漫过重重山林千里迢迢而来。带着森林的清香。草长莺飞。温暖如同童年梦境中的仙境花园。外祖母织了整整一冬的挂毯终于快要完工。上面是西伯利亚最常见的雪景。俄罗斯广袤的雪原深处，零星闪烁的温暖灯光，与繁星一起熠熠生辉。天空犹似海洋的梦境一般。充满了故乡的气息。

这竟是我们最后的夏天。

五月。我出来整整一年。那天清晨，我和衣加起床，却发现外祖母依旧躺在床上。以往她总是醒来很早的。我轻轻走过去，推推外祖母的肩。然后看清她的脸，吓得不轻。大概是中风或者脑溢血之类，只见半边脸抽搐，口水从嘴角流出来，手脚都抽着筋。我抓住床沿，努力站定，控制自己不叫出来。衣加走过来问发生了什么事。我紧紧抱着她，拦着她不让她看见，拼命挡住她的视线。衣加，你不要看了，祖母只是生病……衣加……听话……不要过去……

衣加大哭着拼命挣扎，用俄语大声喊，老祖母，老祖母——她的手肘戳在我的肋骨上，一阵剧痛。我放开手，衣加冲了过去，跪在床边，凄厉叫喊。她推搡外祖母的身体，非常用力。

我冲出门去找邻居，本来就不会说当地语言，这下更是语无伦次。哭着敲门，门打开。是一个来送过毛皮的邻居，我话音未落，那个男子抓起我的手臂就跑向我们的木屋。他进了房间，看见老祖母，然后喃喃的，表情很难过。他把哭得快要闭气的衣加扶起来，徒劳地劝慰着。

我站在一边，心慌如焚，手足无措。

那把三弦琴还挂在墙上。刚刚织好的精美挂毯上还留着她的温厚摩挲。

衣加几天没有进食。她只会坐在外祖母床边，凝视一个方向。

我笨拙地煮来荞麦面，加上盐，给衣加端来。她依旧坚持不吃。整个人表情呆滞。我放下碗，缓缓靠近她。

衣加。吃一口。不要这样了，我求求你。走过去紧紧把她抱在怀里。亲吻额头。渐渐用力，似乎想把她全部藏进我的怀中。这个可怜的孩子，怎么会在成长之初就遭遇这么多。

衣加渐渐恢复知觉似的，缓慢伸出手，犹犹豫豫地抱着我。我心中快慰许多，这一夜之间，衣加开始长大。

按照当地人的习俗，邻居们帮忙安葬了外祖母。宰杀牲口。祭祀仪式悲壮而烦琐。他们燃起篝火，飞扬的黑色灰烬被风吹起，向天空深处飘落。在葬礼上，牛角的奏鸣低沉悲哀，我忍不住落泪。不知道该怎么过下去。心中很歉疚没有好好照顾她们。寨子里的人无论老小，看见我和衣加，都悲戚不已。

木屋陡然空了。那张大床就这么空空如也地等待着一具已经不存在了的身体。深夜里，我们因为惧怕相拥而眠。她的确比我小，能够很快陷入沉沉睡眠。而我整夜目不交睫。黑暗中，长久凝视衣加的安静睡容。

一个月之后，我们的生活和情绪渐渐恢复正常。衣加真是坚强可怜的孩子。我们每天照样劳作，夜里靠得很近。互相取暖。

有一个夜晚，她显得精神很好，很久都没有睡着。她试探着碰碰我，问：睡了吗？

没有。

我睡不着。我想外祖母了。

衣加，老祖母是很幸福的。她去很远的地方。我们应该祝福她。如果太想念她，她就会在路上频频回头看我们。那样会耽误去天堂的路。

我该怎么祝福她？

衣加，和我一起好好过。这样，外祖母就会得到安慰。她可以见到外祖父。

衣加，跟我走好不好？我们离开这里。或许你会见到你的母亲父亲。如果你不喜欢外面，我们就回来。好不好？

外面是哪里？

我一时说不出话来。

衣加最后说，如果我不喜欢外面，你保证和我一起回来？

我保证。相信我。

过了些天，我们便开始收拾东西，准备上路。衣加固执地要带上三弦琴和挂毯。她只带了这两件东西。我将牲畜交给隔壁的大叔，挨家挨户道别。土瓦妇女们善意地给我们食物，送我们走很长一段路。

就这样我踏上归途。我想先带衣加到我父亲那里，再作商计。

沿着一年前我艰辛跋涉过的路程往回走。一路上是熟稔的风景。身上还有父母给的钱，不至于挨饿。从林区出来，上国道，长时间地行车。衣加从来没有坐过车，晕车非常厉害。我们不得不一再停下来，休息，徒步行走，累得不行，然后又拦车。在诊所买到了晕车药给她吃，情况好多了。

车子渐渐驶进大漠的边塞城市，新奇的景象是衣加从来没有见过的。她惊奇地观望周围一切事物，幼童一般天真。始终紧握我的手，生怕被遗失。她这些缺乏安全感的小动作令我非常心疼。只要有食物我总是让她先吃饱。看见她像以往一样甜美的笑容，心中很快慰。

路上衣加睡觉，将头枕在我的腿上。我昏昏沉沉地望着车窗外的景色。想起遗忘中的人们……母亲，父亲，十禾，送我来这里的那个维吾尔男子。明媚的面孔。海岸线一样迷人的线条。我轻轻笑了起来。

此去经年，我的那把黑色吉他应该布满了灰尘，钢弦上沾着斑驳锈迹。挂在墙上的景物写生应该开始褪色。我的朋友应该将我遗忘，一如我不经意间就遗忘了他们。

三个星期之后，终于又到了库尔勒。晚上。我带着衣加朝父亲的铁皮屋走去。我在远处就能看见铁皮屋在夜色之中闪着寂静的光。疲惫而温情，是属于一个父亲的内敛感情。

打开门，父亲带着疲倦的神情站在门口。他惊异地看着我，然后把目光投向了衣加。

爸爸！衣加突然大声喊。

我感觉微微晕眩。继而努力确认衣加扑进父亲怀里，父亲严肃镇定地将她揽入怀中并轻轻抚摩的情景——是真实的。

一瞬间我就什么都明白了。我低下头。衣加天真地喊，你怎么知道我爸爸在这里？

我努力镇定地说，衣加，我也不知道，也许我们只是碰巧有同一个父亲。

衣加依旧不懂，只是沉浸在欢喜之中。

父亲无限隐忍与尴尬的表情，重重烙在我心底。

进房间之后，衣加新奇地参观房间。父亲安顿好我们，让我们上床睡觉。睡前衣加惊喜地看着床头那张陌生女子的照片说，妈妈！

——爸爸！你有妈妈的照片？衣加激动至极。

父亲已经明显很尴尬，他悄悄过来，说，其实……

我微笑着打断他，说，不，什么事也没有，真的。我理解。但是衣加的外祖母已经死了。我希望你去找到衣加的母亲。她母亲没有来找你吗？她们的生活有多可怜，你完全无法想象。我与她们生活了将近一年时间。我很了解她们需要什么。

父亲直视我的眼睛，我们之间已经明显有了成年人的对峙。这让我非常难过。

那夜我依旧与衣加相拥而睡。她善良单纯，我不忍心对她多说一句话。月光倾泻进来。我又感到风沙落在我的眼睫上。我看见父亲站在小窗旁边，猛烈地抽烟。黑暗之中，他不过是再平凡不过的普通人。

我们在一起度过了三天平静的时间。衣加情绪良好，单纯快乐，与父亲相处融洽。我知道父亲非常疼爱她。这让我放心。

三天之后的夜晚，夜色深浓如酒。衣加仍然在沉睡，父亲已去值夜班。我轻轻拿开衣加握着我的手。起床收拾行李。她习惯不论何时都牵着我。

我留了一张字条。放在衣加母亲的相框下面。

父亲，衣加：

我打算回家去。我很想念母亲。你们好好过。父亲，务必好好待衣加，她母亲来找你，没有下落。

堇年

我放纸条的时候，端详着衣加的母亲。发现衣加有着与她非常相似的面孔与神色。都是天真而且明媚。但是唯一的不同是，衣加脸上清晰浮动的，还有父亲的影子。

我起身，拿走了我和母亲的那张合影。看着沉睡中的衣加，心中非常不舍。她原来是我的亲人，我非常爱她。我在她额头上亲吻，像从前那样。但我已经不能拥抱她，因为这样她会醒来。我要她永远在这场梦境里。永远不要醒过来。我宁愿减去十年寿命，换取她在仙境里漫游，直到长大，直到老去。

如旅途的开始，在同样的凌晨，我踏上归途。

列车驶过之处，有西域的黄沙柔软沦陷，尘土飞扬起来。落日一成不变。我在列车上蜷缩着身体，用睡眠打发时间。混乱的梦境中不断出现衣加的影子，还有老祖母、父亲、母亲、十禾。他们都在招手。这些摇摇欲坠的梦境，早已在生活中与我相遇了又相遇。就像我在高三的时候看过的一句话：

> 我只是好笑这些结局的雷同。这是早该料到的结局，却走了这么远的行程来探索它的意义。我们的路途，不过是在毫无意义地上演一个闹剧的圆。

当我真正以一个旅人的姿态回到城市的时候，我肩上的旅行包显示出我与城市里那些趿着松糕鞋、穿吊带短裙、妆容复杂的女子的本质不同。从街边咖啡厅的巨大落地玻璃上，我看见自己风尘仆仆的行容一闪而逝。

我恍惚地想起西域忧伤的春天，山区的茫茫大雪。还有我的亲人。我知道这个世界上时时刻刻都有比你意想中伟大得多或者悲哀得多的事情发生。而且，不只是爱情和死亡。

这个南方小城在暮色四起的时刻，平静地迎接我的到来。我站在熟稔的街道上，于火树银花的暖暖夜色之中又见此去经年的繁盛记忆。沿着暮色深浓的小街回家，想起在高三下晚自习从这里经过时，一路抚摩墙上被夜风吹得簌簌抖落的灰尘。哼着小调。默默用英文念出印象深刻的电影台词。

那还是十七岁的我。在下雨的时候独自赤脚蹚过哗哗积水的小小少年。有着温暖的梦境与凛冽的成长。

而如今我不过是以在幻想和回忆之间流盼的浮躁姿态，向死而生。

就这样我站在我家的庭院里，看见她耐心修剪花草的背影。素净，平淡。是经历过悲欢离合之后不带任何悲喜的镇定。她明显老了，终究不可避免地衰老下去，以和我成长一样的迅疾速度衰老。

我把巨大的背囊甩在地上。

妈。我回来了。

北方

我读着史铁生的散文，零碎地牵扯起我生命中不曾出现过的记忆，一如北方的黄山厚土之中倏忽而来的忧伤的信天游，那些灿若信仰一样的阳光以及阳光下虔诚的子民，几百年几百年地生死相继。我想有一次远行，于细碎流淌的时光与路途之中，观察所有遥不可及的生存方式，以及其中的人们。我发现我爱上了北方，中国的北方，满含苍凉的气息：那些皲裂而贫瘠的黄土地，干涸焦灼似静脉一般延伸的河床，那些皮肤黑皱似柏树老皮的农民……人与大地皆有着原始而朴素的容颜，映照着平凡的历史。

我希望去北方。北，是一个念起来平实厚重的字，它怀抱有一大片忧郁的土地，包括那些荒村、乡野和人群，或者飞雁。它们由来已久，在日光的抚摩和岁月的亲吻之下，亘古不变，生死枯荣轻得无从察觉。但是我感受到它们的存在，就像我能触手可及那华实蔽野的田野上掠过的风。

真想伸手抚摩焜黄华叶的季节，抚摩朱漆脱落的旧日宅门，抚摩灰蓝苍郁的高远无比的天空，干燥的空气和清阒的街道，冰糖葫芦的甜甜香气，以及隐隐传来孩童嬉戏之声的旧胡同……

这些自在的生命和事件，永远这么不紧不慢地投奔茫无终点的未来，悠然像老银杏的叶子晃晃悠悠飘落的那几年。而它们背后却可以隐藏无尽庞大而又诡秘的故事，无论是一个年轻人的爱情，还是老人的死去。

也一直喜欢二十世纪七八十年代的感觉：比如每天下午按时出现在一条陋巷的那群调皮男孩和他们的小球赛，或者某个大学的树林里，牵着手散步的年轻人，穿着的确良或者卡其布，脚上是帆布的军绿球鞋，双手羞涩地搭在一起。再或者旧的办公楼，漆着半人高的绿色石灰，地面是摩擦得发亮的水泥地板。我像一个有恋物癖的人，一遍一遍地思忖如何将这些意味深长的物象放进某部电影里，让它们组成我的意念，我们永远不变的，对未来的奢求，和挫败之后追悔不迭的回忆。

在那样的电影里，一生就这样过去了。比一朵花开，要来得沉重与短暂。

我做着这些梦，活在一个不适合做梦的关隘上。

梦。

是黄昏的时候等待在荒无一人的原野上，看日落的时刻：风吹草低之间时光渐渐凝固；梦是在深夜里看Stephen Daldry的电影，镜头里充满克制的关怀与安慰；梦是第二天去远方，去海边，听小鸟用希腊语歌唱，海风微咸，时光慢得像祖母手里的针线活；很认真地花一个下午的时间准备一顿晚餐，请当地一个棕红色头发的女孩来一起享用，然后去散步，找一只身体透明的寄居蟹，坐下来和它一起玩耍，度过整个黄昏。穿一件有着浅蓝色条纹的棉衫，吹两千年前抚过海伦的头发的风，脚泡到水里直到感冒。晚上有星光弥漫，在沙滩上写诗。一只大海龟悄然泅离。

如果可以，就乘一只大桅杆的帆船，去地中海最西边看伊比利亚的美丽女子，那些被地中海灼热的土地和充满神话气息的空气所灌溉的黑色玫瑰，摘一枝比她们的睫毛还要芳香的花，因为不知可送谁人，于是最终还是留给了自己。看着它在水杯中一日日枯萎下去，这个感觉很像《苏菲的选择》里面梅里尔的哭泣。牵着她的手，和她一起步行到快要倒闭的电影院看第一百零七遍上映的《于洛先生的假期》，听里面超级难懂的法式发音，然后困得睡过去，醒来之后回家，夜色浓郁得像油画上的凝彩。小心路上的小偷。

还有托斯卡那的蓝色丘陵，或者吕米埃兄弟的咖啡馆，一片落叶顺着塞纳河的左岸飘到我的小船边，它来自阿尔卑斯的牧场。中世纪的城堡里有公主在用意第绪语写情书，落魄的画家向我乞讨。我去瞻仰了莱妮·瑞芬斯塔尔的墓，顺便捎一束雏菊给克罗岱尔，还有加曼，那个真正的电影诗人，他浅吟低唱，叫我去看后花园里的石头上亮晃晃的月光。

……爱琴海的珍珠鱼……温柔的海浪冲洗着死亡之岛……丢失的男孩子……永远地睡熟了……紧紧地拥抱……

咸咸的唇相吻……我们的名字将被人忘记……没有人会记住……于是我在你的墓前放下一株飞燕草……一片蓝色……

这是加曼的诗歌，Shania曾为这部电影写道："结尾屏幕上就只剩一片蓝色，毫不妥协地坚持到最后一秒，这是大海、天空和飞燕草的颜色，也是自由、梦想、爱的颜色，还是一块裹尸布下裹着的一个惊世骇俗的天才的生命的颜色……"他的蓝色的生命柔软似普罗旺斯的薰衣草地里掠过的微风，为了祭奠他，我偷了一把斯特拉第瓦里的小提琴，在黄昏的时候把它送进了爱琴海，米诺斯的怪兽也安静了，这琴声像海伦的吻，像晚风。

……离开的时候和一群孩子去广场上跳舞。等到她出现在第二街区，就笑着跑过去亲吻，晚上回家共进晚餐，听她痴人说梦，生活像一只光轮。等她入睡，对她悄悄说再见。

起来，睡下。斗转星移。

这将是一场梦。这也曾是一场梦。

弗吉尼亚·伍尔芙，忧郁的天才，她在遗书中对丈夫说："记住我们共同走过的岁月，记住爱，记住时光。"

她就走进英国北部苏塞克斯郡的一条河流中，将石头装满了外套的口袋，永远地和水里的鱼儿讲故事去了。电影里的那条河流，清澈欢快，两岸植物葱郁，水草弥漫，她穿着魔法师一样的尖尖的红皮鞋，走了进去。

让我们记住我们共同走过的岁月，记住爱，记住时光。

某些晚上，我因失眠而读《圣经》，渴望使自己疲倦，顺利入梦。然而越看越清醒，想起十禾说："我想去相信一个人，非常想。"但我不是不知道，每个人在这个世界上忙着生，忙着死，所有人都是如此窘迫的姿态，令我不忍心再向别人索求关怀，如果期待被给予绝对的原谅与温暖，那将会是捕风捉影之后的一无所获。如果我们想不对人事失望，唯一的方法就是不要对它寄予任何希望。堇年，记住，这不是绝望，这是生存下去的唯一途径，亦是获取幸福感的前提。

后来。

经过七月流火，经过高考，我终于到了北方。因为这一切的姗姗来迟，我已经模糊了当初的热切期待。我听见呼啸的鸣笛划过中原古老的土地，穿越山巅偶见积雪的秦岭，道路两旁常常是低矮破旧的民居，老人和孩子目送着一辆辆呼啸而过的列车，他们静默的站立的姿态，让人苍凉地想起他们祖祖辈辈对这山岭的爱情。也许在他们看来，每一列穿越山岭的火车，都是奔向葬礼的载体，就如这些不声不响流逝的岁月，划过他们的一生，只留下苍老的身躯和日渐淡灭的记忆。

我看到黄土高原上苍茫的落日，黄河像撕破大地的绿色肌皮之后汩汩流淌的鲜血，绵延不尽的沟壑，如同大地苍老的皮肤褶皱，错落，沧桑，而给人以严肃、从容的抚慰。目及之处落满父亲的气息。而穿越华北，眺望温润的田野上充满生命的迹象，鲜明饱和的色泽却会让你的视觉疲惫。我想起史铁生的遥远的清平湾，那些纸上的文字渐渐变得鲜活，路途也因此拥有了更深广的延伸。

这些土地和在这土地上生活的人们，似乎有足够的坚忍去抵御光阴似箭与人世变幻，他们平淡原始的生活，是一种结局与回归。

仿佛彻底离开整个少年时代，我投奔北方，投奔茫茫的命运。再没有比命运更残忍的事情。它在我们感情充沛的悲喜之中沉默，然后在世界的阴影里悄悄闭上眼睛。但我们还要继续行走，穿着它给的流浪的鞋子。幸好，我们许诺的时候并未固执地等待它的实现。亦就无所谓失望或者伤害。

我终于站在很多年前十禾出走的城市。冬天它会落下大雪，覆盖此去经年里人烟阜盛之中的悲欢。没有人知道这里曾经有过一个离开家的孩子。

她有着清澈的面容与墨菊一样的漆黑长发。站立的时候有着充满奔离欲望的寂静姿势。

她说那次她在大雪之中走了很远，找到一个邮筒，给我寄了一张明信片。

可是我没有收到。

在哪儿呢?

花朵之蓝

曾经有那么一届新概念作文大赛里面，出现一篇非常有名的文字：《站在十几岁的尾巴上》。这个冰激凌一样在甜美的同时让你感到冰冷的名字，反反复复被很多人引用。

张爱玲站在十几岁的尾巴上——准确说是十九岁——写下了这样一个句子：

生命是一袭华美的袍，爬满了虱子。

——引子

1.

昨天的大学语文公共课上，三百人的阶梯教室里面弥漫着闷人的汗味，我特意挑选了一个靠窗的座位，因此得以歆享了北方九月的荒凉阳光以及热烘烘的新鲜空气。这种平凡得不能再平凡的一个文科生的下午，我依旧是昏昏欲睡。趴下去的时候我看到桌面上很淡很淡的字迹，写着：站在十几岁的尾巴上。旁边还有一些作弊用的选择题答案以及凌乱的算式。我突然愣住，不知道自己怎么了。

我不知道自己究竟是怎么了，比如说——

二○○五年六月，高考结束的第四天，收拾书柜的时候突然莫名其妙地从最顶层掉下来一本二○○二年六月的《中外少年》砸在我的头上。绿色三叶草图案的封面，最后一篇是《天亮说晚安——曾经的碎片》，那还是一个高三少年的文字，那些熟稔的独白式的青春，遗失在这样一个开头里——我叫晨树，生活在中国的西南角……

绿色的分辨率很低的印刷效果，细圆字体。大十六开的纸张。读起来的时候让人感觉心里好像有一只笨笨的橡木球在地板上咕噜咕噜滚动——那种踏踏实实的令人沉溺的镜头感：抽屉里面的CD，半夜在街上晃的少年，车灯打在脸上，桌上的参考书耀武扬威地望着我，突然离开的林岚，说给全世界听的晚安，最终还是掉下来砸在自己一个人的头上。

这是我第一次看到这个少年的文字，那年我初三，我在连续第三遍看完那篇文字的时候，心情激越地提起笔给他（她）写了一封信，寄到富顺二中。我在信封上写：请一定转交。但是最终还是不出我所料地杳无回音。因为我知道那个孩子刚刚毕业。如同我。

给心爱的作者写信这样的事，大约只有少年人才有那份清澈的真诚。

十年过去。他已经成为全中国最著名的年轻人之一。

而我，也遗忘了这样一些幼稚而甜美的过往——当三年后这个少年直接给我发短信对我说“你的《花朵之蓝》还要修改才能用”或者“有没有兴趣给下一期的《岛》写这个专题”的时候。

而《中外少年》已经停刊了。那篇文字后来被反复见于他的文集当中（并且印刷清晰、字体方正）。我后来也开始收到很多陌生读者的信件——完全如同当年自己给他写信那样充满了朴拙的期待以及热情……于是，我从你们的字迹，知道自己长大了。

长大了，于是我们走上了完全不同的道路。我们走进了完全不同的世界，走向了自己所选择的，完全不同的人生。

我们感恩。我们报答。然后挥手作别，踏上完全不同的道路。

迅速地重新翻了一遍回忆，目光碾过那些佚名的断章。最后将这本杂志放回书架最顶端。无动于衷地仰望这个毕业的夏天里漫长的、漫长的阳光。

最终就那样走过了高三，懒懒地睡在千辛万苦换来的，并不理想的大学课堂上。

那个声音非常催眠的老师在照本宣科地念着一篇大师作品的创作背景，而我恹恹欲睡地翻到教材几十页后面去，看到十九岁的张爱玲写的文字。这个天才说，生命是一袭华美的袍，爬满了虱子。

我穿着这爬满虱子的袍子，已有十九年。在接近十几岁的尾巴的时候，转个身，便高兴地看到经历过的青春越来越长，进而掩耳盗铃地忽略剩下的青春越来越短。你看我用高三的岁月换来的梦寐以求的北方，阳光与土地一样荒凉。

顾城说，人生很短，人世很长。我在中间，应该休息。

2.

在每一段赤诚的叙述或者回忆开始之前，都是困顿。

犹如花朵之绽放。我的小学语文老师总是非常喜欢给我们重复一句冰心的话："成功的花儿，人们总羡慕她的艳丽；却不知她的芽儿，浸透了奋斗的泪泉，洒遍了牺牲的血雨。"

就在前天，小学同学会举行到最后，夜色逐渐深沉，许多孩子陆陆续续离开。只剩下我们最后几个。在喧闹的KTV里面，我窝在沙发上听着他们唱那些很老很老的流行歌：《光辉岁月》《真的爱你》《真心英雄》《朋友》《我无所谓》……

我已经有三年没有听过流行歌了。我已经有六年没有见过他们了。我透过那些阔别的少年日渐棱角分明的面孔，清晰看到成长给我们的脸庞留下了怎样的吻痕。

我听着听着觉得内心突然空旷起来。耳边嘈杂的声音渐渐安静。眼前画面静止。如同过去的剪辑手法，废胶片失落地从剪刀的缝隙间掉落下来。有那么些喝高了的朋友，兴致不减地端着满满的酒杯，大大咧咧地说，班长！干！于是我摆出照毕业照时需要保持的僵硬笑容陪着他干杯。他颇带沧桑感地对我说，班长啊，六年啦。然后又晃晃悠悠地上别处敬酒去了。

十一点半，接到妈妈第三个催我回家的电话。我站起来对他们说，我要走了。大家挽留我不成，那个男孩便提议大家最后合唱一曲《同桌的你》。于是我们就都站起来，扔掉话筒，声嘶力竭地唱：

明天你是否会想起，昨天你写的日记
明天你是否会惦记，曾经最爱哭的你
老师们都已想不起，猜不出问题的你
我也是偶然翻相片，才想起同桌的你
……

我模模糊糊听到了那句话：“总说毕业遥遥无期，转眼就各奔东西……”瞬间我就感到眼中热泪沸腾，蹲下来，眼泪哗哗地掉。埋下头，我觉得我哭得五脏六腑都快呕出来。我被自己这样的激动样儿吓得不轻，似乎已经是几年没有哭过。

身边的男孩子们都像哥们儿一样拖起我，手臂挽着手臂，肩膀贴着肩膀，边哭边喊：

谁娶了多愁善感的你，
谁安慰爱哭的你，
谁把你的长发盘起，
谁给你做的嫁衣……

干杯，青春。

十二年前，我兴冲冲地走进教室，点名之后被老师告知，我走错了，是隔壁班的；

九年前，我踩扁了同桌的铅笔盒；他没有告我的状；

六年前，在六年级一班的教室里面举行毕业典礼，大家给语文、数学老师买了两件白色T恤，在上面签满了四十五个名字；这是我的创意；

三年前，在初三三班的毕业典礼上面，我收到一件没写姓名的纪念礼物；

两周前，高三七班的毕业聚会，我没能参加；

一个小时前，我重逢一些阔别了六年的面孔；

现在，他们对我说，干杯。

这就是成长吗？像一页页翻书的感觉。

看到毕业照片上已经叫不出名字的笑脸，看到做满了纠错笔记的参考书，看到覆盖着厚厚的粉笔灰的讲桌，看到写在黑板角落里的最后一个值日生的名字，看到空旷的教室，沉默了的日光灯，看到不再显示倒计时的液晶屏。

它们，都是沉默忠诚的伙伴，如此不动声色地陪伴我们轰轰烈烈前赴后继地踏过命运的沼泽。而今，对于我们的不辞而别，不诉离伤。

然后我们就这样走出高考的考场。穿过初夏蝉声聒噪的操场，穿过白色的教学楼，穿过十八岁的躯壳，穿过在高三艰难的岁月里幻想过无数次的所谓自由……

熟稔的城市优雅地朝我们远远微笑，笑容含义不明，以至无从揣测我们即将获得勋章还是讣告。我看到那些三三两两的还在不断议论着那道选择题究竟是选C还是选D的孩子消失在西沉的夕阳里面：他们的确是这样走了，我如此切切实实地看到他们就这样走进太阳里面去了。就如同一切刚开始的那些个九月天，他们从晨曦的光线之中走出来一般。紊乱交错的脚步像命运那样不可抵抗。

在这个夏天，所有的等待在命运的显影液里渐渐清晰并且成像。但最终，只看到曾经的希望走过来对我说再见。时光对我说再见。你对我说再见。

这的确是一件矫情的事儿。我们兴师动众地与时间为敌，要将所有日后注定会变得语焉不详的记忆，全都一丝不苟地镌刻在一张胶质画片上。我在听到《同桌的你》的时候能够哭得出来，事后狠狠地高兴了一把：原来自己还能够矫情啊。

我害怕自己就只能窝在沙发里面看着大伙儿唱歌，傻盯着屏幕上闪动的歌词，喝两杯别人埋单的啤酒，打几个哈欠，看看表，然后说拜拜。

因为人就是这么老下去的。

这是小学。那么初中呢？那么高中呢？那么四年之后呢？我仿佛已经不再能够准确回忆起过去的毕业典礼是怎样的场景。我只知道最近的这次，因为时间关系没能赶回来照高中毕业照。他们将没有我的毕业照片寄给我。我凝视空白的面孔。花朵之蓝。缺省的记忆。遥遥无期。我是不喜欢照相的人。在藏区有部分人认为，人不能照相，因为若有影像留在人间，便不能获得来世。

毕业前每个人都在疯狂签售毕业纪念册的那段日子，贴纸店生意好得不得了，但是我很偏执地不给他们留照片，为此朋友们大声地在电话里冲我叫嚷，干吗啊，这么不耿直啊，一张大头贴都不给，毕业照也不来照……我嘻嘻哈哈地打啰啰，心里却在想，若明知要被遗忘，需不需要努力留下痕迹。看到费尽心机想要记住的东西被不可避免地忘掉，是件多么尴尬的事情。我是真的不想看到，三十年后，你指着照片上的我，却半天叫不出来我的名字。

所以，宁愿没有我。这样，我们便都不会尴尬。

3.

高二的孩子们开始找我们要旧书旧笔记。我细心整理书本，交给一个认识的学妹。看到她如获至宝的样子，我突然心酸难忍。我开始舍不得这些印记。

九月临行之前，又将一些空白的参考书和试卷整理了送给其他的学弟学妹，整理的时候我随意翻开，看到一道很白痴的选择题：下面哪种岩石属于沉积岩？

但我发现我已经想不起这些曾经背得滚瓜烂熟的知识。我轻轻合上书。笑了笑。

明天。我将要离开。收拾好了行囊，和少年时代最要好的朋友十禾告别。很不巧，十禾在举行她的第三场毕业聚会。她已经是那个高中里面VIP级的人物。男朋友比朋友还多，朋友比同学还多。是那种让人过目不忘的女孩儿。不是最漂亮，却是最夺目的。难以描述的魅力和好人缘。和初中时代疏离桀骜的形象判若两人。

再次见面是在KTV里面。所有那些有请必到、不请自来的男孩儿，众星捧月一般在包厢里面兴致昂扬地又喝又唱。我都不认识他们。他们也不认识我。只知道，其中有一大半都喜欢十禾。为了应酬，十禾忙到没有办法招呼我。我随遇而安地缩在角落里面，兴味索然。

不喝酒，不唱歌。只是漠然地看着所有的男孩女孩都已经喝高了，东倒西歪，穷形尽相。唯独十禾千杯不醉地站在角落，捧着话筒，独自吟唱张惠妹最老的经典情歌。十禾连续唱了五首，其实我知道她是唱给我听的。因为在初一的时候，我很喜欢听这些煽情得不得了的情歌。那个时候，真的很可笑。

彼时我看着她多少有些自我陶醉的专注神态，恍恍惚惚想起三年前，十五岁的十禾，裹一件男式毛衣，素黑的短头发，冷峻桀骜到无人接近。尽管怕冷，还是和我一起站在教学楼的楼顶上，观望日复一日的暮色。烈风拂过头顶。然后，无动于衷地说，走吧，回去了。

这个场景，因为印象太过深刻，在我的文字中出现过很多次。

这样一个少年时代的十禾，现在在包厢的暗处角落里，和那些神志不清而又情绪激动的男生拥抱或者亲吻。尽管我清楚，她并不爱他们。靠近，只是因为害怕孤独。或许她已经孤独得只能沉溺在被异性簇拥的幻象之中不可自拔。我默然看着，只是感觉有些舍不得。并且遗憾。

那晚她很歉疚地对我说，看，你都要走了，我还没招待好你，光顾着那些狐朋狗友。你看到这样的我，是不是难过？

我面对这样的问题，哑口无言。于是她也就不动声色地笑笑。

端起两杯酒，递给我一杯，轻轻碰一下，哽咽而犹豫地说，我……知道……你会记住我。

我心里陡然被戳了一刀。十禾难道以为，我会忘记她吗？会忘记我们的少年时代吗？

然后她暗自走开。转身对那边的一个朋友笑脸相迎。

于是我抽出一张补歌单，用包厢里提供的笔写下一张字条：

> 你经过这么多的人，聚聚散散，分分合合。以后还会有。
>
> 但是你要记得，最后留下的，永远都是我。
>
> 2005.08.26

我将字条塞进她的钱包。然后不动声色地离开。

我知道这几句话又矫情又滥俗。但是这种话，就是因为想说它的人太多，才变得又矫情又滥俗的。

那天我独自走路回到家，却看到她坐在我家门口。我惊讶得一句话都说不出来。十禾站起来，对我说，发现你突然走了，我扔下他们打了车赶过来。

我们再次像十五岁那年的离别那样，简单地轻轻拥抱。她问，三年前毕业，你要去读高中，那次我怎么跟你告别的？这次，你走得更远，要记得……好好照顾自己。

十禾伸出手，将我零乱垂落在前面的头发捋上去。

褪尽了虚荣，此时站在我面前的，仍然是十五岁的十禾。瞳仁清澈。神情凛然。如同那枝熟稔的、主茎颀长的矢车菊。

4.

翌日我在清晨背上装满了衣服的登山包，提上一个沉重至极的旅行箱，最后一遍检查好了火车票和学校报到要用的通知书和证件，对妈妈说再见。固执地不让她送我一步。因为中耳炎不敢坐飞机，所以我坚持独自坐火车去北方。铁路没有经过我的城市，还得先去成都上火车。到了成都已经是下午，我像个打工仔一样邋邋遢遢地坐在行李上，等着曲和来接我。那天晚上我请她和另外一个从英国回来的同学吃了一顿必胜客。撑得心满意足，然后又去Little bar坐坐，聊天。在成都度过三年的时光，却因为极少出校门而完全没能体验这座城市的宠爱。甚至，这次是我第二次坐成都的公共汽车。

火车是明天下午的。当晚借宿在曲和家里，见了她的哲学家猫咪——路德维希·维特根斯坦；在床边用电脑看了张DVD；半夜才睡，又一起卧谈到凌晨。我知道，一天又这么过去了。

第二天曲和以及另外一个要去香港浸会大学的死党一块儿送我去火车站。我们穿过熙熙攘攘的混乱人群，挤到了站台上。以一种非常艰苦朴素的传统姿态告别。曲和在严肃时刻一向是这么沉默并且善良的实干者，手脚利索地迅速把我的行李举到了架子上，细心叮嘱我不要上当受骗。然后她们俩便离开车厢，站在月台上等着列车离开。车厢的窗户不能打开，于是我就在窗台边上看着她们俩低着头给我发短信，咫尺之遥，我用手机拍下了这两个站在月台上的影子。她们不抬头，所以我才敢面朝她们的身影微笑。

列车启动的时刻，两个孩子终于抬起头来望着我，轻微挥手。于是该我埋下头来。我伸出告别的手，压在玻璃窗上。再次是铁轨的声音有节奏地逐渐加快，她们的影子，很快就消失。如同这个夏天的漫长的、漫长的阳光，倏然而过。

再见。我知道，若没有离别，成长也就无所附丽。

春别

一九九九那年冬天的尾巴上我与青淮停留在一个叫作铃溪的古镇。之所以得名铃溪，是源于环绕镇子的一条小河，因清澈湍急，流水声酷似银铃。

我从来不知道，一个古镇可以有如此美妙的名字。

在铃溪的时候，我们每日中午都在古老的大戏院天井里面坐着等听戏。在一排排的矮条凳中，我们选择靠后的位置。安静地晒着中午令人生倦的太阳，等着戏班子的人马姗姗来迟。说不准什么时候戏班子开始表演，但是只要条凳上坐了十来个老人和孩子，他们就会开始唱戏。

远远地看着几个身着彩衣的戏子从阁楼上下来，穿过窄窄的廊梯径直走到后台。稍后便有铜锣铜镲的声音响起，接着便是戏子们铿铿锵锵地跨过虎度门，吊着嗓子呀呀咿咿唱起来。

其实我从来没有听懂过他们在唱什么。我几次试图问青淮，唱词究竟讲的什么，但是我每次都发现，青淮早就靠在红棕色的柱梁上恹恹欲睡了。于是我也就不忍心打扰她。

她像是一只上了年纪的懒猫，和铃溪古镇上的那些慵懒的老人一起，边听戏边打瞌睡。孩子们的嬉笑声则无比遥远。一株蜡梅散发着幽香，气味蕴绕在天井里，正如同蜡梅树屈曲盘旋的虬枝。

我们在铃溪镇的一处只有三间客房的小旅栈里住了十五天。每日不过是在客栈的楼台上仰望古镇背后的铃溪山，中午听戏，下午在铃溪边徘徊，然后在晚饭之后伴着乍暖还寒的夕阳一遍又一遍地重复逛着呈十字交错的那两条小街。

温厚的日光已经把生命抚摩得非常柔顺。

那是一九九九年的事情。我们在同一所高中。在高一的寒假来临之前，同桌的青淮对我说，我们去铃溪怎么样？于是我就跟着她去了。我始终觉得，有些人对我来说，总是值得我一再相信并且跟随其上路。后来证明她的确是神奇的旅伴。我跟随她走过的路途，一直都是那么美好。

在学校里面的时候，她和我坐在一起，上课常常会拿着课本看着看着就突然埋下头嘻嘻笑起来，或者将课本立起来挡着，然后把笔袋里面的笔拿出来一一修理。起初我会一再提醒她听课，但是后来我觉得这样的提醒对于她来说简直是徒劳的，索性也就不再做傻事。

我是这所寄宿高中里面的外地学生。每个周末，同学都咋咋呼呼地被父母接回家，而我总是等到教室空无一人之后，才整理好书包，然后独自走到校门口，在一个用自行车载着打口CD的小贩那里挑碟，有时候满载而归，有时候又什么都不买。总是不知不觉地，天色就变得那么暗淡。我的书包里背着作业和题集，还有那些令人愉快的CD，慢慢地穿过空旷无人的操场，以及光线暗淡的教学楼走廊，听见自己清晰的足音敲击着寂寞的鼓点，最后心满意足地回到宿舍，在安静得令人心神不宁的宿舍里面独自泡一碗泡面，扭亮小台灯，然后塞着耳机，一边吃一边仔细翻阅从别人那里借来的电影杂志。

如此稍作歇息之后，我就会收拾好饭盒、CD和杂志，然后从沉沉的书包里面拿出作业，在已经沉沉地暗淡下来的夜色之中做题。

常常就这么不知疲倦地做到很晚，然后值班老师过来提醒我快要熄灯了。我对时间的流逝一向不敏感，总是以为它还会给予我足够的光明，于是经常正好在伏案疾书的时候毫无准备地被关掉了电闸，然后就这么束手无策地被扔进黑暗。仿佛身处路途的尽头，或者陷入了一处幽暗无边的深渊。

那种时刻我常常会觉得浑身无力直到站不起来。我想要在黑暗之中鼓励自己勇敢起来，但是每一次我都找不到合适的措辞。往往要过很久，我才摸索出手电，独自用剩下的热水洗脸洗脚，然后爬上床去，长时间地辗转反侧，最终疲倦地睡过去。如果依然还不能够入睡，我就起床来写信。但是那些信从来都没有寄达的对象，因此也就从来不会寄出。我只是借着手电筒的微光在白色的信纸上千篇一律地重复这样的开头：

你好，最近过得好吗？

“跟我去小兴安岭吧。”一九九九年的四月一日，高一的下半学期，青淮在数学课上对我说。我非常鄙视地白了她一眼说，愚人节快乐。青淮却认真地回答我，她没有开玩笑。我无可奈何地回答她，我们不是在假期，我们还在上课……怎么可能去旅行？

令我难以置信的是，第二天，青淮就没有来上课。我想，她或许真的是去了小兴安岭。我旁边的座位空了十五天之后，青淮回来了。她像一个普通的惯于迟到的孩子那样，若无其事地走进教室，从抽屉里面拿出在她离开的日子里发下的一大摞试卷和作业本放在桌面上，然后轻轻坐下，拿出课本。不久之后又打起了瞌睡。而我则继续勤快地记着笔记。

那天晚上，青淮却兴致勃勃地来到我的宿舍，手里拿着两只桃子，一只给我，另一只她自己已经咬了起来。她要对我说旅途之中的事情。我耐心地放下笔，听她高兴地讲起来。她从列车上的奇闻讲起，一直说到小兴安岭的林海。一个小时之后我终于按捺不住了，我说，青淮，我还有作业要做。

气氛明显是尴尬的。青淮对我说，对不起。

我望着仍旧是大片空白的数学试卷，不知作何回答。

青淮轻轻关上了门，走出了我的寝室。从室友们烦躁的翻书声中我知道她们对青淮的打扰非常不满。青淮离开的那一刻我心里莫名地觉得很难过，我想要跟出去对她说一声我并不是故意的，但是我始终鼓不起勇气。于是我懦弱地转过身，在内心大片的空落当中继续做题。十分钟之后突然就关闸了，我又毫无准备地被扔进了黑暗。

第二天，我收到青淮从小兴安岭的某处兵站给我寄来的明信片。邮戳上清晰的地址充满了骄傲的诱惑。我拿着明信片，对青淮说谢谢。

她微笑起来。笑容如同明信片上的苍翠林海。

在此后的日子里，我已经对她的这种出走习以为常了。身边的座位时不时就空了。当我仍然在拥挤的教室里面勤快而规律地听课记笔记做题的时候，我知道，她又踏上了旅途，在铃溪悠闲地听戏闲逛，或者在小兴安岭艰难地跋山涉水。

她是一只没有家乡的候鸟。永无止境地迁徙，始终找不到家。或者说，是因为没有家，所以永无止境地迁徙着。

而她回来之后也再不会来找我聊旅途中的趣事。只是把游记留给我，说是让我看看。唯独假期的时候她仍旧会邀请我一同出去旅行。那是高一的暑假，我和青淮在新疆。

我们乘坐火车，在漫长的行进当中我发现旅途上的青淮话非常少。我们基本上不会交谈，只是独自长时间地眺望列车窗外的风景，或者在自己的铺位上看书。我看着青淮瘦削而安静的脸，觉得她是一只那么快乐而寂寞的鸟。

在新疆的土地上，我们从南到北，一路前进。如果想要在哪个地方停留，就住下几日。非常之悠闲。几次扛大箱的经历，亦是青淮带给我的独一无二的体验。那是从喀什到伊犁的那段路，我们睡在运西瓜的卡车车斗里，顶着漫天散落的星光，一路颠簸。塞外的夏夜清凉如水，我们睡在西瓜堆里，一直无言。我心潮澎湃，伴随着隐隐的担忧，一直无法入睡。而回头看身边的青淮，才发现她早已带着甜蜜的睡容进入梦乡。睫毛上竟然像野外的花草那样结上了露水。我在颠簸中，间或抬头，看见渐次隐没的大地坦荡如砥，星光覆盖。

如同一艘鼓帆的船，借着故乡那饱含风信子之香的南风，划过月色下迷雾茫茫的银色海面，前往不知名的宿命。

一九九九年的夏天被我们挥霍在旅途上。高二开始之后，我父母就不再同意让我出去旅行了，他们说，你应该参加学校的培优班补课，或者你应该在家更好地复习。再或者，他们直接告诉我，家里正在储蓄你上大学的费用，拿不出那么多现金。

我看着父母因过度的殷切而倍显漠然的目光，数着他们年轮般刻在额头上的皱纹，很轻很轻地点头。

所以我继续按照命运的旨意重复平静而刻板的生活，在清晨时拥挤的操场上伴随着喇叭的口令机械地做广播体操，在紧凑而沉闷的课堂上认真地捕捉老师的每一句话，在夜晚教室的白炽灯之下勤奋地做完一本又一本的题集，为考试不理想而难过，为父母的轻声埋怨而内疚。而青淮还是在课堂上对着课本突然神秘而天真地嘻嘻窃笑起来，依然放肆地睡觉，依然不断地旅行，深入边远地区的山川平原，独自一人。而我却总是忍受着勤奋的惩罚，一次次地被关掉了电闸，然后毫不留情地被扔进了黑暗。眼睛总是不能很快地适应黑暗，于是在那近似于盲的几分钟里，我一次次看到完整而庞大的黑暗，如同一张不透风的密网，一丝不漏地罩住我的青春，直至它在苍白的挣扎之后渐渐痉挛着陷入最终的窒息。

我总是能够忍住疲惫的眼睛失控般滴出的泪水，不让它掉出眼眶。

因为如果眼泪滴落了，那么我的忍耐就将被惊醒。

校园里的白桦黄了又绿了，在明亮的窗外窸窸窣窣地抖动，釉质饱满的碎小叶片将阳光折射得充满了欢快。金黄色的阳光被教室的窗棂切割成规则的形状，撒落在贴满了标准答案和高考信息的白色墙壁上。知了的叫声被热风吹得一浪高过一浪，白衬衣在风扇的吹动下随翻飞的试卷和书页一起不安分地鼓动着。静静停在教学楼下的自行车，坐垫被烤得好烫。无知的蜻蜓懵懂地停在窗台上，很快又索然无味地离去。

那是高二结束的夏天，我们在骄阳似火的八月仍然在教室里坚持着准高三的补课，汗水在伏案疾书的时候滴下来洇湿了试卷，手肘的皮肤因为出汗而和课桌黏在一起，扯动的时候撕裂一般疼痛。

而青淮却早已在内蒙古，骑行在如梦一般广袤的草原上，夕阳如血，她沿着绸缎一般飘向远方的无名溪流深入大地的怀抱，像以梦为马的孩子，枕着璀璨星河陷入沉睡。

而我们的世界里高三已经马上要开始了。补课结束放学那天，我照例收到青淮从远方寄来的明信片。我以为仍然是一张除了一个遥远的邮戳和一行简单的地址之外没有任何言语的明信片，却在翻过来的时候看到留言中一行赫然醒目的字迹：我不再回来了。

暑假。林荫道旁的法国梧桐，裹满了灰尘的树叶被烈日炙烤得像锡箔纸一样奄奄一息。书包里揣着她不再回来的消息，我迷惑，担忧，并且难过不已地骑车前行。我骑着骑着觉得又热又累，最终在一棵大树下停了下来，仰头看夏日城市的黄昏，并最终在难以忍受的闷热和噪音中，决定等一场雨。

那天我就这么坐在单车的后架上，反反复复地看着青淮的明信片。车兜里面放着书包，从未拉好的拉链中露出数学试卷的一角。一个小时过去，天色忽然就昏黄了起来，接着便是一阵飞沙走石的狂风，然后大雨倾盆而下。

我没动，像个局外人，看着急于躲雨的行人慌张并且狼狈地奔跑着，车轮毫不留情地溅起一摊摊泥泞的雨水。我感觉仿佛正在旁观一出布景拙劣而情节荒诞的哑剧。而我自身，或者说我们自身，以及所有自以为清醒而明智并足够冷漠的旁观者，在这个令人失望的世界里面难道又能摆脱作为一个渺小丑角的宿命吗?

于是我沮丧地推着单车继续回家。

在离家不远的地方，我看到母亲打着伞神色慌张地一路寻过来。她看到我的时候，不顾一切地冲过来，徒劳地为已经完全湿透的我打伞。

其实那个瞬间，我懦弱地在被雨水模糊了眼睛的时候落泪了。我想，这样落泪，应该不会吵醒了忍耐。

因为在接下来的时间里，我还那么需要它。

高三还是这么毫不妥协地来临了。除了窗外的白桦又是一岁枯荣之外，我并未感到多大的不同。

青淮的明信片，已经贴满了我宿舍床头的整整一面墙。在无数个空落的白天过后的黑夜，在无数个无眠的黑夜过后的白天，它们安慰我以遥远的路途和梦想，并且一再提醒着我，青春的意义决不在于这炼狱般的高三，却一定需要这炼狱般的高三来锻造，并借此加以最深刻的阐释。如同一把最锋利的剑，唯有最滚烫的炉温和最惨烈的淬火才能铸就。

然而，在以后珍贵的岁月里，我却再也没有看见过青淮。身边的座位也就这么永远地空了。常常地，在宿舍安静做题的间隙中，我总是感到青淮还会拿着两只青红的桃子，天真地来找我讲述她的旅途；或者在课堂上听老师讲解一道复杂的解析几何的时候，我会忽然觉得我只要一扭头就还可以看见青淮躲在书后面，像孩子一般哧哧窃笑……

然而这一切都仅仅是记忆而已。

后来我才知道，青淮的父母已经决定把她送到国外去留学，所以她再也不用回来了。而直到高三最后的日子，我仍然持续地收到她的明信片，那些除了一个遥远的邮戳和一行清晰的地址之外再无其他赘言的纪念。我温暖并且感激地知道我已经获得了多么令人骄傲的幸福：拥有一个地址和一个远方的人，将路途中的挂念，源源不断寄来。

我便是怀着这样的幸福，结束了十八岁的夏天。

而路途结束了。或者说，又将开始了。我最终背着背包，像青淮那样独自踏上漫长的旅途，而青淮，或许正在深夜的候机厅等待中途转机的国际航班。

我必定会在记忆中珍藏我青春时代惯看的风景——校园里的白桦黄了又绿了，在明亮的窗外窸窸窣窣地抖动，釉质饱满的碎小叶片将阳光折射得充满了欢快。金黄色的阳光被教室的窗棂切割成规则的形状，洒落在贴满了标准答案和高考信息的白色墙壁上。知了的叫声被热风吹得一浪高过一浪，白衬衣在风扇的吹动下随翻飞的试卷和书页一起不安分地鼓动着。静静停在教学楼下的自行车，坐垫被烤得好烫。无知的蜻蜓懵懂地停在窗台上，很快又索然无味地离去。

一如青淮必定会在记忆中珍藏她青春时代惯看的风景——铃溪的折子戏、漫长的夜行列车、小兴安岭的林海、新疆的坦荡大地以及璀璨星光、内蒙古的广袤草原，还有那些数不尽的如画山河。

从那个十八岁的夏天开始，在后来的时光当中，我一个人按照青淮寄给我的明信片的地址，一一重新去看一遍。而每次我在彼地准备寄一张明信片的时候，却发现，我的想念找不到那个可以寄达的人。即使有那样的一个人，我也不知道她的地址。毕竟，她是候鸟。

于是我只能一再写给自己，告诉自己，我曾经行走在回忆中。

冰是睡着的水

大学提起裤子从你的身上起来，冷冷地对你说，走吧，把青春留下！这个时候你会觉得是大学上了你，而不是你上了大学。

——发信人：螃蟹　时间：2005.12.3

我缩在上铺，一边看着这条短信一边喝水，把它群发给所有的人。

我成年之后的第一个夏天走失在二〇〇五年。在那个夏天的尾巴上，我独自拖一个43cm × 50cm尺寸的行李箱，背上一个六十升的行囊去北方上学。火车在凌晨三点到达那个北方城市。没有人接我，也找不到车。于是我非常落魄地在售票大厅里面席地而坐等待天亮，等待五点的第一班巴士。

手机的闹钟把我吵醒，我站起来拖起行李往外走。在靠近门口的地方，被煞亮的天色刺得有些睁不开眼睛。未曾料到这里天亮这么早，等反应过来的时候我才想起我现在已经与家乡有了将近十个经度的时差。

在巴士上我旁边坐着另外一个系的新生。她细细柔柔的头发遮住了半边脸。当巴士逐渐远离市区，沿着一条褐色的散发着化学品臭味的河流向荒僻的郊区不断深入之时，她开始抽泣，肩膀像觅食的鹿一样玲珑地耸动。我问她，同学，你没事吧？

她不作声。

开学一个礼拜之后，我听说，隔壁系的一个女生，第一年考北大差三分，今年复读还考北大，差两分，她来了我们学校。那天在校车上，一路上越来越荒凉，越来越荒凉，她就一路哭着来到这里。

到站了没？到了报声平安。

——发信人：妈妈　时间：2005.9.1

现在我和一群陌生的Freshman挤在六人间的寝室里面，地面是一层厚厚的灰尘外加一簇簇软绵绵的头发，各种塑料口袋包装花里胡哨的食品堆满了跛脚的木头桌子和我们的胃。垃圾篓从来都是爆满，如果没有那个操一口天津话的宿管阿姨来训斥，那么就永远也不会有人去倒掉。水房里面哗啦哗啦每天挤满了女孩子没完没了地洗衣服。我对面床的那个女生用一千七百多块买了一只网球拍，却舍不得给楼下的学生会吆喝的慈善活动捐献一分钱。

在女生世界里经常可以听到许多让我哭笑不得的对话，比如一个女生在宿舍静坐一个小时不做事，只为了责备另一个同伴，你怎么洗澡不叫上我一起？害我坐着等你不能去洗。

或者一个姑娘会说，你怎么在看高数？不行，那我不能看英文了，我也要看高数！！

再有就是你听到如下一段很绝望的对白——

甲：咦？咱的课外阅读书目清单里面怎么有《失乐园》？

乙：《失乐园》？我有碟啊……嗨，濮存昕演的咱也要看啊……

甲：不对啊，上面说是一个叫弥尔顿的人写的。

乙：咱中国还有姓弥的啊……

甲：不对啊，清单上说是一个英国人……

北方下了第一场雪。那天我正要出门上德语课。雪花多得像不要钱似的漫天撒，烈风一刀刀戳进我的大衣。我裹紧衣服觉得自己不能够顺畅地呼吸了，如此荒凉广阔的校园里我就只听见自己拼命喘气的声音，我停下来，看着周围疏落的人影匆匆穿过校园大片大片的盐碱地，就这样很难过地想起了高三的十二月，在清华参加自主招生考试的时候住在紫荆公寓里，看到北方的冬天，晴朗和蓝天，白雪皑皑。高大的杨树褪尽了繁华，只剩下嶙峋赤骨架起一树的白雪，却辛苦得美。清华园里的荷塘已经完全冻结，许多小孩子在上面溜冰。一些老人和成群的鸽子在工字厅前面的林子里逗留。城市轻轨就在楼外，夜夜听得见铁轨的声音。空气寒冷得令人倍感振奋。我一眼就爱上了北方的冬天。然后对自己说，一定要考到这里来。

然后在这个毕业的夏天，所有的等待都看到了结果，所有的希望都看到了现实。我最终还是不能来这里。

我只记得早上接到清华的老师打来的电话，询问考分和志愿。我对他说，对不起，真的太遗憾了。他也说，是，真遗憾。

那是今年夏天的故事。而现在，我就这么定定地站在雪地里，一再警告自己，再也不能爱上自己的想象和回忆。

北京下了第一场雪了哦，你们那儿呢？

——发信人：白蛇　2005.11.29

我那在英国念书的菜板从来不考虑时差，只是喜欢在她六点左右下课之后给我打电话吹牛。记得以前在高三的时候就是这样，我独自在台灯下面做题，突然被午夜凶铃吓得一哆嗦。那天晚上凌晨一点钟，又是菜板给我剁了一个电话过来，我迷迷糊糊地跟她聊啊聊啊，后来手机突然没电了，声音戛然而止。之后我就特别清醒，知道自己再也睡不着了，于是爬起来给高中的同学写邮件。刚刚打开邮箱的时候我看到了十封未读，且不是垃圾邮件，心里一下子好虚荣。我一一点开，看到旧日朋友们的想念。菁菁说她站在港科的Linking bridge上摇摇欲坠地看到刚从海滨浴场回来的穿游泳裤的男生很帅，还有在电梯里面碰见一群长相很地道的中国同学操一口流利的英文在谈笑风生。接下来的邮件里面，徒弟寄了电子贺卡，区区骂我为什么发短信不甩她；小青告诉我她宿舍楼下贴着法斯宾德电影免费巡演的海报；小白对我说，阿姊啊你明早要是看到电视里面万人长跑的报道就一定要找那个穿黄背心的人哦……我看着看着，心里越来越寂寞。

我们学校的大湖边上有白鹭来栖息哦。

——发信人：曲和　时间：2005.11.1

冬天还没有来临之前——而夏天却惶然走失之后——我开始大规模地逃课。选修课必逃，必修课选逃。一个人在宿舍里面打开电脑准备码字挣钱但是却便秘一般地写不出东西，这样的情形用我的一句口头禅来说就是——不是郁闷两个字可以概括的。常常整个半天都不想去上课，于是自己就骑了单车去学校旁边一个公园里面去闲逛。秋天的北方有着蓝色苍穹，烈风肆虐，阳光普照。晴朗并且寒冷。这是我在南方从未奢望得见的所谓秋高气爽。在湖边遛单车。停在僻静的地方，靠在车的旁边，无动于衷地眺望被烈风吹得跃动不已的金色水面。耳机里是高中时代最喜欢的乐队。俄罗斯的Lube。低沉得仿佛不懂得哭泣的声音，唱着我听不懂的俄语。但是旋律亲切得仿佛是旧时光。摇曳的手风琴和微笑的打击节奏。不插电的记忆。

直到天空的钴蓝逐渐渗出晚霞的暖色，我才离开。穿过陪伴了我一个下午的风，回宿舍。刚成为Freshman时的很多个下午我都是这么混过去的。这样的生活姿态散漫得令人心生愧疚。因为我在那本超级畅销的绿封面的哲学书里面看到过：闲散是天才的理想。

那些日复一日忙着听课做题的高中时代，真的走了。永远地留在了南方那些一模一样的阴霾的白昼。

喝杯牛奶就好好睡觉，什么都别想，明天肯定会很好地发挥的，加油！好运！

——发信人：李老师　时间：2005.6.7

那段时间我如果不到湖边去就会在宿舍待着无所事事。和我一起的是我的下铺。我叫她Sarah。她有一只宝贝得不得了的电饭锅。总是热衷于到小卖部去买鲜鸡蛋、白菜、面条和袋装的鲜汤底料来煮面吃，即使是在我们这个乱得跟货轮底舱有一拼的小宿舍里面，她坐在小板凳上等着锅里的水咕噜咕噜沸腾的时候，也总是带着满足而天真的笑容。在放调料之前习惯用汤勺盛出锅里的食物，细心品尝味道，以便掂量调料的分量。煞有介事地把头发绾起来，干干净净地露出脖颈上白得透明的小块皮肤。喜欢在食物还没有出锅的时候夹出一点来让我品尝。

我在屋里写字的时候常常可以闻到烹饪的香味，溶解在整整一个下午的悠闲时光里面。她对我说，如果有一个人说她煮的面很好吃，那么她会兴奋得一整个晚上都睡不着。

我看着她的幸福，悲悯而又羡慕地说不出话来。

数着日子，还有三百多天，我们就可以解脱。

——发信人：瓜儿　时间：2004.6.12

那天又混过了一个闲散至极的下午，华灯初上时和Sarah一起乘着公车穿过郊区荒野去市中心看电影。在车上听一张老狼的盗版CD。那是一个高中的死党送给我的，我喜欢里面的《虎口脱险》，可是这张三块钱的盗版碟实在是太次了，那首歌只有一半。每次听到高潮的时候就会戛然而止，实在是叫人痛不欲生。可是后来逐渐开始非常习惯这首没有结束的歌，如同维纳斯不该有一只完整的手臂。

每次坐这趟车，两个小时的路程总是让我极度没有耐心。昏昏欲睡地把头靠在玻璃窗上，看窗子外面北方黄昏的原野弥漫在暮色之中，明月高悬。马路上的车灯闪着匕首一般的光亮一道一道地从眼前划过去。看久了让人觉得生命没有意义。索性就会闭上眼睛，幻想自己正狼狈而又洒脱地背着一只六十升的登山包坐在前往尼亚加拉大瀑布的破烂班车上。就像在电影里面一样。

Sarah在我快要睡过去的时候问，我们看什么电影？

我说，不知道。到了再看吧。

彼时她将头靠在大巴士的玻璃窗上，显得非常疲倦。外面一闪而逝的街景显得非常之阒静。阒静得像命运那样不可抵抗。那个时刻她轻轻抓住我的手。

午夜的电影打了五折。陈可辛《如果·爱》。我再次看到金城武那张刀砍斧削一般英俊的脸。

在电影中，十年的时间里，这个男人每年都会回到他们共同生活过的肮脏地下室里等待情人回来，空手而归之前用一个破机器录下他的声音。就这样，黑暗中我们听到他破碎而且固执的等待从录音机转动的齿轮之间挤出来：

1995年10月19日：你没有回来。老孙……你到底在哪？回来吧。我以为一年之后会好一点……但我还不是一样……时间才会过得这么慢。

1996年11月：两年了。两年了。你可不可以回来一次啊？再回来一次就好……我答应你我不会留你的……你可以走……好不好……

1997年12月：我觉得我好了。今年回来我没有那么难受……看着这张床……是有一些回忆……但是没有那么疼。我坐下……笑一笑。忘记你，原来不太难。

1998年10月3日：你是不是死了？？！！你是不是死了？？你为什么不回来？？贪慕虚荣……我不想再见到你！你去死吧！！我恨你我恨你我恨你！！

1999年12月30日：我也当演员了，呵呵。真的，你不要笑我。也许有一天，我们会合作一部戏……

2001年12月6日：你还好吗？外面下很大的雪。

……

……

二○○五年他带着他的情人回来了，两个人都已经是演艺界的超级大腕。他们面面相觑地站在这个地下仓库的入口处，发现彼此再也没有一张年少的脸，再也不是当年因为付不起房租而躲在这里苟活的小青年了。

这个镜头突然令我想起很久以前看过的金城武和梁咏琪的《心动》。电影里，两个孩子站着相拥取暖就可以在公车站熬过一个晚上。少年的头发长长地遮住眼睛。我问Sarah，你看没看过《心动》，她在黑暗里朝我摇头。

∵忧愁是可微的

快乐是可积的

∴从今天到正无穷（左闭右开）的日子里

幸福是连续的

又∵我们的意志的定义域和值域是R

∴希望的导数是肯定存在且恒大于零的

好运的函数图像是随横坐标时间的递增而严格单增且无上界的

一切困难都是△＞0的有实数解的

钱包里的进账是等比数列且首项大于零，公比大于一的

综上，

青春是无极限的

——发信人：区区　时间：2004.4.14

这一年我十九岁。刚刚成为大学里面的Freshman。拿着各种各样的卡片四处签到，令人怀疑在这大学里面活着的意义，就是让那些纸片上面盖满证明你还没有人间蒸发的红章。

到了我生日那天，宿舍的朋友给我买了一个蛋糕，Sarah煮了一锅面条算作是长寿面。大家开了一瓶二锅头还有七八瓶啤酒，把蛋糕往别人头上砸，闹得鸡飞狗跳。后来不知道是谁突然说，哎呀，我们是不是没有让寿星许愿啊！！然后大伙看着已经摔得七零八落的蛋糕，非常歉意地关灯让我许愿。可是等我闭上眼睛，我发现自己没有愿望了。

今天上飞机之前我想了很久，突然发现，我好怕你离开。

——发信人：菜菜　时间：2004.3.19

第一场雪过后，学校附近的湖开始结冰。从围栏边上走过，就能感到风从宽广的灰色冰面上掠过，回到它久居的天空。这曾经是我期盼已久的北方的冰雪，可是真正当皮肤被烈风和干燥折腾得死去活来的时候，才知道这一切又不过是“看上去很美”。

逐渐习惯独自去找教室，听课，吃饭，洗澡，去图书馆借书，晚上睡不着的时候盯着天花板数羊。好像生活就像那片湖一样冻结起来了似的。

冬至的时候大伙包饺子吃，唯独Sarah要固执地拿她的宝贝电饭锅煮面。于是我就很命苦地陪她吃面，把那一锅东西干掉了三分之二。吃完了之后我陪Sarah去洗碗洗锅，在水房里面她趁着哗哗的水声对我说，你可能是最后一次吃到我的面条了。我定定地看着她的侧面，甚至都忘了问她为什么。她咬着嘴唇转身就走掉，离开的一瞬间还惶然地拍了拍我的手背。我觉得她的手冰凉。像那片湖。

记住我们现在都是站在新的开始。我会想你的。

——发信人：秋秋　时间：2003.9.1

终于无法再忍受电影《俄罗斯方舟》里那些莫名其妙的独白和令人窒息的长镜头，凌晨三点，我们合上了笔记本，终于困了。房间里彻底黑暗下来，像高中时突然熄灯的宿舍。我们什么都看不见。你摸索了半天才找到台灯的开关，令我怀疑这里到底是不是你自己的房间。

一起躺下来的时候，你说，喂，跟我讲讲你的以前吧。

这样的要求被你提出来，我吓得不轻。更甚的是，一番讨价之后，你主动到以坦白去年夏天的一段韵事来换取我的开口。

辛辣而雨水丰沛的夏天结尾处，我对你说了些什么。又实际上等于什么都没有说。

因为我们都知道，就像你说的那样："表达——如果一定要有的话——也无论如何不能够失去一件平静与含蓄的外衣。"

那是我去北方上大学之前的夜晚。翌日你送别我，为我把箱子举上了行李架，带我去车厢尽头教我看时刻表，嘱咐我把财物保管好。

我看着你处理起这些事情来熟练利落的样子，就似乎看到了这些年你独自一人在旅途中孑然一身的影子。

若要以这样的方式来说——

四年半以前，在军训的休息间隙，你蹦蹦跳跳地过来搭讪，找了个极端拙劣的借口："像F和弦之类的大横按你怎么办？"

这是我们此生的第一句对话。

在那一年里，我给尚且陌生的你买过一个冰激凌。彼时你有极其意外的天真表情。你也曾在某个下午突然出现在教室后门，送给我一张老狼的CD，嘴里一直念着，盗版的盗版的……

三年前的九月，在刚刚分完文理科的新班级上，我一回头，就看到你一个人挪了一张桌子坐在最后，在班主任语调高昂的说话声中，埋着头，自顾自不停地整理抽屉里的文件夹，你这样的习惯好像一直贯穿到了高三的语文课。在那天下午，我们吃晚饭时忽然说好一起同桌。

两年前愚人节，我想也没有想就吃下你递给我的牙膏夹心的奥利奥。一边吃一边轻声说，为什么这么像牙膏的味道……然后你突然爆发狂笑，我才如梦初醒，大骂一声奔去漱口。

我想我一定是反应过激了，否则你怎会追过来问，喂，你没事吧？而我很生硬地没有理会。那天我们像闹别扭的小学生一样互不说话。但你不知道，我其实根本不是生气，而是一直在费力思索我该如何弥补——弥补刚才让你觉得我很小气的一切。又有些为自己感到委屈：你看，我多么相信你。

一年前的周末，我极其偶然地去了书店并且又极其偶然地翻开一本《岛》，恰好就在翻开那页上，我撞见我的名字，读下去，竟然是你写的信。合上书时，我因了你的那些记得，而终于获得如释重负的心情。那日我真正为此很开心。想想理由，又觉得真寂寞。

半年前的暑假，在沿着泸沽湖步行的途中，我之所以连续三十公里一直走在很前面，只是因为我会尴尬于跟你并肩行走而且长时间不说话，但又不想看着你的背影。

一个星期以前，我迅速删掉了你颇有微词的那篇仅贴出来三个小时的Blog。因为我不想自己让你不喜欢。这是我一直以来最羞于启齿的事。

两个小时以前，我发了短信问你某部忽然间想不起来的贾樟柯电影的名字。你回答是《任逍遥》。看那部电影是在三诊结束的晚上。小青和我被你拐回家。夜里小青睡了，我们两个只好面对片子里那些精妙的黑色幽默，拼命忍住笑声。

用这样一串仓促的排比句来整理时光的脉络，放弃去顾虑这样的表达是否显得学生腔浓重并且语言苍白稚嫩。其实，偶尔唠叨下这样无谓的怀念，都是我们曾经做过的事情。只是你先于我好早之前，就把它静静地放在不再轻易拿出来的沉默里了。而我直到现在，都还常常念念不忘地把它带出来，揣在心里，悄悄去和寂寞散一下步。每一次又好像都有新的惊喜。所以你看，我总是有些不懂事。

总让十六岁起就开始恪守冷暖自知的你，觉得相较之下有失担当。好多年了，我甘于留在原地，静静观仰疏于言表这样一个姿态，如何在你身上有了极其赏心悦目的根植。后来你一个人背着行囊一步一步走过的那些行程，仿佛就是完美地证明了，只有记忆成了身外之物，我们才可以在这陵园一样的人间，走得远些。

如此意义上的远些，自然有参照物而言。这些年的过程，我们走得和所有人一样平淡，生命与我们之间，以及我们自己之间，连一点大的波折都没有。一点都没有。

曾经以为极其盛大的青春的构成，其实不过是一些形式上……细微到一旦掉进时光的河床，就再也找不到的碎片。就好像极爱一个人的时候，会轻易说起一生，轻易以为一生可以就此交付。但是颠沛的感情从来不能托以终生，缘由无他，只因生命是自己的，除了自己之外，我们无从交付。

每每回过头来一看，也只不过是与其并肩了一段花荫下的岁月而已。至多留下些情动的隐隐回声，至多留下一些连回声都散尽之后的寂寞——比如很久以前，当极其年少的我在看一部电影的时候，会因为别人的爱情而哭；一些年之后，我再看到那样的电影，会因为自己心里想起了一些人事，而哭也哭不出来。

就像史铁生老师写的："一旦有一天我不得不长久地离开它，我会怎样想念它，我会怎样想念它并且梦见它，我会怎样因为不敢想念它而梦也梦不到它。"

当然，这一切都还是在我一直不能够按照你所期待的那样，至少在表达上，举重若轻起来的时候。

我不解的只是，我们是怎样在这种和平的表象之下，用你自己的说法，"一年一个花样地变得有了现在这样的姿态了呢"？

在我们走过的路上，你沉默的时刻，比你提醒自己要去沉默的时刻更多。这是我记忆良深的，那个在文字里面写"我们要有最朴素的生活，与最遥远的梦想"的少年的你。

而在一个人奔赴北方的旅途中，我在列车的窗边长久眺望眼前绵密无尽的平原。以灰绿而寂静的大地作衬，我看见自己的脸映照在玻璃上，这样逼近，突然觉得它比我更加真实。但是玻璃的那一面，并没有另一个我。

那一刻慢慢想到，生命只是一把尺子，常常被用来丈量远远大于它长度的欲望。上帝对于这把尺子的设计，竟然蕴含着对人性如此悲观而准确的预料：如果嫌它长，可以中途折断；但如果嫌它短，却无论如何无法拉长。青春在这样一把尺子上占据的只是一段短暂的跨度，被几个细密的标识所代表。而我们观瞻它的角度，已然像日晷般，记录了我们与它的渐行渐远。

这些，其实都早已意料。未曾料到的是，世上会有另一个人，会让我对她的在意，完全左右了我自己。以至一旦想要说点什么的时候，会因为她的隐忍，而害怕自己显得有失担当，并且最终也就沉默下来。

这是我最软弱的地方。因为我与你的沉默，有着一些本质上的不同。这也是为什么我会问，缘何我们总喜欢以在别人的生命中留下印记的方式，去感知我们自身的存在。

其实，答案早在我们提问之前就昭然若揭了。

灯下夜祷

昨日天色灰蓝，仿佛是一张失去了回忆的脸，泣尽一整个冬天的忧郁。我兴味索然，复习法语，随手翻开《新法汉词典》，看到这样一个词条，Le lucermaire：【宗】灯下夜祷。我只觉得美，于是随手将其摘录下来。翻开本子，我却又看到几天前摘抄的黄碧云：

> 走在校园的梧桐树下，路人迎面而来又擦肩而过，没有你的世界也并不寂寞。如果能在无人的路上散步，无思无念，沉入一种静谧，让时光从肩头缓缓流过，那也并不寂寞。
>
> 在无人的路上散步，寂寞就在一回头间看到了。
>
> ……
>
> 但你不会忘记我。你不需要忘记我。我对于你来说是那么轻，你可以将我当作星期日下午的棉花糖一样不时吃一下，调调生活的味儿。你一个人的时候你会想念我，想念我对你的执恋，想：我遇到过一个热烈的女子。我却要花一生的精力去忘记，去与想念和希望斗争；事情从来都不公平，我在玩一场必输的赌局，赔上一生的情动。

……

一定会有那么一天。记忆与想念，不会比我们的生命更长；但我与那一天之间，到底要隔多长的时候，多远的空间，有几多他人的、我的、你的事情，开了几多班列车，有几多人离开又有几多人回来。那一天是否就掺在众多事情、人、时刻、距离之间，无法记认？那一天来了我都不会知道？我不会说，譬如一九七六年四月五日在天安门广场，我忘记了你。当时我想起你但我已无法记得事情的感觉。所以说忘记也没有意思，正如用言语去说静默。

对于黄碧云早年的这些作品，曲和在Blog里写道：

看不到面目从容的退让，沉默和自私的早些年，我若看到这样的句子，多半会嗤之以鼻。彼时我要看的是狠心到底的决绝，极致的聪慧和冷静，好像这个世界说不要就不要了……

她的话语停在了这里，而我想，在看不到面目从容的退让、沉默、自私的早些年，若我看到这样的句子，又会怎样呢？比如说，当“……花一生的精力去忘记，去与想念与希望斗争……玩一场必输的赌局，赔上一生的情动”这样一句不动声色的话语，重重撞击了记忆的时候。

在我最近写的一篇文章里，我不自觉之间勾勒了这样一幅幻景：一座木阁楼的房顶，鸽子在黎明的熹微晨光中出巢飞翔，一个久居在此的孩子，习惯在它们啪啪扇动翅膀的声音中醒来。睁眼，望见灰蓝色的苍穹，静默地向他展开一片广袤的笑靥。暮色四合之时，鸽子们带着飞翔的倦意归巢，叽叽咕咕的声音，温情而幸福。尔后是那些冷清的除夕夜，他早早睡下，却被午夜时分炸响的鞭炮声惊醒，睁开眼睛看见窗外陡然升起的艳丽烟花在高空中绽放，光芒雍容地从窗户照射进来，将他的阁楼变成了一座通体透明的琉璃城堡。他就这样醒来，躺在阁楼里的小床上，在阵阵绚丽的烟花过后的沉寂中，重新陷入沉睡。

我为这良久徘徊在头脑中的意象而困惑，并且又一次明白无误地看到，自己行至这样一个尴尬的年龄，却仍受潜行在心底的——或真或假的意象——所左右，不辨朝夕，每每心绪无端地潮起潮落，久久不宁。也许这一切又有所注定。无名的忧郁是我自始至终未能彻底摆脱的底色，为此我陷入懊悔，好像这整个秋天的绚丽落叶都白白飘落了，因它们没有能够使我动荡的心绪为之平静，哪怕一瞬。于是这样的时刻，我忽然觉得对不起秋天，对不起所有生命中本应如秋叶般静美的年岁。

电影《美国丽人》中有这样一句台词：

Today is the first day of the rest of your life. This is right with every day except one day: the day you die.

既然如此，让我们想一想，在我们曾经活过来的生命中，我们是否原原本本坚持了那些年少时纯净的初衷？而在我们剩下的生命中，它又是否能够被继续地坚持下去，我们又是否还在为曾经的执念行走在路上?

这样的问题在现实中是容易显得苍白无力的——这些日子我都过着怎样的生活呢——每天要在专业课上一边听课一边捧着牛津高阶词典背GRE单词，课余要做题，赶稿，看书，还要去上德语课……转换地点的时候发现自己因为缺乏锻炼而爬不上四楼。下午下课之后在二十分钟内草草吃饭便赶去上法语夜校，九点半结束后顶着寒风匆匆回来。然后温书背诵，完成明日要交的essay或者presentation，困乏得不行。到了夜里，却又总是一上床就来了精神，辗转反侧，有时候竟会莫名其妙难受得转身便泫然欲泣。想到记事本上还有太多的备忘事项没有完成，想到英美文学史课开的书目清单上一列列必读原著，恨不得一天有四十八个小时。

日子固然十分整齐，但却也了无生趣……用《云上的日子》中的一句话来说，是“忙得丢掉了魂灵”。

最喜爱的乐队之一Evanescence出了新专辑*The Open Door*。我在夜里听*Not Enough*，闭上眼睛便回到高中时代，那些独走钢索的青春：漫长的一首歌，久不落幕的一部电影，藏在课桌下面的一本杂志……

那个时候想要用电影装点视觉，用音乐装点心情，用旅途装点青春，用理想装点生命……

那个时候总是有意无意地说——时间还早呢——好像青春还很长很长，而自己的年龄永远都会停留在以十开头不会再老，所以即使做着世界上最无趣最枯燥的事情，都不会觉得活得暗淡。只觉得要是有更多的冰激凌和香肠，又没有数学没有高考，那么一切就完美了……

而现在真的没有了数学没有了高考……什么都没有了……但此时此刻，又真的与以前的幻想和期待吻合了吗？有多久没有买过《看电影》和《非音乐》，有多久没有去淘过VISION，有多久没为找到一张难以寻觅的DVD而雀跃，有多久没有在夜阑人静之时重读一本早已烂熟于心的旧书，又有多久没有为小摊上的牛肉饼而垂涎三尺……我想我说不上是否在坚持那些初衷。因为我连那些初衷在哪里都不记得了。唯一记得的，只是你说的，要有最朴素的生活，与最遥远的梦想。

平叙到此，我又想起，第一次在你的摘抄本上读到简媜时候。她说——

> 我说人生啊，如果欣赏过一回痛快淋漓的风景，写过一篇杜鹃啼血的文章，与一个赏心悦目的人错肩，也就够了。

你错过了我的中年，晚年
生命的长河，不经意的转弯，
以及静静流过的平野

——苏来

1.

如同清竹与雅菊是中华的身骨和姿容那样，樱花是岛国吟咏的一首和歌。在暮春的日夜，白色花瓣像银河的尘星般落在《雪国》的结尾里。

来到这座北方城市的第二年，我租住了一处房子。院子里便有这样一树樱花。正是春天。樱花盛放，地上铺着一层细软的白色花瓣。此情此景充满着某段记忆的暗示，叫我一眼便喜欢上。我又想起这样一个故事，在日本明治时代，曾有一个年轻女子跳瀑自杀。她并不是因为失恋或者厌世，疾病或者绝望，只是因为觉得青春年华太美，不知失去之后如何是好，于是不如像樱花那样，在最美的时刻死去。

房子是过去殖民时代的老建筑。地方志上记载着这栋房子的特色在于融合了三种建筑风格。德国籍的意大利裔建筑师为法国人设计。后来被一个日本人买下。我曾固执地认为院子的樱花便是那时被种下的。然而经过多年改建，房子外表看上去已经面目全非。内部很陈旧，凡物皆有着被时光细细抚摩的手感。光线被阻隔在弧度柔美的窗子外面，只在脱漆而粗糙的旧木地板上切下一溜狭长的暖色。屋内显得格外阴暗。铁艺栅栏的锈迹被雨水冲刷，在长满青苔的墙上，留下泪痕般的印记。

我在这里，只拥有一间房。一缕光线。房间像是一个旧教堂的冷清的耳室，终年在晨曦时分，富有宗教意味的光芒从高而窄的玻璃窗射入。

隔壁的一个女孩子，是美院的学生。她用张爱玲般的语调万分亲切地描写这里：

> 清晨时候，卖早点的老师傅骑着挂了铃铛的旧自行车，铃铛清脆作响的声音和豆浆的香气混合在一起，潺潺地从窗下流过。

我一直都记得搬来的那日，春光甚好，在飘浮着丝丝柳絮的溽热的空气中，晴朗渐渐舒展开来。打理好屋子走出院门的时候，被阳光照射得睁不开眼。

又或，天空的蓝色被清明时节的雨洗得发白，淡如裙子上的浮青暗纹。院子里一树樱花，凋落之姿，状如飞雪，撒下的是一地古代日本散文中的物之哀。

我在那里停留片刻，邻居女孩儿便也走了出来。那一刻她抬起手来遮住眼前的强烈光线，我看到她右手四指上的银戒指。

一来二往，我们渐渐熟悉。

闲谈几句，我问起她的戒指。她略带疑虑，取下来给我看，说，这是她和一个男孩到泸沽湖旅行之时在一家银铺打做的。做了两只，分别在上面用纳西古文刻了彼此的名字。她又指给我看，并且轻声说，我的戒指上有一道裂痕。也许是在打造的时候，用力过度。我告诉过他，感情用力过度，亦充满裂痕。等到它断裂的那一天，我们便分手。

2.

那天晚上她敲开我房间的门，送给我一本《枕草子》。她穿着宽大的白色T恤衫，水绿色的短裤，趿着人字拖鞋。刚刚洗过澡，头发湿漉漉的，滴着水。健康得像一只刚从树上摘下的新鲜柠檬。她说，这本书，也许你会喜欢。

那一个瞬间，我望着这本书，恍然间跌落进旧日片段。

> 十几岁时喜欢的一个人。面容素净如雪地般的高个儿少年，看起来清清朗朗，像是操场跑道边一棵沉默的翠绿杨树。

在那一年，从秋天到第二年的春天，他天天走路回家，我就远远跟在他后面亦步亦趋，以至他的每一步姿态，我都谙熟于心。熟知他居住的院子。熟知他会偶尔在画具店和书店停留。熟知他走路从来不会回头以及左顾右盼。熟知他习惯将双肩包单背在左肩上。熟知他因自幼习字而写得一手雅畅的行楷。熟知他十分喜欢看书。

是那样姿态端然的少年。我知道他与所有人都不同。左右手均可以写漂亮的字。手腕上系着黑色的细线，上面还有一颗纽扣。我曾经趁他离开座位时，翻开他反扣在书桌上的一本书。是川端康成的《雪国》。

喜欢看这样的书的男孩，不多见。

姑妈从英国回来的时候，送给我一支从莎翁展览馆附近的纪念品店里买回的鹅毛笔。十五英镑。金色的笔尖，浅棕色的羽毛笔杆有近一尺长。握笔书写起来竟有飞翔的诗意。我拆开朴素简洁的包装，欣喜的瞬间，第一个想起的人便是他。

那日下午我骑车穿越大半个城市，去书店里买来一本薄薄的英文字帖，开始练习写漂亮的圆体字。

这一切只是因为，曾经在老师给全班放电影的时候，当镜头里闪过一篇漂亮的圆体字书信，我偶然听到他惊叹，太漂亮了。

我知道，他是沉默寡言的人，从未喜形于色。他一定是非常喜欢圆体字。

在那年春天结束的时候，我开始夜夜在台灯下透着灰白的薄纸，蘸墨临帖。连鹅毛笔的笔尖，都被磨得光滑圆润，使用起来顺手舒心。那一沓用来重复临摹拉丁字母的纸，摞起来已经厚厚一沓。看上去仿佛一场无疾而终的爱恋。

那封信，我几乎写了两年。夜夜面对着信纸，强迫症一样练习如何把每一个字母都写得像一首诗。想象着如何以电影场景一样的方式交给他，然后获得他掌心的温度，以及像花荫下的苔藓一般青郁的恋情。

在快要毕业的时候，终于决定去找他。

是在他生日的时候。我带着写了两年的信，最后一次跟着他回家。那条路我已经再熟悉不过了。夕阳之下我在他后面走着，一直凝视他的背影。两年多的时间，那些因为他而天真而卑微的时刻，声势浩大地清晰浮现，在内心深处摇摇欲坠，心跳变得粗犷激烈。

我想我一定要把信给他，否则我觉得再这样下去我简直会死掉的。

追上他的那一刻，我几乎深吸一口气。喊出了他的名字，把信交给他。他略带诧异地点点头。拿过了信，然后转身继续向前走。

我亦转身，却竟然双手捂面，禁不住即刻哭出来。

那个时刻我怀疑，这难道就是我用两年，七百多个日夜，换来的一个潦草结果吗？他又怎么能够知道，白纸上的那些花纹一般繁复漂亮的英文，是我整整两年时间，夜夜在灯下带着心酸莫名的想念，一笔笔练习出来的告白。

那日我头一次觉得自己无限卑微。所有在一个人的时候天真幻想过的美好方式，全都只兑现了一个最仓促潦草的现实。我捂着脸，泪水几乎要从指缝间流出来。那样的感觉，似乎比日后与他的接触，更让我刻骨铭心。

我记得在毕业前后，他都曾经主动联系我。

在他的家里，我看到与我想象中一模一样的情景。整齐得一丝不苟的房间，藏蓝色的窗帘与床单。白色桌面，地面。干净得几乎有些偏执。书架上摆满了书。其中有大部分日本名著。尤其喜欢川端康成，以及古日本作家，比如清少纳言、吉田兼好，或者松尾芭蕉。

他的阴郁气质，果真与他的阅读偏好吻合。

他取下一本《枕草子》，说，这是清少纳言的随笔，我很喜欢。送给你。

回到家之后，打开那本书，看到里面夹着的一封信。字迹相当漂亮，一如我早就熟知的那样。我匆匆扫一眼，因为担心不祥的结局，却又忍不住抱着欣喜的期待，所以鼓起勇气即刻翻到信纸的最后一页，果然，在结尾处写着“非常抱歉”。

那个夏天就这样淡出了生命，仅仅消失为记忆的一部分段落。

多年之后的同学会上又见到。大家还会一起喝啤酒，唱歌，最后分开的时候，我们每个人都互相拥抱。

当轮到他的时候，这个曾经占据了我全部心情的少年紧紧地拥抱我。他清晰而灼热的心跳敲打着我的鼓膜，令我忽然间眼泪夺眶而出。头脑中闪现的，是那两年寂寞卑微的年少岁月。

我此刻埋在一个曾经等待过的怀抱里。

青春的奢侈，在于能有足够清澈的心情，用七百多个夜晚去写一封言不由衷的信，给一个并不属于将来的人。

此后的人生，也许不再会用两年的时间，练习为一个人写一封信。

不再会跟在他后面，目送他回家，看着他的背影，充满感伤的欣悦。

不再会暗自祈祷着用最优美的方式相遇，却实际上在仓促转身的一刻痛彻心扉地哭泣。

数年之后，阴错阳差念了英文专业。许多人称赞我写得一手整饬而漂亮的英文书法。我微微笑着，那个时候总是会忽然想起他来。

而过去那些在灯下一遍遍临摹圆体字的日子，心绪被一帧少年残像所啃噬的青春岁月，再也不会有了。

3.

那夜邻居女孩儿无意中送了我这本同样的书。

我在被回忆击中而沉默不语的时候，她还一直站在门口没有离开。半晌，她说，刚才打电话给他说分手了。因为今天早晨，我的戒指终于断了。

她竖起右手的手指，我看到戒指上的裂缝，断得不可思议。

她说，睡不着，我们聊聊。

我们坐在地板上专门找催泪弹来看，看《心动》《玻璃之城》，看《英国病人》和《廊桥遗梦》的结尾，看得眼泪痛痛快快地流下来。看完电影，我们关掉了灯，在凌晨三点的黑暗中一边喝酒一边聊天。她一直跟我讲她喜欢的那个男孩儿的事情。我已经困乏无力，模糊之中唯一记得的，是她这样对我说起的故事。

还是在幼儿园的时候，她就一直很喜欢和那个男孩儿一起玩。某天，这个最要好的玩伴很神秘地告诉她，昨天他发现了一座城堡，神奇异常，答应入夜后就带她一同前去历险……

于是从那天起，她每天都会对入夜翘首以盼，希望和那个男孩儿一同去“城堡”。而她的愿望一次次地落空了，因为每晚她轻声摸到男孩儿床前，总发现他早已美美地入睡了，脸上洋溢着难以琢磨的幸福表情，甜美无比。

她每夜都醒来，等待和他一起去历险，却一次又一次地失望。他永远都睡得那么沉。终于，这个女孩儿感到无限伤心。渐渐和他完全疏远。

她说，我已经爱了他将近二十年。他永远都在他的城堡里，却从不带上我。我太累了。我不想再这样下去了。

4.

快要天亮的时候，朋友终于回到她自己的房间去。

我头疼，冲了凉水澡，在空调嗡嗡的响声中，拉开百叶窗，看见微蓝的天色缓缓迫近黎明的边缘。

我开始想起他来，于是在灯下给他写信。

那些流畅的，花朵一般的圆体字，在阔别了多年之后，重新从笔下流出。

从书架上取下当年他送给我的书，翻开来，似乎还留着遥远的少年的气息。

很多年之后，我从别人的只言片语中确信他当年曾经试图在那封信里面隐讳向我诉说的那些事情的确是真实的。我开始相信，每个人都有自己要背负的十字架。

我庆幸，他因为信任我，使我成为他内心秘密的第一个知情者。他是一个喜欢男孩的男孩，那些年当我在寂寞而伤感地想念着他的时候，他也同样，甚至更为艰苦卓绝地，想念着另一个无法企及的人。

在二十岁的某一个彻夜未眠之后的清晨，世界醒来了。我看到那些无处安放、满得快要溢出来的青春，曾经给予我们多么美好而奢侈的方式，修饰人生的平凡和落寞。

我也只不过会是在几年后，看见一处充满了旧日情韵的房屋，因了它的院子里有一树樱花，便毫不犹豫地决定住下来。

住进被幻想渐渐弥补的回忆里。

5.

有人说："假如一个人的梦想无法实现，那么仅有一个姿势也是好的。"

比如摆一个飞翔的姿势，或者在睡前说句祝福在梦中能见到大海的话。

6.

这个季节的结局，是邻居的女孩儿因为出国而搬走。

我们只是偶尔互在博客留言，节日的时候发邮件。后来的后来，联系越来越少。当我都快要把她忘记的时候，我又收到她的电子邮件。邮件之中只有一个博客地址的链接。

我打开页面来，看到她的男孩儿这样写：

今晚和她分手了，她是我幼儿园时的园友，若论相识，整整二十年了。到现在我仍然不确定那分手的原因，心中莫名。

……

……

当我还在幼儿园的时候，我便很喜欢和她在一起。有一次，我见到了一座城堡，很绚丽。第二天，我迫不及待地和她分享了自己的秘密，并答应带她一起去……之后的几晚，我都实现了自己的承诺，她出现在了我的身边，小手紧握，走在堆满奇珍异宝的山路上，一同欣赏那璀璨的光。我们无比快乐，而我从不因每天早晨自己的空手而归感到丝毫沮丧，因为她仍然睡在离我不远几床之隔的地方，仅仅如此已然令我心满意足。

后来，她疏远我了。我懂得了。城堡不是每个人都可以看到的。

今晚，她哭泣着挂断了电话，余音散尽。

对于我，那城堡被尘封在了二十年前的记忆中。

而她，仍不知那城堡在梦中。

爱也在梦中。

注：日本平安朝才女清原（即清少纳言，“少纳言”为日本古代职官名）出色的随笔《枕草子》，用笔极简，却言万象。与《源氏物语》并称平安朝时代文学作品之双壁，亦与鸭长明的《方丈记》和吉田兼好的《徒然草》同为日本文学三大随笔。“草子”系指“草纸”或“册子”，有多种释义，多数是指用假名写作的散文随笔或民间故事。如《徒然草》《御枷草子》。

我不能悲伤地坐在你身旁

当我推开那扇门
想看看永恒荣光的状景
那没有他们说的实用阶梯　然而我
又不能悲伤地坐在你身旁
我不能悲伤地坐在你身旁

在我走出那扇门
撕下某本书的二百五十二页
它用黑色镶金这般地写着：
Hey　我不能悲伤地坐在你身旁
我不能悲伤地坐在你身旁
我不能悲伤地坐在你身旁

——左小祖咒《我不能悲伤地坐在你身旁》

在活得盲目而卑微的年岁，常常会在被暴雨吵得无法入睡的夜晚，试图回想从一九九几年的某个值得纪念的夏天到现在，究竟有过多少场叫人无眠的夜雨。好似这滂沱的雷雨中，每一颗掷地有声的雨滴，都在字正腔圆地回述着那些感情充沛的少年时代的夏天，人是如何“一手撑着酷暑，一手写下许多文字来”，心中信誓旦旦，并且不相信时光的力量。

这样的夏天最终只留下一溜狭长而落寞的影子。在影子的深处，某些已经再也看不到了的面孔，偶尔还会闪烁起来。背景永远是浓得像油墨一般的黑暗。你正在离开。身影的轮廓迅速地退进了那片浓墨之中去，可是眉眼之中的灿亮，却鲜明得融不进夜色。

我想起来，便会觉得——

这是一副适合搁置在回忆里的笑容。

早前某一个夏日在近的黄昏——应该是五月，因为彼时一场大雨刚过，清朗的阳光和云朵飘忽的阴影，洒满了空无一人的教室，美得令我宁愿在那儿多待一会儿自习——那便是只有五月才有的阳光——可是你走了进来，令我有一瞬间的无所适从。果不其然的是，我们从一个不愉快的话题开始，由沉默和僵持，迅即逼近争吵的临界点。

于是我一言不发地扯下了脖子上的项链还给你；几乎与此同时，你也铁青着脸转身便把它扔出了窗外——于是那个美好的黄昏，像一尊瓷器被打碎，满地狼藉。如此一个行为的代价，对于你来说，或许只是五分钟之后，后悔起来，噔噔地冲下楼去猫着腰在草丛里面狼狈地寻找那条——对于那时的你来说——很昂贵的项链；但是对于我来说，是花去后来多年的时间，凭借着对那条项链的外观和质地的记忆，在每次经过首饰店的时候，都有意无意地坚持寻找着一模一样的另一条。

毕竟我想起来你所说的——从认识我的第一天起，便每天存一块钱硬币。存了近三年，最终把它买下来送给我。我于是不自觉地会想象，你常常在那家店子门口徘徊，有时会走进去，天真而傻气地趴在柜台前，头低得快要把鼻子贴在柜台玻璃上，反复观察那条项链，踌躇着价码牌上的数字，最终总是默不作声地走开。

这显然不是表达感情的最好方式，可是我们总是找不到其他途径。总以为物品可以代替想念和诺言，让我们在彼此的生命深处永久停留下去。

这些过去的事，理所当然地被后来更多的事情所冲淡，模糊了愉快和伤感的界限。

一切已经混合成语焉不详的怀念，像深冬时节玻璃窗上模糊氤氲的霜雾一样，轻轻抹开一块来，才可以清晰看得见曾经的动容。

毕业的时候，又有不舍。你给我你的一颗校服扣子，用一条红色的细鱼线穿起来，系在我手腕上。你没有征求意见便直接用力打了死结，然后抬头定定地看着我，没说话，却有“不准取下”的意思。我竟然觉得很感动。

又隔些年，收到一封你写来的信。从收发室里拿到牛皮纸的信封，看到信封右下角的几个字，兴奋到一瞬间觉得眼底有泪。当即撕开，迫不及待地随便往路边的石阶上一坐，就开始一遍又一遍地读，看到在结尾处写的话：“我等你的好消息”，眼泪终于落下来。

从那个时候起，便一直把这封信放在书包里，在很多很多坚持不下来的时刻，一个人低下头去拉开书包，从最里层拿出信来，一目十行地把那些已经烂熟于心的话读下去，读到最后总是会闭上眼睛，觉得我们路过的所有年岁，年岁中那些——与他人的经历并无二致，却在自身感受上尤为孤独壮烈的记忆——其实是在昭示着一切都并不枉然。

就像你现在总说，过去那些不懂事的时候，我们这些迷惘在青春期里的孩子，总需要经历一些咋咋呼呼的伤春悲秋，才会渐渐懂得隐忍平和。

彼时总是这样轻易倒戈，仿佛世界真的欠了自己一个天堂，所以煞有介事地自以为是最悲惨的一个。我也曾经深陷其中，只不过不需要搭救。

二〇〇四年。高三。某个情绪低落的晚自习，又一次把那封信从书包里拿出来读，心里说不出地难过，犹豫了一下，便把这封信末尾的那句“我等你的好消息”剪了下来，然后将这张一厘米宽、四厘米长的纸条，贴在课桌外沿——只要一低头，便可以看到的位置。

从那个时候起，每当身陷兵荒马乱，觉得再也坚持不下来的时刻，只要一低头，便可以看见这句温暖的话。它是那样安之若素地等在那里，安抚着那些无处遁形的、落水一般的无助。

那是在高三，一切都在讲求效率，连埋头从书包里找出信来的时间都可以省略，低头就可以读到我最想看到的那句话：

我等你的好消息

而今回想起来，我不得不承认，这句如此简单的话，竟然是支撑那一年的全部力量。

二〇〇五年，离高考十五天的时候，放温书假。离开教室那天中午，我慌慌张张忙里忙外地收拾好教室和寝室里的全部东西，准备离校。所有的书本和杂物，多到令我瞠目结舌，请了两个挑夫跑了两趟才搬运下楼，塞满了小车的后盖，车厢后座以及副驾的位置。

妈妈开车已经上了高速公路，离校一百公里之远的时候，我才忽然想起来，我带走了所有的东西，却忘记了带走课桌边沿贴的你那句话——

我等你的好消息

那个瞬间，我几乎失去控制一般，慌张地从书包里翻出那封信来，幻想着我无意中已经把它撕下来带走——

然而没有，信纸的末尾那个小小的长方形缺口，仿佛伤痕一般留在那里。

我等你的好消息

——我如此费尽心思以为带走了所有，却唯独遗失了，无法弥补的，你的这句祝福。

真像一则关于人生的隐喻：我们抓住的都只是些看起来庞大却本质上无关紧要的东西；遗失的，总是无从弥补的部分，因为它形态微小，或甚至本身就并不可见。比如因成长而失去青春，因金钱而失去快乐，因名誉而失去自由……

那日我坐在离你的这句祝福渐行渐远的车上，一路是昏默的夏日暮色，焦躁而凄迷的蝉鸣，暗红色云霞。车窗外一闪而逝的绿色快得拉成一条线，仿佛将所有景致穿成了一条项链，轻轻为我戴上。

一切都似一本诗集——陈列已久，却不被仔细阅读和悉心感受。

世界上的此刻，有那么多人来了又去了，也总有一日，会是我们的终点。可是我时常无故地担心，希望那样一个永别的时刻，我不会再忘记将什么不可弥补的东西遗留在了人间。

但，我若不是因遗失了它而追悔莫及，又如何能够知道它重要得不可弥补呢？又是一个承受不起诘问的循环。

所以，人应当忍受希望的诱惑，活得像河流一般绵延而深情。静静穿过茫茫平野，深深山谷，穿过生命中那些漫无止境的孤独和寒冷。

因为知道人情淡薄，我们都并不真的关心他人，或说，疲倦到不常愿做没有回报之事。可是为何，我仍时时怀念，过去我们之间曾经毫无保留，你曾甘愿为我遮炎避凉。

那是从来不曾悲伤地坐在我身边的你。

那是从来不曾快乐地坐在你身边的我——可悲的是，在曲终人散之后，我才恍悟，原来再也不能有你坐在身边，才是真正的不快乐。

清明

书信

阔别五年，昨日见到你。眉宇之间一切如故，形容依旧，是我少年时记认的模样。

隔了这些年，与你重走那几段过去常走的路，心下竟已平静无澜。夜深作别，我独自回来，孤身走在灯下，突然察觉，原来我们对许多事已经倦淡了。

算来有五年未曾通信，昨日竟没来得及问一句，你可曾好。想必是这冷漠的隔阂造成的吧。这笔已哽咽多时，欲有言，却不知从何言起。依稀感知到时光的力量。近日思念徒增，忍不住书写下来。这一季，川蜀的梅雨下得绵长。

五年前的今日，你我是在福宝的森山中度假罢。时过境迁，前日听说彼地筑路，车行不得过。山中清冽溪涧与葱葱莽林，可曾记得一二？过去的学校，我亦不曾回去拜望过。只恐见了徒增无谓的念头。自你离开，想必也不曾回去过。也对。你走后，我曾去信一次，但无回音，想必是没有收到的缘故。

少年时的心性浮躁激烈，今日思之尤觉得羞愧。逐渐知晓，生活，或者毋宁说命运，这种我们向来投以抱怨或者是不屑的东西，在这样一个漫长的过程里给予了我们如此庞大的福祉与原谅。只是我们紧紧抓住一些所失，忽略了自己的所得。

你知道，在过去，我们因为对生活有苛求和怨恨，而与自己的亲人刻薄相待的日子，是多么可悲。

我曾欲向你说起这些年的生活。但是它们太过平淡无奇，似静水流深一般缓缓推进，没有波澜。目睹自己在光阴中沦陷却束手无策，的确是件残酷的事。夜深之时，时常怀念起过去肆意的少年时代。彼时临考前，总是习惯坐在书房看书，等待着每至九时，手边的电话便会响起来。你在电话里关切我一番，督我进步。可惜，这样的好事，一去不复返。

此夜此时，我执笔书写，细细思忆，发现那些已涣散的旧事，仍静静酿在那里，甚好。

朝花夕拾，捡的是枯萎。

因我不愿做个留恋的人，所以一直未与你联系。你多半不会相信，我至为想念你。这五年的时光如此迅疾。你的存在，是夜风遁走的回声。反复荡漾几次，终归永久地寂灭。可曾知道因了这遥远，我的成长才有所附丽。若有日能与你执手听风吟，我反而不能确认这幸福。

但我依然暗自期望，何日，何地，我才能与昔日重聚，并致你一束开得浓盛的山茶。因了在我有限的记忆里，你总是这般美好，并且充满了朴素的希望。在你的衣襟上，浸染着我整个少年时代的芬芳。

我与母亲，已经非常融洽。彼此关怀原谅并且非常默契地不提旧事。这非常好。我目睹她的老去，时常心下生凉，怨自己不孝道。

那些不懂事的日子，彼此都没有错，只是有些事她是无论如何也想不到的。既然无知，就应该被原谅。曾有彼时，当我与你愉快地在暮春的郊外散步，或是在楸树下的长椅上彻夜倾谈的时候，我同时感到了恐惧与幸福。你必定知道，我恐惧什么。我知道我不能一直这样下去，因为这样桎梏彼此，就永远不得成长。却未曾料到，离别之后这一路上的想念，意欲湮没我的意志。

是。我如何才能忘记，这一纸自十二岁的夏日起书写了六年的无字吊唁。你多半是无法全部理解，这个隐喻背后的含义的哪怕万分之一。

将来我这一路上要看的风景确实良多。但这不能说明，它们将比昔日的更为美好。亦不能说明，我将遗忘过去一路上的景致。因为我确信，人不应该把对将来的期许建立在对过去的鄙夷和对现在的漠视之上。我向来疏于言表，亦不愿言表，这感情于我而言的重大意义。

若这疏离和表面上的暗淡，不能被你所理解并相信，那么我感到非常遗憾。

一个少年，告别放肆、浅薄，逐渐改变成另外一种更为平和与坚忍的姿态，诚实生活。这其中的蜕变，自然可以勾勒出生命的创痛。我亦相信，这样的蜕变是正确的。它是生活赐予我们的勋章。人是如此渺小的个体，若人没有忍耐，那么将感觉到比事实上更多的生之不安。我曾经这样的贪求与不满。你对我的宽容和关怀，我从未来得及道一声感谢。恐怕这样形式上的感恩，亦是多余的吧。

看过自己以前的轻浮和脆弱，我便苛求自己应当容忍，平和。要做聪明的人，并且尽最大限度地为善。这并不矛盾。如何严谨地去安排生活，尽量以认真的态度去做对的事情，并且坚持到底，这将是我面临的一个严肃课题。生之渺茫确乎已是，但倘以笃谨严肃的姿态去做好每一件小事，尚可于其中发掘出无限广大的意义。

多年以前看过一部电影，叫《有过一个傻瓜》，对其中的一句对白印象深刻。

妈妈，十字架是爱的标志吗？

是的，孩子。而且爱也常常意味着十字架。

我很震动。若确知这是一个寂灭的过程，有去经历它的必要吗？就如同确知自己会死，那么有去活一遭的必要吗？我们总是承受不住生命的诘问。爱亦如此。盲目，偏可以换得长久。

我是盲目的。因了我胆怯。

近日的梅雨下得绵长。黄昏时分，远近疏陈的长街短衢，湿透了一般瘫软。天色昏黄如同旧搪瓷杯里的一层茶垢。这就是我所生长的故乡。它暧昧，怯懦，平凡，向善却又多丑恶。正如人性。我在这美丽而遗憾的世界里，生生如年。

你曾站立在我生命之河的一岸，投下了深深倒影，由此，那河流便有了趣致。但那终究只是一帧无形的幻象。你离岸而去，幻象便消失了，但我的河流亦不会因此干涸止息。

而这，又正好印证了你所说的，一切终归寂灭的预言。

你知道，那不是我所愿。

但，那不是我所愿吗？

蓝颜

她常说的话是，只要你让我高兴了，什么都好说。

我便回她道，姐，你这语气可是地道的嫖客。

她就像猫一样地笑，鼻梁上挤出媚人的小皱纹，有时候往死里拍我，有时候再回嘴开涮我两句。

——我原以为，我们可以就这么插科打诨糊涂过一辈子的。一辈子跟在她身边就好。

1.

我爱着她的年月，一直都做着她的知己。不爱她的年月，一直都做着她的情人。

我是她知己的时候，她唯一一次遇到难处没有叫我，就出了事。

彼时她刚跟一个男人分手，换了一个男人同居，几个星期之后发现怀了孕。那同居男人其实是我朋友，也是有女朋友的人，不过女朋友在外地。我知道他俩过去一直关系很好，暧昧起来，也是自然。只是他们总过意不去，不愿让我知道，便偷情一般背着我，甚长时间都无音讯。

那不是子君第一次怀孕。初中时代她喜欢上新来的体育实习老师，师范毕业生。上过几次课，在排练体操舞的时候，老师过来扶正她的动作。她大胆地盯着他，留恋这男子碰触她身体时的微妙感受。两个星期之后，她尾随他到单身宿舍，把情书塞进那个男子的门缝里。

后来她给了他第一次，第二次，第三次……三个月之后，实习结束，那男子消失。

父亲扇着耳光把她拖进了人流室。关于体验她只记得痛不可忍，叫她发疯。

此番重蹈覆辙，子君受不了，跟我那朋友大吵。我那朋友总觉着孩子不是他的，两人吵得翻脸，朋友一气之下便弃她而去，只打电话叫了两个女生来陪她。

身边的人都走了，四面楚歌。没有办法，子君琢磨着死了也好，一了百了，反正也没几个星期，药流就药流。子君服药第三天中午开始剧痛，痛得在地上打滚，痛了大半天，下午五点的时候开始出血，躺在厕所的便坑边，虚汗如雨，血流不止。刚开始，陪她的女友还一盆一盆地帮着接血，后来出血厉害得接不过来了，厕所一地的猩红，眼看着兰子君人渐渐昏过去，两个女子吓得一身冷汗，惊慌失措地给那男人打电话，结果他说他正在外地，过来不了，叫她们找我。

我连骂都来不及就挂了电话赶过去。她租的房子偏远，我从市里叫了车开过去，抱着她进车，往医院奔……一路竟泪流不止。

我抱起她时，她裙子下流出的血黏黏地沾满了我的身。

子君熬了过来，躺在床上，虚弱得像一把枯草。

凌晨我在床边守着她时，一个值班的小医生阴阴地走进病房来看看她，又看着我，说，你也真拿人家的命当儿戏。快活的时候想什么去了。

我低头笑，她亦笑。医生出了屋子，她便低低地说，耀辉，谢谢。

她的唇色暗淡得像洒了一层灰，轻轻地吐出这两个字，犹豫着伸手来放在我的膝盖上，过了一会儿又摸索到我的手指，固执地一根一根抓起来，渐渐扣紧。

我从未见她如此凄凉，泪眼望着她，不知所言。心里一丝动容都没有了。

二十岁的时候，我对她说，以后无论遇到什么难处，一定要告诉我。我只是想照顾你。

彼时她抬起头来看着我，神情竟然有无限怜悯。她微笑起来，似在安抚我，说，行，以后有的麻烦你。

2.

是在大学里碰上兰子君的。刚进校时，公共课多如牛毛，没完没了叫人厌烦。我们同系不同班，却被排在一起上那恼人的课。她从不来上公共课，却仗着系花的资格，总有一堆男生排队替她喊到。这也是她命好，名字无所谓男女。关于名字，我后来问过她，她只是说，老辈子一直认定是个男孩，父亲又爱养兰草，出生前名字就取好了，兰子君——君子兰。出生时爷爷得知是女孩，拉下脸转身就走……她兀自低头轻轻说着，说完又窃窃地笑。兰子君言行之中自有一番别样的分寸，与人群里那些艳丽得索然无味的女孩分辨出来。

那都是后来的事了——我本没见过她，更不用说凑热闹帮她点名，不想同宿的一人猴急着要向她献殷勤，包揽下了一学期帮她喊到的活儿，自个儿却又常常想逃课出去玩，便把这差事扔给了我。

我起初拒绝，说，这么多人挤破脑袋要给她喊到，你不该找我。

结果那同宿的朋友竟出口道，不行！这事情让给了那帮人，就等于把兰子君让给了别人！我琢磨着只有交给你我才放心！

我气得肝儿疼，瞪他一眼，他恍然觉得说得不妥，便又赔笑，说，得得得，哥们儿一场，我不是那意思……我是说你不对她胃口，她也不对你胃口……

我看看他那猴急的狼狈神色，低头便想笑。不理会他便走开了，亦算是默许。

从此我便替她喊到。每次一答，不知多少人要回过头来巴望着看看这位传说中的美女，却不见其人，只有我低头避人耳目的模样。如此这样喊了一学期，全系上下几乎人人都认识我了。

而我见到她，却是在将近期末的时候。

公共哲学课，一个女生迟到了十分钟。我座位靠门，旁边有空，她一进门便靠我坐下。我不在意周围，只顾伏案写字，良久，她突然发问，说，过去是你帮我喊的到？

我诧异抬头，眼前人便该是子君了，我想。端视之间，我开始谅解那些拜倒于她石榴裙下的人儿了。她的确是美。

我点点头应她。

谢谢你，她又说。

我无言笑笑，回她，没什么。

那日课上她把我笔记借去誊抄，我说，我的笔记都是缩略，别人恐怕看不懂。她笑笑说，那也未必。

我扫一眼她的抄写，倒也流利自如，把那简略内容几乎都还原了回去。

的确是聪明的女人，却懂得掩饰自己的聪明。这个世界总不太喜欢过分聪明的女人。她懂得这一点，就比外露才智的聪明女人更加聪明。

下课时她把笔记还给我，道谢之后，又请我吃饭，说是感谢帮她喊到。

我推辞几番，她坚持要请，我便没有再拒绝，和她去了餐厅。

我们吃些简单的粤菜，她说，过去认得你，你写过的东西我还看过。他们跟我说你就是光翟的时候我还真有点震惊。

她笑。

光翟是我用在书刊上的名字，拆了我的“耀”字而已。

我问她，你也喜欢读文章看书之类?

她伸伸腰，狡黠地说，怎么，我就不像看书的?我过去还自己写点儿呢。

我笑着看她，没说话。

她又埋着头无谓地说，那种年龄上，心里有点儿事的女孩子，大都要写点儿什么的吧。过了那个年龄，就没那么多心思了。

整个晚餐说话不多，我们的言谈走向清晰，话语浮在寻常的生活话题之上，从不深入。她总是很自然就把自己藏得很后面，矜持淡定，又有一种甚得情致的倦怠。

我想她是经历过许多事的女子。但她却有一副极其早熟的心智，依靠遗忘做回一个健全平和的人来。她从不言及自己的过去，也从不过问他人。

我看着她的面孔，便知道，此生我再逃不过她的眼眸了。

八点的时候吃完饭，服务生走过来，我们争执一番付账，最后她说，欠了你人情，该还的，别闹了，我来。她爽快地结了账，然后我们走出餐厅。

满目华灯初上，我站在路边与她说，我送你回学校。

她犹豫了一下，淡淡笑了起来，说，耀辉，我不住学校。你陪我在这里等等吧，朋友马上来接我。

我有点尴尬。她这样的女生自然是不用回宿舍扎堆的。

我们站在路边，一时无言。不久一辆黑色的小车开过来，她才侧身对我说，那……我们再见。

我点头示意，看着她款款上车。

挡风玻璃的昏暗镜像上，我看见里面一张湮于俗世荣辱的中年男人的脸。

很多年之后，她说，耀辉，你是唯一一个与我一起吃饭却是我付账的男人。

就凭这，我们一开始就玩的不是那种游戏。

3.

后来我们渐渐熟悉。偶尔出去玩玩。她的朋友多到令我头疼。我不习惯与人走近，此番感觉像是一颗石子，以为是被人郑重地捡了起来携在身边，结果不过是被扔进一只水缸里闲置。

我不善交，自恃有几分特别之处，喜欢我的人自会很喜欢，不喜欢我的人权当陌路就好，向来冷漠低调。也好，落得身边清净，只有过去一两个至交，平日里不常联系，淡淡如水。自少年时代起，一直都如此。

但我看到兰子君与别人亲密交好，竟觉落寞。

如此，我自然是爱着她了。

圣诞聚会的时候，大家一起唱歌喝酒，我醉得厉害，在沙发上从后面抱着她，不肯放手。她像抚摩宠物一般摸摸我的头，拿掉我手里的烟，没有言语。再睁开眼睛的时候，是躺在她的膝盖上，她正盛情地与别人打闹着什么，我便醒了，又头疼，起身来摇摇晃晃走到卫生间去冲了一把脸。天都亮了。

那日通宵达旦之后，估摸着宿管还未开门，几个人便出门打算喝了早茶再回学校。我还是头晕，又去洗脸，在餐厅的洗手台前，碰到她在卸妆。

我昏昏地对她说，我喜欢你啊，子君。说完我抱着她。她只揽了一下我的腰，双手便垂落下来，再无一点生气，似有厌倦。我心里一凉，话到嘴边也冷了下来。慢慢放开她。

做朋友吧，还是做朋友——她低下头对着小镜子看了看自己眉眼，抬头又说——耀辉，我喜欢跟你在一起，那是因为跟你相处简简单单，高高兴兴，人跟人感情给太多就不好玩了，要是和你也变成那样，就没有味道了。你是聪明人。你知道我们怎么样才好，是吧?

我立在她面前苦笑。

她见状，抬起头来轻轻抚了抚我的下巴，说，耀辉，你不了解我。我是经历过一些事的人。但过去的事已经很遥远，我从不对自己提及。

我说，这我知道……

她继续说，所以我和你不同。但我不想失去你。我说真的。你答应我。

我点了头，她便擦着我的肩走出去。

我立在那里想着，也罢，情人是朝夕之事。两个人最好是不要在一起……也不要不在一起。

但子君，是我第一个爱的人。

4.

一年级结束的假期我没有回家，独自在校外租了一间小公寓。已经是殖民时代的遗楼，格外幽暗。楼梯间墙面的石灰干裂成一块块，蛾翅一般翻飞着。红色的细长形状的木质百叶窗积着一层层灰尘，风吹日晒变了形，关不紧。

房子里面的墙壁已经是暗灰的颜色，天花板的角落里有一点点漏水的痕迹，像是脏了的水墨画。我花了半个假期的时间来整理房间。亲自粉刷了墙壁，又找来废旧的宣纸，皱着把它裹成锥形，罩在裸露的灯泡上。一拉灯绳，就映出黑白的水墨画，煞有情趣。

我又彻底洗了地板，擦干净那扇木百叶窗，还给桌子和床都上了一层清漆。

这套老房子我就只租了这么一间居室，连带一个小厨房和卫生间，为的是一眼就喜欢上的那个弧形小阳台。房子外面向阳一侧的青砖墙壁上有着苍翠的爬山虎，蔓延到阳台来，把那片小小天地包裹着，满目墨绿的树荫，楼上住户更有趣致，养着茂盛的蔷薇，花枝翻过围栏垂落下来，给我的阳台遮了阴，真正是肥水流了外人田。我又从花鸟市场买了几盆花草来养在阳台上。

那是仲夏的清晨，阳台上的蔷薇像窗帘般遮了光线，浅睡中隐约闻得到茉莉香，听得见楼下市井的生息，车辆川流，人群熙攘，觉得活得丰实。

后来就在假期中，兰子君和男友闹了架，赌气在夜三央时跑出来，无处可去，直接来敲我的门。那夜下着阵雨，我开着窗，湿的风阵阵扑进屋里来。

有人敲门叫着我的名字，那声音被雨声覆盖，我听不清来人是谁，心里却有直觉是子君。我开了门，见她倚着墙，浑身都湿了，额前的头发黏在皮肤上，脸上的残妆被雨水冲得狼藉，也没有泪，只望着我不说话。浑身的酒气。

我知道是怎样的事，也不多问，引她进屋来。

她跌坐下来，我便给她找了浴巾擦头，又给她找出宽松的干净衬衣叫她去洗澡。

我听着卫生间里哗哗的水声，心里忐忑而又落寞。将她扔在椅子上的包和裙子收拾起来挂好，又去厨房给她盛了一碗莲子粥。

她湿漉漉地洗完走出来，穿着我的衬衣，脚上竟还蹬着细带高跟凉鞋。这是骨子里妩媚的女子，连这般邋遢装扮，都有性感的意味。我不知道我与俗常男人无异，喜欢性感的女子。

子君坐在床沿上一边擦头一边环视我的屋，只说，你这窝，弄得跟小媳妇似的。

我不开口，把莲子粥递给她，她接过来埋头就喝。喝完她便说，我累了，想睡。我知道她酒力不好，便关了灯，帮她脱了鞋，抬起她的脚放床上。她躺上床去便闭上眼睛。我抚她的额头，低头吻了她的发。

但我知道我是不能和她上床的。我们不同他人，我们是不言朝夕的……

我在暗中站立一会儿，轻声叫她，子君。她没应我，我想是睡着了吧。

我黯然走到阳台上去，雨都停了。夜色渐渐褪去。凉风习习。我百无聊赖抽了支烟，看这暗夜下的寂寂市井。灯火深处，楼下的街衢缝隙间走过失魂的女子；转角处的小天窗透着一豆光亮，那是谁人又无眠。我沾了一身夜露，再进屋的时候，她已经沉睡过去。我坐在床边看她安恬无知的睡容，只觉今宵梦寒。

我错过了你的童年、少年。你已成了有故事的女子，泅渡而去，心里这样衰老。我们的生命相隔了整整一条长河。我只想给你一个干净的怀抱，但又不甘心。

子君。

我在书桌边看了会儿书，天就亮了。上午第一节还有专业课，我要回校。走之前下厨给她做好了早餐放在桌上，随手撕下一张便条纸想要留言，捉着笔伏身颤抖良久，却无从下笔，把纸揉成一团扔掉，回头看到她还在沉睡，安恬如婴。

一上午安安分分地上课，大的阶梯课室里人头黑压压一片，闷热难耐，那教授讲课半死不活，甚是让人厌烦。我便中途出来到图书馆去待着，找了几本书看，心猿意马地惦记着兰子君——真是可怜的小男人，此刻惦记着她起没起床，吃没吃饭，中午哪里去，还在不在那房间。我惦记得难受，索性扔了书本回家去。

打开门，我见床空着，心里顿时凉透。书桌上的早餐还原封不动摆在那里。人走室空，我丧气地坐下来，望着那凉的牛奶发呆。

她走得这样急，连被子都没叠，一张字条都没有留啊。

下午在学校里碰到她，又见她笑颜。寒暄了两句，她说，昨晚谢谢你。唉，一会儿又要有事出去，不知晚上选修课考试还能否赶得回来。

我想也未想就说，那你折腾你的事情去，考试我帮你去吧。她呵呵地乐了，道了谢，便又欢欢畅畅地去了。

晚自修时提前了十分钟找到她上课的教室去考试，一个小时之后做完，估计她起码也能有个良的等级了，便交卷走出课室的门，转身之间，便看见她一人站在走廊，双脚并拢，背贴着墙壁，倒像是被赶出教室罚站的中学女生一样，寂寂的，眼底里总藏着不幸福的故事，像只安静而警觉的猫。

那一瞬间，我仿佛真切地看到她的少年。心里一下子有疼惜。

子君见我出来，便又笑容满面地看着我，妩媚地走过来挎起我的胳臂。我觉得她是因为发自内心的愉快而笑容坦率自然。

我没有想到她会到这里来，竟甚是惊喜，问她，你折腾完回来了？

她打趣说，那是，看你做枪手怪不容易的。

出了楼，正是一个凉夜，我们散步到学校后门的小餐厅吃了一大盘蒸蟹，清炒芥蓝，还有阿婆汤，又去看艺术系的学生放的免费电影，老片子，《城南旧事》，放映室里简陋而看客稀少，都困闷得睡了过去。散场的时候她还靠在我肩上，我竟还是舍不得动，生怕她醒。巴望着就这样一直坐下去多好。

走的时候她又坚持要回宿舍去住。她回去时宿舍一个人都没有，长久的空床都被宿舍人用来堆东西。她犯困，烦躁地抓起床上的别人的衣物扔到一边，倒头便想睡，未想到被窝一股潮霉混合着灰尘的味道，叫人呛鼻，睡不下去，又打电话给我，只说她想要干净床单。声音有泪意，极无助。

我急急忙忙抱了一沓干净的床单被套跑过去，又打了一壶开水，眼巴巴地在她宿舍门口等着给她。

她邋邋遢遢地走出来，拿过床单被套，放下水壶，在我面前捧起棉布，把整张脸都埋进去深深地吸气，末了，轻声说，晒得挺香的嘛。她又笑了。身上还穿着我给她买的衣服。

我说，好好睡觉，好好睡觉，一切都会好的。

她还是笑，说，谁说我不好了？

她道了再见，就脚步轻轻地回了宿舍。

她住学校那段日子变得收了心，每天按时来学校上学。我见面就叫她姐姐，她也乐呵呵答应，嬉笑打闹几句，甚是开心。

也不知是否她身边人多繁杂叫她厌烦，但凡她在学校，我们便过初中生般两小无猜的俏皮日子，上课无聊的时候溜出教室来一起去小卖部买茶叶蛋吃；中午下课了嫌食堂拥挤便在水果摊上买西瓜和煮红薯来当午饭；也一起租老电影的录影带偷偷拿到学校的广播间去放着看，她总说很闷人；考试要抱佛脚，她便破天荒和我到图书馆自习，很偶尔地在操场走几圈，或者上街转转，在小巷里找餐厅吃她的家乡菜。偶尔会到我的公寓来彻夜看电影，喝点酒。

那时她甚是喜欢唱歌，被一家电台看中，经常去录音，有时也做广告，我便陪着她去，有次在路上的时候她兴致很好，给我讲一些她见闻过的噱头，说上次在排练厅见到的一个看上去挺有来头的惊艳美女，娴静地坐在那儿；结果果真“挺有来头”，坐下不久便不停有演艺公司的男人按职位高低先后过去调情。子君一边讲一边模仿着当时情景，伸手搭我肩膀上，脸也凑过来做调戏状，她脸上的细细汗毛都触到我皮肤，我心里竟陡然狠狠地咯噔一下，表情都僵硬。自然，她是不知道的。

那夜散步，倒映在江中的万家灯火似翡翠琉璃，在夜色水波中轻轻摇荡，景色甚美。一个阿姨摆了摊子拍照，快速成像的照片。她兴致很好，要拍照。我笑，说她俗，把相机拿过来，拍了我们两人在路灯灯光下的影子。

两个影子靠在一起，斜斜长长地映在地上，看上去极有深意可细细品味。是若即若离的两个人，却在彼此生命里有倒影。不言朝夕。

她把这张相片放进手提包里，说，我喜欢这张照片，我会记得这个晚上。

半个月之后，她跟男友又复合，回到了他家去住。

我的公寓还是那幽暗模样，陷在一片嘈杂的市井中像一座渐渐下沉的荒岛。

夜里有时候心事沉沉睡不着，起来听大提琴，伏在书桌上蒙着字帖练钢笔字。写着写着困了，才能上床入睡。白日里常头疼欲裂。

在学校又不怎么能碰见她了。陆续地还是会在一堆朋友们吃饭聚会的时候碰见她，她也习惯与我坐一起，总对我说，还是和你开心啊，还是和你开心。

我回她，那是啊，那你就回我公寓来一块儿快活啊。

她便笑着说，没问题，只要你让我高兴了，什么都好说。

姐姐，你这话可是地道的嫖客的语气。

谁嫖你啊。

两个人便打闹起来，没心没肺地笑。

5.

过去是这样伤心地看着她那笑颜啊，那又如何。子君。我又不能悲伤地坐在她身旁。

初见她，便觉得她已有太多往事，眉眼之间粉饰太平，她已忘记，她不提起，但我却心疼，舍不得她不快乐。只是奈何我错过了她的童年、少年。否则，我会给她平安的一生。

过去总觉得自己是无情的人。若是谁觉得我待他淡漠，那么他的感觉是对的，因这世上人情薄如纸，我没有兴致去做没有回报之事。我不过是俗人，无心为他人思虑。

但是我心里却清楚，子君不一样。我患她所不患的，哀矜她所不哀矜的，只愿留给她相见欢娱的朝朝夕夕。

后来这种惦念成了习惯，倒真的自己也富富余余地快乐起来了，心里有个人放在那里，是件收藏，如此才填充了生命的空白。

记得一夜看书至凌晨，又读到这样的句子：

……

但你不会忘记我。你不需要忘记我。我对于你来说是那么轻，你可以将我当作星期日下午的棉花糖一样不时吃一下，调调生活的味儿。你一个人的时候你会想念我，想念我对你的执恋，想：我遇到过一个热烈的女子。

我却要花一生的精力去忘记，去与想念与希望斗争；事情从来都不公平，我在玩一场必输的赌局，赔上一生的情动。

……

一定会有那么一天。记忆与想念，不会比我们的生命更长；但我与那一天之间，到底要隔多长的时候，多远的空间，有几多他人的、我的、你的事情，开了几多班列车，有几多人离开又有几多人回来。那一天是否就掺在众多事情、人、时刻、距离之间，无法记认？那一天来了我都不会知道？我不会说，譬如一九七六年四月五日在天安门广场，我忘记了你。当时我想起你但我已无法记得事情的感觉。所以说忘记也没有意思，正如用言语去说静默。

我反复看这一段，心里动容，忍着热泪，提笔在纸上抄写下来，于凌晨出门，跑了两个街区，找到一个墨绿的旧邮筒，寄给了她。一个人慢慢走回来的时候，天都亮了。我一边走，路灯一边一盏盏熄灭下去。好像世界因我失却了光亮。我心里说，子君，不会再有人像我这样执恋你了。我也再不会像这样执恋你了。

太阳尚远，但必有太阳。

又好像是从那夜起，冷眼看她身边的人换了又换，艳遇多了又多，人一年年出落得更有分寸，连玩笑都收敛了起来，姿容已无懈可击了。这样，我心里渐渐连最后一丝动容都淡了。

总觉得她往后记得的，不会是孩提时代对她图谋不轨的邻亲，不会是让她痛得死去活来的肚子里的孩子，不会是中学时初恋的少年，不会是二十岁时某个带她进了豪华餐厅的中年男人，不会是某个与她搭讪并且留她电话的艳遇……不会是任何人，也不会是我。

她将谁都不记得。来人去事只是倒映在眸子里，叫人觉得是一双有故事的眼睛。但我知道，她身边无论谁来谁去，她都会懂得如何活好自己。这就够了。

我就这么看着她在人世间轻盈地翩翩起舞，辗转了一个又一个夜晚，擦了一个又一个人的肩，像是看一出戏。过去看得热泪盈眶，而今渐渐面目从容，只是决意做曲终人散时最后一个离开的人。

6.

大三期末考试的时候，兰子君旷课太多，被学校劝退。

处分宣布之后，她很长时间销声匿迹。放假之后，学校人都走干净了，她才回来，叫我帮她收拾宿舍物品搬离学校。

我将她东西整理出来，分类打包，扛下楼去放进车里。装包的时候，看到床下的角落有一张照片，被丢弃已久。是两个人在路灯下的影子。

我拾起来，擦掉上面的灰，一时心碎。那夜我们散步江边，灯火如醉，花好月圆。她要拍照，我便拍了这张两人的影子留给她，她说，我不会忘记这个晚上。

我拿着相片，欲对她说话，却看到她正背对着我，忙于整理衣物。我看着她背影，话到嘴边又咽了回去，只在心里问，子君，你可记得……

但我知道她没有心。她不会在意。

我没说话，默默将照片放进自己贴胸的衣袋，若无其事地继续收拾行李。

她离开了学校，也没有回老家。那之后又与我几乎断了联系。她总是那个要迟到也要提前离开的人。但我宁愿相信我懂得她，她太害怕这人世的寒冷，或者她太习惯这人世的寒冷。

后来才知道，那时她甚落魄，与家人决裂，离开学校，住在一个已婚男人给她的房里，甘作笼中鸟。生活只剩下白日昏睡，夜里看碟，一整日一整日躺在床上吃酒，抽烟……唯一有所等待的，便是他来与她做几场爱。那男人心胸窄，怕她和别人搭上，不许她出门，也不给她什么钱。几乎是禁闭。

我去看她时，她刚从床上爬起来给我开门，惺忪的一张脸，还未睡醒。我踏着满地的碟片酒瓶烟蒂走进去，顿然心下生凉。

她红颜依旧，却不过是一张艳丽的薄薄皮影，演着越来越不由自控的儿戏，又如深深山谷里的一朵罂粟，风中烛火一般飘摇。

我忍不住说，子君……你这是何苦？

她说，你不要来跟我谈话。不要问我，也不要说什么。陪我坐坐吃顿饭就好。

几天之后她与那男人分手，之后她就和我的一个朋友在一起了。三人还出来吃过一次饭，彼此心知肚明，抬头嬉笑泛滥，低头就黯然无言。

再见到她，是她的女友打电话给我，等我明白是什么事，心里酸楚，愤恨，慌张，但还是想也不想就赶过去找她，条件反射一般。子君啊子君。

我听到她的呻吟声，在肮脏狭小的卫生间，把她从地板上抱起来，一身一手都是血。血像泪一样廉价又耻辱。那质感似在鲜明直白地提醒着我，别人留在她身上的温热的精液，又或者是隔夜的泪。

她额上是冷汗，却笑着看我。我不忍鄙弃她，低头吻她的发，也落了泪。

她熬了过来，只是十分虚弱。像一把枯草。

她的唇色暗淡得像撒了一层灰，对我说谢谢，薄薄地吐出这两个字，犹豫着伸手来放在我的膝盖上，过了一会儿又摸索到我的手指，固执地一根一根抓起来，渐渐扣紧。

我从未见她如此凄凉，泪眼望着她，不知所言。心里一丝动容都没有了。

子君——我默默地想——这是难言的世味。我本以为我有心一辈子为你担当，隐忍无言地给你感情。我也一直这样执恋你。但我终究累了。心里在老去，不愿做一个可怜人。你不属于我，我亦不属于你。

耀辉，我们在一起吧。

她说。

我未应声，独坐在她旁边，慢慢想起来一些事，想起夜里读到叫人热泪盈眶的句子，抄写下来，在凌晨出门走了两个街区寄给她。想起她慨然地说，还是和你一起开心啊还是和你一起开心；想起她失意的时候在大雨的夜里敲我的门；想起她捧起我的床单，深深吸闻……

我想起她抚我的下巴，不要失去我。

那都是什么时候的事情呢？这记忆像夜色一样淡了。大约还是我爱着她的时候罢。那又如何。遇到你时，我尚是一张白纸。你不过在纸上写了第一个字，我不过给了一生的情动，心底有了波澜。但我知道波澜总归平静。

世上再无比这更优美的沉默了。

幻听

1.

你刚才说什么?

不，我刚才什么也没说。

这是叶笛和我之间常有的对话。她有很严重的幻听症。

前年我和男友亦俊在F大对门开了间酒吧，MILK。开张半年之后亦俊就回老家看生病的姥姥了，我跟他在电话里商量请一支乐队来我们店做周末场的演出，他也赞成。很快贴了广告出去，第一个来应征的就是叶笛。

那是在冬天。北方的冬天干冷，起风。夜里风卷碎叶，灯影绰绰，是适合遇见的时刻。叶笛在我们门口站了很久，我看着她。这年轻女子挺拔的身形在寒冷的夜色之中勾勒了一帧融不进夜色的剪影。穿得极少，长外套挂在身上，显得单薄。她朝我走过来的时候，我渐渐看清她的脸，苍白，瘦削，与Pascale Bussieres如出一辙地相似。那是一张让人忍不住想伸手轻轻抚摩的脸庞。她走近，我闻到她身上树的辛香。

我让她试音，她便上台弹民谣吉他。我喜欢她前臂上血管分布的样子，用力扫弦的时候有一条条棱起的静脉，看上去形如雨夜的闪电。手上的皮肤细腻而且光滑，指尖却平，指甲亦短，这是长久练乐器的特征。叶笛面孔线条明快，鼻梁高而挺拔，眼神警觉而天真，像鸟类。

我未再试其他人，便决定留下她。

那是我最闲适的一段生活。大部分时间都待在店里打理些琐事，闲来坐在暗处的椅子上看着落地窗外的人群，意兴阑珊。

叶笛有时会一个人来，有时会带着她的幻听。键盘手是个斯文的男子，叫康乔。他很体贴叶笛，因此我曾经试图问她，康乔是你男朋友？她朝我微笑却并不回答，转移话题说，这间店是你设计的装修吗？少了那么一点情调。

出乎意料的是，第二天她便带来了不少澜沧刀，说要挂在墙上。那是云南边陲的手工艺品。镶满繁复的装饰，带着热带的怅惘迷离，让人联想起远方的容颜和气息。我一时间惊讶无言，她不等我回答，便径自把它们一把一把挂在墙上，跳下凳子来，自顾自地说，看，多漂亮。她说话的时候手搭在我的肩膀上，轻轻触摸我颈部的皮肤，她带有树的辛香，手指冰冷。

演出的时候我常常坐在吧台边上，看着许多年轻人在这里进进出出。他们表情生动，溢于廉价而虚荣的爱情之上，无疾而终，无关痛痒，好像一群浮游生物。几位经常特意来看康乔的女孩子，激动地在角落窃窃私语。我索然无味地移开了目光，对叶笛说，情人节那天要组织一场演出。

自己画了几张海报，明亮的色彩，衬上灰黑的干搓飞白，看起来非常漂亮。基本运用水粉画的技巧。我一张一张地贴了出去。

那天晚上，人渐渐多了起来。叶笛是鼓手，神态甚是纵情，非常喧嚣的一些歌，也许是她新作的。我不是很喜欢。我希望她能安静地抱着吉他唱一首节奏恰到好处的羞涩的歌。像我第一次看见她的时候那样。

我走上台去想跟她说换些歌，刚刚走到她身边，发现她的脸色非常苍白，双手轻度痉挛着抓住我的肩膀，说，对不起……让我休息一下……

康乔回过头来，担忧地说，老板你就扶她下去吧，这里还有我们。

我就把她带到配果间，坐下来握着她的手。叶笛躺在沙发上，看起来非常糟糕。

需要去医院吗?

不，我一会儿就好。

你经常这样吗?

……

我给你倒水?

叶笛端着杯子，从裤兜里拿一小盒药丸，然后吞服。

你吃的是什么药?

她抬起头来看着我说，对不起，现在不太想说话，一会儿，好吗?

她闭上眼睛转过头去。我悻悻地出去，回来找了一件大衣给她披上。回来的时候她似乎已经睡着了，我看着她，俯下身来，迟疑着抚了她的脸颊。关上门出去。

康乔他们还在演奏。人依然很多。我坐在中间，一把一把地仔细观赏墙上的澜沧刀。灯光晦暗，我听见康乔在唱Cohen的*Famous Blue*

Rain Coat。客人们突然很安静。他换和弦的时候左手和指板摩擦，声音尖厉。但我只觉得康乔声音太年轻，并不适合。

凌晨两点的时候打烊。我轻轻走进配果间，开门的瞬间，光线打在叶笛的脸上，她仍躺在那里，睁开了眼睛。

我问，你好些了吧？

她笑了笑，好些了。谢谢。

康乔走过来说，叶笛，走吗？

叶笛看着我，说，今晚我就留在这里。好吗？

我点点头，然后康乔和贝斯手、节奏吉他手、鼓手一起走了。我追出去说，要不大家都留在这里吧，今晚？

康乔回过头来说，谢谢了。我们还是回去。你就多照顾叶笛了，她挺不好受的，谢谢了。康乔说起叶笛的时候总是那样的担忧又很无奈。他们四个一起走出去的时候，外面正落一场雨夹雪，有苍凉的风声。路灯下几个年轻人的背影渐渐消失。

叶笛坐在台上。抱着琴。我关了厅里的灯，看看她，说，我去睡了。叶笛，你也早点休息。

然后我走进配果间，倒在沙发上。上面还留着叶笛的一丝体温。我把暖气开大，依然觉得冷。

良久之后我仍无法睡着，索性起来，走到厅里去。叶笛在厅里抱着吉他弹音阶，索然无味的样子，提着琴走来走去，在吧台上挑CD，选来选去挑了一张爵士乐放进机器。她把音量开大，开始轻轻地跳舞。

我在小桌子后面从暗处看着她的纵情姿态，她扭动腰肢，狐媚而艳俗，轻轻跟着唱：Baby，I know you do not love me any more. 我不可自拔地联想起昆丁的《低俗小说》里，乌玛·瑟曼和那个肥胖男人大跳长耳兔舞的经典镜头。我情不自禁浅浅地笑了起来。她的身体在我的眼睛里幻化成一只飞虫，正盲目扑火。

停下来的时候是因为她的烟烫到了手。她瘫软下来，坐在地上，放声笑。

你在笑什么？

……你刚才跳舞的样子让我联想起《低俗小说》。

呵呵，那你还记得起那个笑话吗？

哪个？

就是乌玛·瑟曼跟特拉沃尔塔讲的那个“番茄一家”的笑话。你笑了吗当时？

笑了，一个彻底的冷笑话，可是我笑得很厉害。

你再给我讲一遍吧。

三个番茄一起走路……番茄爸妈和小番茄，小番茄拖拖沓沓走在很后面，番茄老爸生气了，他回去一边使劲压小番茄一边说，catch up（谐音ketchup，意为番茄酱）。

讲完我们又笑了，为这笑话之冷而笑。

那一刻我就在想，我们生活的这星球，莫非是以人们的无聊和孤独为能量，日夜旋转的吗？

我们笑得疲倦，停下来之后相对无言。沉默良久，叶笛走过来坐在我旁边，狠狠地抽烟。她的指甲都已经被熏黄了。有浓烈的焦碱味。她模糊地轻声说，我身体一直都不太好，常无法入睡，幻听，头痛，脱发，扁桃体容易发炎。情绪常常低落。对任何事情都没有兴趣……有时候觉得自己在死一般地活着……

我应她，好了……叶笛，还年轻，不要再想了。想多了也没有用。

她又自言自语道，很多年以前我读高中的时候，觉得除了学习和考试之外，这个世界上再也没有可怕的事情了。以为只要毕业了不用再学习，考试，活着就会很容易。她笑。

我侧过脸来看着她，只觉得她轻易让我有溺水一般的无力和悲伤。我突然烦躁，拍她的背，说，好了好了……我们不要再说这个了。

叶笛转过脸来，眼底湿润，与我目光相对。我一时觉得渴，伸手拿了一杯水喝，然后递给她。她不伸手接，只就着我的手喝完了水。我拿着空杯子，她便凑过来吻了我的肩。

她说，晚安，我也困了。

立春的时候亦俊回来了。他回来时我还在MILK，亦俊便径直来找我。那天我很高兴地和他一起喝了些酒，因有心事，不胜酒力，很快便觉昏沉。我说，亦俊，我很想你。

他微笑着拉起我的手：我也想你，你过得好吗？

我很好。真的很好，真的。

你怎么了？我觉得你不对劲。

没有没有……对了，我在电话里跟你说的那个吉他手，她今晚会来。

你似乎很喜欢她？她弹得很好？

她真的很棒，她的乐队也很好。他们来了之后我们的生意好了很多。

华灯初上的时候，叶笛和他们的乐队就来了。她穿着一件白色的上衣，黑色的长裤。皮靴散着带。裹着一件宽大的灰色外套，坠质的面料。虽然不合身但是非常漂亮，锁骨纤细而且突出。我最欣赏她的气质。今晚她气色非常好。

我拉着亦俊的手走过去，说，亦俊，这就是叶笛。

亦俊面带笑容走过来，表情却忽然就僵硬了。叶笛也是。康乔也是。

我不合时宜地问：……你们……认识？

2.

童年迅疾却又漫长，朝花不经露寒，只待夕拾。

我叫亦俊，我和叶笛从小一起长大。叶笛幼年时母亲去世甚早。她与父亲相依为命。叶笛算是生于音乐世家。叶父是剧团的首席大提琴手，叶母是长笛手。叶笛的名字便取自母亲。他们多年来情深似海，自妻子意外离去，叶父就变得忧郁沉闷，无论谁劝，一概不论婚娶之事，只一心一意带大叶笛。

我们的父母是很好的朋友，多年来也是住在同一个家属区。叶父心疼女儿年幼无亲友，便经常与我们家往来，言下之意也是让我多与她做伴。很小的时候我们就一起跟着她父亲学拉大提琴。叶父深爱女儿，却爱得沉默而严厉。比如叶笛拉琴比我好，她父亲却总挑剔地说，你看看亦俊，他的运弓比你平稳。

叶笛自小是温顺的孩子，只因家庭有些不幸，性格有些内向沉默。我们全家人都很疼她。我亦一直视她为妹妹。

幼年时代，我的房间里常年有一张小床是她的。彼时叶父常常随着剧团四处演出，每每离家，便将叶笛交给我们家来照顾。

而平时叶父有演出晚上不能回家，叶笛与我一道放学回来，在我们家吃晚饭做作业等着叶父演出归来，也是家常便饭。

每个周末，我背着琴去叶笛家找他父亲上课。遇上南方的冬天，有缠绵不尽的阴雨。道路潮湿，像一面青铜镜子，映出模糊的人影。我穿行在窄小街道，抬头仰望树叶一片片凋落，透过稀疏的枝叶，天空泛寒，扑面是潮湿冰冷的水汽。云痕重重，偶有飞鸟之影。走在树下，就有雨滴从树上掉下来，打在脸上，冷若清泪。

我与叶笛青梅竹马，从小一直在一个班级。我们入学年龄比较早，进高一时，十五岁不到。开学不久，康乔转学来到了我们班上。他是北方男孩。老师安排我跟他同桌。康乔面容清秀，有北方冰薄水暖的初春的味道。我看着他，便好像看到自己。

彼时我见不惯周围的大多数男生，油腻的皮面，汗味浓重的球衫和臭袜子。喜欢把粗口和黄色话题挂在嘴边。要不就是其他一些书呆子，终日顶着啤酒瓶底一样的厚厚眼镜，只知道攻题，胡子拉碴，一副邋遢的穷酸相。也真是难怪贾宝玉都说，女儿是水做的骨肉，男人是泥做的骨肉。见了女儿，我便清爽；见了男子，便觉浊臭逼人。

康乔亦喜欢运动，但他只喜欢做一个人的运动，比如游泳，跑步。他不参加诸如篮球足球之类的群体运动。非常平和的一个人。温和干净。我、康乔、叶笛，我们三个成了朋友。

高一的暑假，我像过去十多年来一样，经常到叶笛家去学琴，做作业。我是年级里成绩顶尖的学生，叶笛成绩稍差，她父亲便一直叫我多给她辅导功课。很多年来都是如此。

一日下午，叶笛的父亲给我们上完琴课，他说，今晚又有演出，很晚才能回来。你们自己做饭，或者也可以到小俊家吃。说完他便急急地出了门。

叶父走后，我们聊着天坐在沙发上看电视。正在放一部欧洲片，有一大段长长的情爱镜头。我们的对话突然停了下来，并肩坐着，看着电视里的那对情人声色激昂，煞是纵情。我顿时心慌意乱，渐渐觉得越来越不自然……我不敢动，屏住了呼吸。

叶笛似乎也觉得不对劲，她转过头说，太热了，我去冲个凉。

她进了卫生间，我听见哗哗的水声，暗自松了一口气，却又心乱如麻。屏幕上的情欲接近尾声，我迟疑着拿起遥控器，将音量关小，然后又关掉了电视，独坐在沙发上。

十多分钟之后，叶笛走了出来。她只穿了一件丝裙，薄如蝉翼。像一只透明的琥珀，包裹着果核一般的身体。漆黑的长发滴着水，弄湿了裙襟。我看定她，只觉得血往上涌。她走近的时候，我站了起来，四目相对。

叶笛拿着毛巾低下头擦着头发，无意间看到我的凸起的裆部。她顿时脸红，但没有走开，也没有抬头。咫尺之遥，她的身体似花蕾一般若隐若现。

我们都知道些什么，但又不全知道。

我一时已无法自控，只说，叶笛，你真美。

她没有说话，只站在我面前一动不动，手里紧紧攥着毛巾。我不作声，咬着牙关，脱掉了自己的上衣。我略露迟疑，然后断然伸手抱住她，试着亲吻，抚摩。她略有抗拒，但很快顺从了我。

那日是七月流火的时节，翠绿的夏之世界中，蝉鸣一浪高过一浪。窗外是剧烈的阳光，明亮的光线如同河流一般，流过窗棂，流过身体，闪电般轰然作声，照亮深不可测的黑暗天堂。我像是落入了深海。有一瞬间我紧闭眼睛，是天旋地转般的欢愉。黑暗天堂之门缓缓关闭，我睁开眼，世界之隅依然布满阳光下的罪恶。我脑海迅速一片空白。汗水已经将全身都湿透，沿着胸骨缓缓滴落。

彼时已近黄昏时分。我们躺在一起，呼吸仍旧急迫剧烈。我们做了两次，她热得头发里都是汗水，却依旧抱着我滚烫的胸膛。我揽住她，她在我怀里落了泪。我们浑身都湿透，分不清是汗水，还是眼泪。

一动不动躺在一起，渐渐平静下来。天色愈见昏暗，连蝉鸣都变得无力。夏日之暮垂落如死。

她不作声，擦干眼泪，静静地起身，背对着我，拿起床边的衣服，默默穿上。我看着她背影，心里竟有些许后悔。她回过头看着我，说，哥，你起来一下。

我起身离开床，站在小房间的角落里，看着她默不作声地打开了衣柜，拿出干净的床单来换上。

旧床单上几滴殷红的血，她只愣了一眼，便一言不发地卷起来抱走，从我身边擦肩而过。

我看着她，从未体验过这般复杂的心情。

那是我们刚刚满十五岁时的事情。

第一次之后的那个晚上，我夜不成寐，心里还十分忐忑。翌日见到她，彼此心知肚明，仿佛觉得看待对方的眼神都有不同。她是与她父亲一起来我们家的。叶笛依然与我们家人打招呼，哥，伯母，伯父，我来了。

叶父也笑容慈祥地过来拍拍我的肩膀，问，小俊，有没有好好练琴啊？

我想起昨日的事，一时万分羞愧。

高二开学分科，她为了与我在一起，选择了理科。而康乔选择了文科。课业已经明显又重了一些，叶笛读理科，更加吃力。叶父十分着急，更是经常叫我去给叶笛辅导。

我顶着这样的名义去她家，心里有莫大的罪恶感。但是我的确是控制不住。大人不在的时候，我们又做过不少次，心里提心吊胆，即便是紧锁了门，也同样害怕大人忽然回来，被抓个正着。做完之后又总觉得这是错事，而且非常浪费时间，于是赶紧起来穿好衣服一起做作业。十分狼狈。

我有担心。我是害怕她怀孕的。慌张地反锁自己房间的门，翻出以前的生理健康教科书，却没有有用的东西。又独自去过书店，做贼心虚一般慌乱地查看一些书，希望能多找到一些信息。

这样的日子过去了近半学期。平时每日晚自习，我们还是一起回家。

终于有一天，我牵着叶笛的手，感到她十分勉强，越走越慢，越走越慢。最后我们都停了下来，不知所措地站在一起。

她说，亦俊，如果我们是兄妹，我们好像多了些什么。如果我们是情侣，我们好像又少了些什么。

亦俊，我觉得我是喜欢你的。但我真的不知道你是不是因为喜欢我才这样。

我哑口无言。她一语切中这个我躲避已久的最害怕的问题。

我心里难过，沉默了很久，咬着牙说，叶笛，我们之间是爱，但不是爱情。我们不能再这样下去，对不起……

她静静看我一眼，然后转身就跑开了。

我一个人站在原地，心中有泪，但是哭不出来。

期中考试之后，叶笛便转去了文科班，与康乔同班。而我也背地里单独跟叶父谈话，说我功课太忙，自己也没有天分，所以以后不再学大提琴了。

叶父没有多说，也觉得有道理，便同意下来。

也好，身边落得清净。我只觉得我身后是座黑暗天堂，我踩在它的边缘，再多一步，就将陷入不可自拔。那不是我该要的，也不是我能控制的。所以我至此为止，只愿心无旁骛地念书。

我不愿被裁判着，像一切未成年的生命，困于过度的自夸或者自鄙。

3.

不知是我刻意，还是她刻意，我与叶笛不再相见。也见不到康乔。我已经习惯一个人在校园独来独往，匆匆地行走在书本与功课之间，不给自己空隙。

那是一段安静清闲的日子。与书本相伴，确实枯燥，却让人安心。我告诉自己，不要浮躁，不要抱怨。凡事有迹可循。我有我的路，人生其实一切自有安排。

这种感觉像是欧洲电影高潮过去之后的短暂间歇，一种瞬间冷却。剩下那把寂寞的大提琴和帕格尼尼的音符在悠长地共鸣。我一无所有，除了大把大把的时间和孤独。

偶尔还是会烦躁，我便拉拉琴，或者塞上耳机，听埃尔加大提琴协奏曲。夜三央时，琴声如泣，我在台灯下做数学题，做累了抬起头来稍作休息——这灯光太熟悉，你我曾在这灯光下做着功课，做着一切还未发生之前年少单纯的梦。我还是会想起你，不知道你是不是还有很多题不会做，是不是还要我帮忙。

但我也只是抬头的瞬间想一想你而已。我明白，这样的心，太薄太浅，所以不配轻言在一起。叶笛，你要懂得，我其实十分疼惜你。所以我觉得你值得拥有比我对你更有心的男孩。

隔了一个月，我生日到了。我已准备过一个安静孤独的生日，没想到那日叶笛和康乔来找我。

隔膜了太久，我们几乎变得很生分。叶笛坚持要给我庆祝生日。她跟我说话的时候，康乔也在身边。然而他明显对我们的事情一无所知，他趁叶笛转身与别人打招呼的时候，赶紧凑到我耳边高兴地说，叶笛现在是我女朋友了——

我回敬他一个难堪的笑容，不便再说什么。答应了下来。

那晚去康乔家。他父母都出差回了北方，家里只有我们。康乔的家很宽敞，装修精致华贵。我们用音响放着歌剧，比如瓦格纳的《诸神的黄昏》，然后搬了很多啤酒出来，像喝开水一样地灌。那晚叶笛兴致似乎还很高，很兴奋地拿起弓，拉帕格尼尼的协奏曲。

她拉琴的时候，我坐在房间角落里远远看她。

过去我们都是坐在一起学琴，靠得太近。细细想来，我还未这样认真端详过她。一段时间不见，叶笛更漂亮了。那是一张让人忍不住想伸手轻轻抚摩的脸庞。笑起来便温婉如歌，是我熟悉的样子。她面孔线条明快，鼻梁高而挺拔，眼神警觉而天真，像鸟类。

她拉着一曲巴赫平均律，进行到第十九小节的时候，我起身拿杯子倒水，走到她身边，她忽然停了下来，似乎要落泪。我心里略略惊异，低头看着她，说，没事吧?

她笑着说，没事。叶笛扶着我的手臂，神情十分复杂，她抬头看着我说，亦俊，我有话对你说……

康乔很敏感地站了过来，紧张地看着她，又看着我。我与叶笛四目相对，竟当即心下生凉。我总觉得她有话要说，却又不忍出口。

气氛尴尬了一下，叶笛放开我的手，忽然泄气一般又嬉笑起来，说，生日快乐。我就想对你说生日快乐……

话音落下，康乔如释重负地笑了起来，他说，吓我一跳，一句生日快乐也弄得这么玄……

叶笛想说的话终究没有说，她失去力气似的倒在我身上，我很自然地想抱着她，可是看到康乔，我便把他拉过来扶起叶笛，道貌岸然地说，兄弟，你可要好好对她。

我把他俩拉到一起坐下，起身便要走。

在门口，我看到康乔抱着叶笛的背影。她圈着康乔的脖颈，却泣眼看着我。

其实那时她如果喊我，我会留下来。可是她没有。她看看我，然后低下头，埋进康乔的怀里。我似乎找到了心安理得地离开的理由。转身离去，门应声关上。

此后的一个月，我又不再见到他们。一切也似乎了无波澜，似静水流深般平缓地行进。

某日放学回家吃晚饭，母亲对我说，小俊，你最近有看到叶笛吗？

我顿了顿，闷声说，没有，好久没见了。

母亲叹了口气，说，这小笛，真是可怜。她跟他们班一个男生好上了，竟怀了他的孩子……快三个月了……才十六岁啊……造孽啊……怎么这么不懂得珍惜自己……太残忍了……她爸爸下午到我们家来说起这事……大哭一场……你回来之前他才刚刚走……

我听母亲说着，心下惊慌，竟发现自己捉着筷子的手不停地抖。我毫无底气地问，那……叶伯伯……怎么发现的……？

我母亲继续说，那个男孩子，也真是胆大，想背着大人私下解决，又没有钱，就偷偷跑去找血贩子卖血，又被骗了，只凑了几百块，这点钱哪里够啊……叶笛……叶笛在家破医院里做了手术，结果出了状况……那男孩子知道出事了，自己没了主意，就叫了家长过来……小笛这才捡了条命！

小俊，你怎么不多关心下小笛？你看她现在……还有……伯伯说那个男孩子跟你也是很好的朋友啊……怎么会这样啊……小俊，这件事也就我们两家人知道，你不要再告诉别人，否则……否则小笛以后还怎么安安心心读书啊……

我听着听着，心里像刀剜一般……眼泪扑簌簌地掉。我回到房间里，矛盾得坐立不安。只要一闭眼，便看见她那琥珀果核一般的身体，想起那日下午一浪浪潮水一般的蝉鸣和滚烫的阳光，那张带血的床单，以及那么多个偷偷做爱的下午……我想起了她的脸。我想起她对我曾经欲言又止……我知道，那肯定不是康乔的错……

我数次想走出去告诉母亲，让小笛遭这般罪的，是我……可是我每次握着门把手，便觉得触手冰凉。……我不敢。

翌日我和母亲去叶笛家看望她，叶父为我们开门，我看着他威严憔悴的面色，便心虚害怕。叶笛卧床在家，面色苍白如纸。我轻手轻脚走过去的时候，她微微睁开眼睛，见着我，便当即噙了泪。她叫我，哥……

我捂着脸，恨不得钻到洞里。我母亲在一边也落泪，而我跪下来扑在她床边，双手紧紧抓着床单放声哭了出来。

她又动了动嘴，我没有听见声音，但我读得懂她的唇语，她说，哥，我不怨你。

我哭得更厉害了，再也无法忍受，转身对叶父说，伯伯，我对不起您……害小笛这样的，是我……

言毕，我只觉得身边都静了。叶笛心碎地转过脸去，叶父走了过来。他声音颤抖着问我，你说什么？！你再说一遍，说清楚了！

我朝他跪下，大喊，叶伯伯，小笛是因我而……而遭这份罪的……不是那个康乔！

顿时一记响亮的耳光就落了下来，我以为是叶伯伯，可我抬起头，是母亲愤恨地望着我，她骂，你个混账东西，我打死你！

叶父坐在一边，没有看我们，他整个人像被抽掉了魂灵一般，自从他失去妻子以来，我还从没见他这样憔悴过。

而事情的最后结局，比我们想象的还要不幸。

康乔去卖血，血贩子的针头不干净，他感染了乙肝。他退了学，养病一年。不仅如此，这个病还将缠他一生。

4.

亦俊对我说了这些事情之后，我们四个人都僵在那里。康乔转身要走，回头时咬着牙狠狠地说，亦俊，过去我一直都想把你给剁了。可是这么多年过去，恩怨都有个期限，我不想跟你追究。从今以后我再不想看到你。

自从亦俊出现之后，叶笛似乎想辞掉在这里的演出。我打电话找她，她总是对我说，对不起，最近身体状况很差，来不了。我问她，康乔呢？她说，他不会再来了。

那天我去叶笛寓所找她。木质的楼房，两层，住了很多家房客，因为年代久远而踩上去嘎吱作响，有阴暗潮湿的长长的走廊，很多人在走廊上做饭，晾满了衣服。她来开门，穿着件很薄的白色衬衣，套着黑色的长裤，头发绾了起来，脖颈颀长，更瘦了。看起来很憔悴。我问她是不是病了。她勉强地笑着，说很疲倦。

房间里挂满了小幅的水粉画。堆着很多乐器，可是没有大提琴。我们无话可说，很尴尬，我试图打破这种沉寂，问，你为什么不拉琴了？你拉琴一定很好看。

叶笛平静地点烟，说，早就不拉琴了。

我愣了一下，又转换话题。你现在的生活还好吗？一个人挣的钱够吗？

康乔家有钱，我们还不至于饿死。

康乔……他的病怎么样了……你们是同居了很久吗？

嗯，对。可是他已经两天没回来了。是亦俊叫你来的？

不，是我自己想来。

为什么？

没什么，只是想来看看你。

叶笛看着我，淡淡笑了一下，说，你一直都对我这么好。

那天她大段大段地讲话，讲亦俊，讲康乔，也讲她自己。她说亦俊其实很善良，但是他很软弱。不过过去的事也确实不能怪他，他不知道的。那时我们太小。

那你爱康乔吗？

我不知道。我们在一起……但是又不在一起……他的病，让我觉得我欠了他一辈子。

叶笛并无愁容，但我看着她，便觉心底有溺水一般的无力和悲伤。我们无话可说，面对一窗晚春的暮色，静静闲坐。

晚上康乔还没有回来。我说，我先走了。她拉着我的手说，留下来。康乔已经两天没有回来了……你陪陪我……

她言语落寞，却又面带笑容，朝我伸手，我便俯下身来抱她。那一刻我仿佛成了少年时的亦俊。抱紧她，好像世间就变得微茫而温暖。我抚她的额，感到滚烫。我说，叶笛，你好像发烧了。

她默默说，我知道。我扁桃体在发炎，很痛。不想说话了。

我叫她上床去，又找来毯子给她盖上。出门去给她买了阿司匹林、抗生素、温度计。回来烧开水，喂她吃药，给她量体温。

她发着烧，时冷时热，总是渴。我喂她喝水，裹着被褥毯子把她捂紧，凌晨时她发了汗，烧终于退了。那夜我们相拥而眠，像少年时的闺中密友。我抚摩她的背，手停留在峰峦一般的肩胛骨上，吻了她的肩。窗外一片醉夜星辰。像蓝蓝深海。

她病尚未好，咽喉肿痛，只能咽下流质的食物。我给她做粥煲汤，不让她整日用方便面充饥。她的床头摆满了各种精神类药物，我也不允许她按小孩吃糖一样的剂量吃那些药丸，为此也吵过。但她总会懂得我是为她好，因而听从。

我常常在狭窄的厨房做菜的时候听见她突然问："你刚才说什么？"或者"有人进来了吗？"，我知道那是她的幻听症，开始的时候我回答："不，我刚才什么也没有说。"结果总是让她难过，于是后来如果她再问我："你刚才在喊我？"我就回答："对。我让你铺好桌布，可以吃饭了。"这是所谓善意的谎言。我只是心甘情愿想给她温暖。

那是一段过得寂寞的日子。但还是有很愉快的时刻。寓所里没有电视。每天黄昏的时候，为打发时间，叶笛就坐在窗台上抱着吉他弹一些歌给我听。她咽喉发炎，嗓音沙哑，不能唱。但我知道那是Pink的歌：

Goodbye, the cool world. I'm leaving you today.

Goodbye, goodbye, goodbye.

Goodbye, all the people. There is nothing you can say, to make me change my mind, goodbye.

破旧的红漆斑驳的窗棂外面是浓绿的爬山虎。我静默地看着她。她关于昨天的怀念，夜幕低垂。似掌声，此起彼伏。又如一片深深湖水。

有时候我困得听着听着就会睡着，醒过来，看见她还在窗台边抽烟。她独坐，像我记忆中蓝色的海，蓝得让人心疼，一直疼到心底去。这个世界在我们的眼中是常常缺乏诗意和美感的。而我们却要欺骗自己，让自己知足，以便能够快乐地去生活。

叶笛常常连续几日无法入睡。眼睛里布满血丝。当她觉得撑不下去的时候，便在深夜里叫醒我，说，我睡不着。

我起身来到她的床上，与她聊天。故意说很无聊的话题，让她长久地听，或者让她长久地说。言语是世上最让人疲倦的事情。她总会在疲倦中睡过去。

我知道她一旦睡着，睡眠又会变得很长。于是我轻轻下床来，帮她拔掉电话线，关掉手机，关上窗户。房间里非常寂静。我喜欢坐在她的床边，看看她熟睡的样子。

我似乎感到了生命的韧性，我们都曾经以为自己走不下去了。可是最终，我们其实都可以走过来。比如对叶笛来说，这场幸福的睡眠过后，她又可以挂上笑容，继续行走。

她这一觉睡过去很久，醒来的时候是上午阳光明媚的时刻。她撑着懒腰的愉快模样，像只懒猫。这般天真的叶笛，我从来没有见过。也许在她生命没有波澜之前，亦俊见过。

我把牛奶端给她，她握着我的手说，很多年没有这样痛快地睡一觉了。

康乔消失了。乐队的人也不知道他的去向。叶笛生病，我留在寓所里照顾她。每日做些家务，其余几近无所事事。

亦俊知道我在陪叶笛，可是他没有来，哪怕借看我的理由来看她一下。我几乎对他彻底失望。

叶笛好转了不少，第二天我便回家了。在MILK见到亦俊，我问他，你怎么不来看我们一下？

他说，我怕她不想见我。

我说，是你不敢见她。

两日之后，叶笛突然给我打了一个电话。她说，我想回南方，回我以前的城市。

我问，这么急着走，那你就不回来吗？

她说，康乔给我打了电话，他一切都好，回他母亲身边去了。他让我也回去。

叶笛又问我，你愿不愿跟我一起回去？

未等我回答，她继续说，明天早上十点的火车，我把我所有的钱都拿来买了两张车票。我可以等你。

亦俊在我背后小声地问，出了什么事？谁要走了？找到康乔了？

我回过头，看到他无辜的样子，突然很不忍心。我和他在一起三年了。他是一个平和干净的人。因我们生活平静而盲目，他依然对我很好。我也是爱他的。

那夜我不怎么睡得着，凌晨五点的时候，亦俊打来电话。我握着听筒，对方没有声音。我们足足沉默了十分钟没有说一句话。只听见对方的呼吸。最后他很模糊地说，请你不要离开我。

我放下电话，起床走进卫生间，用冷水冲澡，冰冷的水像无数把刀在刺。痛快到了极点。我完全无法呼吸，我想我头都要裂了。

清晨时分出了门。我回到MILK，将墙上的澜沧刀一把把取下来，装进包里。走在街上，依然安静，行人疏落。天蒙蒙亮，我走过一条街，路灯一盏盏熄灭。我观望着，想，我们将在这个疲倦而冷漠的世界里过完嘈杂的一生。从倾其所有，到一无所有。我们是相互交错的经纬，与虚无的结局丝丝入扣。

冥冥之中，我一直步行走到了火车站。

我给她打电话，远远地她便朝我走了过来。她见到我，先是愉快惊喜，但她是聪明的人，瞬间表情就暗淡下来了。

我将包递给她，对她说，对不起，叶笛。我想我是真的不能走。

她拿过来，摸摸便知道是什么，静静地笑。她说，好久之前，康乔走后给我电话，他说，对不起，叶笛。我想我是真的该走了。

我不再说话，叶笛从肩上取下她的吉他，要送给我。

她埋头吻了我的肩，我不忍看她，闭了眼。等我再抬起头的时候，早已看不到她的线条明快的面孔了。她湮没在人群里。而人群，也像一场失败的战争，将我们记认的人，埋葬其中。

只剩下这把琴，还留在我怀抱里。

树的辛香，丝绸一样缠绕在琴弦上。

故城

1.

故城，你是否觉得，我们总在惦记着遗忘我们的人，而被我们忘记的人却也在惦记着我们。

两年前我在新疆旅行，发现那儿的文明遗址总是以故城来命名。比如说，交河故城、高昌故城。故城这个词念起来充满感怀却又不失悠然，像极了你。所以我想以故城给所有在我生命中留下足迹的人命名。他们也永远只能是一座故城，因为所有的故事，都不会再回来。

就像何勇在《幽灵》里轻轻地念：

> 他们都不在了。
> 我想念他们。

故城，你并不知道我这么想念你。在过去，我一直都是那个你不开心的时候才想得到的人。那时你总是不由自主地落泪，我常常站在你身后，看着你的背影，那么多话都欲言又止。我们离开彼此之后，这些话组成了我的文字，就好像此刻我又想起十四岁的春天，我们相识不久，那日下午你邀我一起去江边放风筝，你对我说起，烟花春晓。

前几天我打篮球时弄伤了手指，食指关节青肿，动弹不得。但这令我想起几年以前的那个春天，你我在种有两棵高大银杏树的旧操场上打篮球，累了坐在地上喘气，你对我说，银杏树是这个世界上最浪漫的植物，必须雌雄同栽才能存活。它们可以存活很久很久，但若其中一棵死去，另外一棵也会很快死去。

我可以很清晰地回忆起，那天阳光灿烂得像是孩童的瞳孔，老银杏树有着彰显它命运构架一般的蓬松枝叶，从它一直细碎摇晃的姿态，可以看见风在穿越。小操场有两个篮球架，木篮板油漆脱落而残损，篮筐锈蚀。球砸上去，整个框子就哐当哐当摇晃。

你的衬衣上带着干燥浓香的太阳的气味，是少年的气味。

故城，你应该记得，那时你和我是在学校里引人注目，却有些令老师头疼的孩子。不幸我们都被安排到年级里最暴躁严格的一个女班主任手里。她实在是个脾气暴烈的急性子，对我们也早就看不惯。有一次晚自习，所有的同学都在安静地看书做题，你在同桌男生的眼镜上画上一圈一圈的黑线，让他戴上，叫我看，我们三个人笑得四脚朝天，连班主任冲进来的时候都无从察觉，于是被她抓了个正着。她把我们驱逐出教室，厉声咒骂，气得直抖。

再有一次是班主任在周五放学前的班会上训导，她说，你们这些学生，总是等到星期天晚上了才赶作业，周六周日干吗去了？从下周起，坚决要杜绝赶作业的现象！

我在下面嘀咕一声，谁那么傻在星期天晚上赶作业啊……都是星期一早上来抄……

话音落下，班里的同学都窃窃偷笑。班主任脸也绿了。

我很快忘了这件事，星期一早晨照例早早来到教室，把课代表的英文作业拿来抄。正伏案疾书酣畅淋漓时，有人拍我肩膀。我不耐烦，以为是哪位死党来捣乱，便大声说，去去去，别打岔，没见我正抄作业呢！

身后的人没有回答，我忽然觉得情形不对，慢慢回头，正好撞见班主任刀子般的眼神。还未等我在心里默念一句“完了”，她的耳光就已经响亮地扇了下来……

呵呵，故城，这些你都记得吧？我们在课堂上偷偷下五子棋，我赢了一盘漂亮的“三三连”，喜不自禁，当即在历史老师讲到李世民弑兄夺位的时候，大喊一声，啊哈你输啦！

顿时，安静的课堂，变得更安静了……

历史老师表情沉痛地走下来，说，请你出去。

那个时候我们做的最多的事情就是互相写信，但平时彼此并不多说话。教学楼顶楼一层常年空置，我们经常不上体育课音乐课，到顶楼的楼梯间里闲坐，也喜欢拿着粉笔在墙上涂鸦。写写画画一个学期，不知不觉渐渐涂满了整个楼梯间的墙壁。这件杰作败露之后，我们被班主任揪到办公室罚站，请家长，赔粉刷钱。

那个时候已经是初三了，四月的时候照毕业照，我没有去，不知道从什么时候开始，变成一个讨厌拍照的人。那天我们一直在学校西北角的楼顶上吹风。曾经满墙壁的涂鸦，已经被粉刷成雪白一片。我和故城都没有说一句话。面对空白的墙壁，坐在楼梯上，无所事事沉默了一个下午。

我们都曾经以为那面墙壁是留给学校的最好纪念。真的。

还记得故城在上面写过一句话，我们应该把生命浪费得更有意义一些。

2.

我与故城都是学画画的孩子，每个周末背着画板到老师家去画画。走在街上心情总是非常好。故城能写一手很漂亮的隶书，长跑很厉害。她塞着耳机写生石膏的时候，样子看起来仿佛目空一切。

她曾经笑着对我开玩笑说，你是我的，你不能离开我。

说话的瞬间我想起《她比烟花寂寞》里Jackie对她姐姐说这句话的时候闪烁的眼神。

我会明白，她是在向我表达她的寂寞与害怕。

上帝让我们习惯某些东西，就是用它来代替幸福。

但我们竟然，一不小心就习惯了生命本质的空虚。

3.

苏钦曾经是我和故城的绘画老师。她与故城母亲相识，也是故城带我一起去她家找她的。苏钦为我们开门时披一件随意的深色坠质睡衣，嘴里叼着一支炭笔，手里抱着一卷卡纸，另一只手腾出来开门。头发绾起来，脖颈颀长，锁骨似清瘦的少年一般突出。面孔的轮廓硬朗。我喜欢这样的女子。

每个周末我们去她美院的画室画静物写生。画室里满是林立的画架，地上扔着废弃的颜料。墙壁上是无意弄脏的色块。看起来富有超现实风格的意味，非常有趣。有巨大的落地玻璃窗，窗帘厚重且沾满灰尘。窗外是高大的落叶乔木，盛夏有扶疏树影映在空旷的画室里。

树影似乎带有辛香，簌簌抖落。画累了或者找不到感觉了的时候，苏钦就干脆让我们休息一下。和我们聊她在美术学院当学生的时候分外沉溺的老鹰乐队。我们就边听边在画室里逡巡，看她的一幅幅油画。

那年夏天我们穿过美院的青石板路，直到那座砖红的爬满了墨绿藤蔓植物的三层小楼。那些植物具有鲜亮饱和的色泽，叶片在仲夏溽热的微风中摇动，闪着鲜亮的绿。我们不停描绘那些木讷的石膏头像。疲倦之际我曾经听苏钦大段大段地讲她男朋友的事情。比如他们如何在大学里恋爱，如何在毕业之后分别。

她懒懒地说，我们分开都已经七年了。我说，他这么爱你，一定还在等你。

苏钦回过头来看着我说，傻孩子，不要把别人想象得对你很忠诚。

即使没有画画的时候我也去画室。很多时候翘掉学校的无聊课程，在画室里看苏钦给那些大孩子上课。在最后一排躲在高大的画架后面等待。晚上在画室里用CD机功放些老鹰乐队的老歌。关掉所有的灯，在画室黑黢黢的角落里堆积着躯干、头像、手、脚……看起来恐怖至极。我们在画室里互相恐吓，疯打。累了就坐在窗台上分抽一包烟。

无论什么时候只要我打一个电话，苏钦都会出来陪我在街上晃。寒假时父母都走了，家里一个人都没有。我不想回去，和同学们玩到很晚。然后各自回家。我一个人在沉睡的城市中逡巡，路过一个电话亭，用自动售卡机买一张卡，给她打电话过去，煲到卡上只剩最后一块钱。电话亭的地上丢满了烟头。我看见外面大寒时节冰冷的冻雨扎在电话亭的玻璃上。除了路灯憔悴的光线之外，一片漆黑。下雨了。

我对苏钦说，真冷，快冻死了。她说，你在哪里?

苏钦凌晨一点的时候赶到我面前来。给我披上一件大衣。

那夜我们像往常一样在空无一人的深夜街道上散步，走累了就在大商厦门前的阶梯上坐下，捧着一杯咖啡沉默。

有时候我一言不发，有时候会不停地说话，说到母亲说到家庭，我难过，一头扎在她肩膀上哭。她镇定至极。没有说一个字。只伸手揽我的肩膀。

天亮的时候，苏钦说，这些事，你不要再对别人提起了。忘了它吧，你还这么小，心事这么重，真叫人心疼。

那个时候我剪短了头发，苏钦总是喜欢摸我的脑袋，像摸她的宠物那样。我额前的头发常常遮住眼睛。总穿白色的衬衣，黑色的长裤。苏钦说，你怎么不爱笑。你笑起来真的很好看。她见我陡然脸红起来，便放肆地笑，继续看着我说，我第一次看见你的时候对你只有一个感觉。

是什么？

野。野孩子。

然后轮到我放肆地笑。我想起小时候母亲耐心地教我怎样执筷子，怎样保持优雅的坐姿，怎样吃饭不弄出声音来，怎样在饭局上敬酒，告诉我餐巾叠成某种花状表示东家，上宾坐什么座位……可至今我仍然还是吃相很难看，走路不抬头，盯着自己的脚尖。

若这样想起来，好像我的一生，都只是个关于辜负的故事。一直，在让人失望。

但苏钦一定不这样想。她在修改我的水粉作品的时候总是说，你对色彩的感觉，非常独特。你是有才华的人。要走好自己的路。

4.

初中毕业，我将离开家去别的城市上高中，临走的时候苏钦把她的油画处女作送给了我。是在她十八岁的时候随家庭教师学习时的习作。画面只是简单的静物，笔触稚嫩却有才气流露。我格外珍惜。

那天晚上我在一页速写纸上写，我想去相信某个人，非常想。

5.

我曾以为我会在离家之后的很长一段时间里艰难地想念故城和苏钦。但事实上，她们竟很快就沉没在了我的记忆里，我并无刻骨的牵挂。

我发现了人的不可信任。

6.

高一那段时间我不停地给故城写信，像一个人对着镜子说话一般，不知不觉，便感到心酸。故城的回信里，一封封说起她身边不停更换的男朋友们。

我知道故城向来是受异性追捧的。

记不清楚是哪日凌晨，我刚睡下不久，手机响了。是故城的短信。我盯着屏幕上熟悉的名字，犹豫片刻，打开来看。故城说，今天凌晨，我把自己给他了。

我内心不知为何竟很难过，眼泪几乎快掉下来。

末了，她又说，很想你。

我反反复复翻动这两条短信，盯着手机屏，不知如何回复她。

那夜我失眠至凌晨，似乎还落了泪。泪只两滴，擦掉便干涸。我想起一些事，关于年少时光，关于承诺、想念，以及一些爱的代价。

7.

《新约·哥林多前书·第十三章》：爱是恒久忍耐。又有恩慈。爱是不嫉妒，爱是不自夸。不张狂，不做害羞之事，不求自己益处，不轻易发怒，不计算人的恶，不喜欢不义，只喜欢真理。凡事包容，凡事忍耐。爱是永不止息。

8.

我们从不打电话。只是不断收到故城的信件。她向我诉说她现在的生活，其中总是有忧郁和失望。信里她对我说她和男朋友分手。说自己会轻易爱上许多的男孩子，说现在的生活只是努力画画、听歌……

我从她欲言又止的叙述中，几乎能看到她脸上感情流逝之后的灰烬。

我发现我渐渐不知道该怎么回复她的信。只能默默看完，把它们折好放回信封，一封封码起来收藏好。

在信中故城向我提起以前课间的时候，我们站在走廊俯身望下面踢球的男孩子的情景。她在里面寻找喜欢的男孩子的身影。时而微笑，时而流泪。尖锐的上课铃声拉响，她就淡淡地说，走，回去了。

我看不到她的脸，却能遥遥相望她内心的落寞感伤。如同我每次看到信纸上覆有灵魂的叙述的时候，便会知晓这样一处暗淡的光。

我于这每日每夜的独立生活中，渐渐有种落水一般的无力挣扎。晚上十二点准时上床，回想每天一模一样的日子，心生寂寥。

像一条漫长的征途，一旦开始，便没有人再知道归期。

以至重新面对和审视自己生活的时候，感到幻觉般的甜蜜。一切是一个失去的过程。彼时时光沉沉地静止在深处。留下无限空旷。似记忆的沉香。

我们在梦境。我们在现在。

9.

很久很久没有苏钦的消息。后来某一天收到了她的一封信，说她已经换了工作，不再做美院的老师，改行平面设计。她一再寻求生活的突破口，不甘心过千篇一律的生活。这是我喜欢的。只是再也没有机会和她一起坐在空旷的画室里安静地画静物写生，看她眯着眼睛捕捉线条和明暗，叼着铅笔的样子了。

生命原是这样一场沉迷的游戏，每个人自知。因为总有别离。故城走了。苏钦走了。只剩我，站在原地看着她们渐行渐远。

后来放假的时候回了家，碰巧在百货商场里遇到苏钦。我在背后看她良久，她黑亮的长发随意编成辫子垂至腰际。依然很瘦。披一件黑色的长风衣，里面是简单的白衬衣。黑色长靴。有熟稔的温婉气息。旁边有位男子拎着购物袋，耐心看着她挑选商品。我走过去轻轻碰她的肩。她回过头来的眼神煞是惊喜，我轻轻拥抱她，像以往那样。闻到她身上不沾香水味道的植物辛香。她说，天哪，你长这么高了。

几句寒暄之后，她叫我一起吃饭。我注意到旁边男子的错愕又加以掩饰的神情。觉得很尴尬。于是说不了。你们慢慢逛，我还得先回家。再见。

我笑笑便走了。

其实每次对她说再见，心中都有无限落寞。我记得。记得以前最糟糕的日子里，晚上十一点，还在街心花园里聊天。那座花园里有一株高大的橡树。在南方的气候里终年青翠，非常美。我说到难过之处，热泪难止，双手捂面。她轻轻叹息，良久，伸出手来意欲揽我入怀，我暗自挣扎抵抗。

苏钦说，不要这样。到我这里来。语气坚决而温和。然后将我的头抱过来，手指轻轻梳理我凌乱的头发。沉默不语。

这是少年时印象颇为深刻的场景。这样温情的关怀，一生会有几次。记忆之中深刻的灼印，被有温度的触觉所提醒，会时时散发出经久的感怀。令人沉醉却不经悲喜，只落一地滚烫的烟烬。

此时我知道她已经被人群所湮没。我即便回头，也不会看见她的背影。

我想象他们即将拥有的生活，就像他们现在一样，甚至会像我今后一样，身边有一个熟悉似自己一般的人，日日夜夜，平凡一生。购物。做饭。洗碗。按揭买房。闲来或许会画画，出去旅行。但这未尝不是好事。

我只是希望她一切都好，再也没有其他。

那天我独自从闹市区走回家。路过那座长有高大橡树的花园的时候，发现那张长木椅还在那里，上面仿佛留着我与苏钦的影子。突然感觉自己站在记忆的离岸。这么近，又那么远。

其实那天是我生日，但我本来也就无心周章，所以没有放在心上。独自走一大圈，回到家里，桌上有新鲜的饭菜。客厅里的电视闪烁着变幻不定的荧光。一个接一个的广告。妈妈刚从楼顶上下来，她刚刚浇完花。她轻轻说，来吃饭吧。

她从厨房里端出一个漂亮的圆形纸盒。里面是生日蛋糕。剪掉红色的塑带，揭开纸盖，闻到香甜四溢的奶油气味。颜色鲜亮诱人。上面用樱汁酱写着，生日快乐。很贵的一个蛋糕，妈妈说她提前订好的，下午刚刚取回来。我看到她的脸，额上有细细的皱纹。有平淡简单的愉悦。

那一刻我从来没有这么难过。已经不记得有多少年，不曾认真对待过自己的生日。就像这个家的感觉，只有在独自生活，寂寞想家的时候才感觉得到。我切下一块蛋糕，给她，然后自己也切下一块，安静地吃。

我略一抬头，见到母亲白发隐现的发际，以及咀嚼食物时慢慢用力的下颌，一时心酸，竟当即落泪。

吃了晚餐，我帮她洗好碗，扫了地，上楼看春天的夜景。用铲子疏通花圃的排水洞。站在栏杆边俯看城市华灯初上。下楼回书房看了几篇散文。清理了一下画具，丢掉几管干瘪的颜料。掀开琴盖，用天鹅绒布仔细擦拭每一处灰尘。看到键盘因为受潮而略有不平。试弹了几组音阶，音尚且还准。坐在琴凳上默默看着自己映在琴板清漆上的脸。闭上眼睛，弹奏自己最喜欢的一曲德彪西。

洗完澡，将衣服丢进洗衣机。和妈妈道晚安。进卧室，钻进被窝。

手机上有灯在闪，打开来看见故城的短信，生日快乐。

过了一会儿，又有苏钦的。苏钦说，下午在咖啡厅，听见放钢琴小品。竟然是你弹过的。生日快乐。

我轻轻呼吸，听了张大提琴的CD。熄掉灯。陷入沉睡。

10.

我知道自己有过无限馥郁繁盛的生活。那是指尖流过的风。剧烈并且永不复回。就如同我和故城在奔跑之后留在高草地上的脚印，被那些植物匆忙掩埋。留在日复一日、年复一年的咏叹之中，最终渐渐暗淡下去，沉没进时光深处，陷入窒息。

都是虚空。都是捕风。

昨天

当我发现自己身处烦恼之中
她来到我身边　为我指引方向
顺其自然
当我深陷黑暗的时间
她站在我前面　为我指点路途
顺其自然
所以我忧伤的你活在世界上
将会有一个答案
顺其自然
即使他们即将分离　他们仍将得到一个结果
顺其自然
阴云密布的天空　依旧有光明
顺其自然
她照耀我　指导明天
顺其自然

——贾宏声《昨天》

1.

在访谈节目里看到素面朝天的徐静蕾说，你看我现在全身穿的东西加起来不到三百块，但是我去筹了三百万拍电影。

她这样说，让我想起了那句熟悉的话。要有最朴素的生活与最遥远的梦想。

我的名字里有七。当我知道电影就被称作第七艺术的东西的时候，我有万事暗藏机缘的感觉。另外，我知道第九艺术是漫画，至于第八艺术或者第四艺术是什么，我就不得而知了。“但总有一种艺术叫作生活吧”，这是江树澪对我说的。

自然，这已经是后话了。当我们年少得将电影与人生相混淆，将目标与梦想相混淆的时候，我们都说，梦想要拍一部电影。而这些年来，这个梦想倒映在青春里，随着年华的涟漪一圈圈扩散，渐渐变得支离破碎。

正如导演们都盛传的一句话，电影永远没有离开你，只有你离开电影。

2.

印象中第一次去电影院看的电影是罗可贝夫的《丑八怪》，在母亲单位上的礼堂里放映，我和她坐在一起看，中途我乏味地睡着了。自然，它对于一个还在追随《舒克与贝塔》的观众来说太晦涩了一些。这是十几年前的事情。好多年之后，我才知道它原来是这样一部难得一见的电影。导演罗可贝夫是前苏联红色恐怖年代里勇敢真诚的人，他在拍完这部电影之后遭到谩骂，并险些入狱，理由是苏维埃不会有这么多冷酷自私的孩子。电影是关于孩子们的故事，关于人性的善恶在儿童身上的折射。那个可怜的和祖父一起生活的女孩子，因为善意的谎言而遭到所有同学的孤立。后来找到碟片重新看这部片子，结尾处女孩子带着清浅明亮的微笑与老祖父告别，母亲看到这个少女演员的表情，说，这孩子心里真难过。

我为母亲一时的细腻感言而哭笑不得，心里再次确认，电影是可以让人舒展灵魂的东西，就如同拉斯·冯提尔常说的，电影是鞋子里的一枚小石子儿。它能够迫使你在盲目的奔跑之中停下来，检查一下，脚下有什么问题——进行知晓，生命有着如此多种度过的方式，但你选择了最无聊的一种。

重看这些片子的时候，我处在十几岁的起点上。遇到江树澪。她的皮肤苍白似栀子花瓣，笑容素净如同雪地，独处总是喜欢在埋头做题的时候用手指不断地拨弄她浅棕色的柔软头发。我记得她很瘦，手臂上的血管像河流一样分布凸现，非常好看。骨节像男孩子一样。那时我们的初中校服是大陆少见的制服式样，衬衣领带外套，男生长裤女生短裙。江树澪从不穿裙子。她只着洁白衬衣与黑色长裤，眉目之中有逼人的英气，若打了领带再披上制服，那就真是英俊得让所有男生都惭愧了。

树澪与我并不同班。初次见她，印象便极深刻。

我未曾料到的是，她亦对我的名字早已熟知。我们都认得对方，但都以为对方不认得自己。在课间的走廊上四目相对却一言不发地错肩而过，感觉十分异样。

转机出现在为元旦晚会排练节目的那段日子。我与她是年级里钢琴弹得最好的学生，被安排在一起完成一首四手联弹。我们在学校的音乐教室天天练习，老师站在一边监督指导。

那段日子她放学便到我的教室门口来等我，帮我买面包和盒装牛奶。我与她练习一会儿，还要回自己班上的舞蹈组排练，她便在一边静静等我。

记得演出前一天晚上，我们在排练结束后吃方便面充饥，我被别人撞到胳膊，油汤泼在了演出服上。班主任当场就怒火中烧，呵斥了我一顿。是江树澪站出来说，老师，我能帮她洗干净，明天一定不会影响演出的。

那晚我们离开学校的时候，我告诉她说我可以让妈妈洗干净你不用操心，她却执意要我去厕所换掉裙子交给她来办。第二天早上我刚起床还没有脱睡衣的时候，妈妈就喊，外面有同学找你。

我打开门的时候看见树澪捧着那条裙子站在我家门口傻兮兮地笑，特真诚的样子。那个场景至今想起来仍旧十分清晰。

元旦晚会上，我们穿一样的制服上台完成四手联弹，下来之后紧接着是我们班的舞蹈，我慌忙换衣服，她在后台陪我折腾，像个助手。

此后我们变得十分要好——每天课间她都总会来我们班门口晃一圈，把我叫出教室来说说话。下午放学的时候她就在教室门口看着我收拾书包，等我一起回家。彼时课间下楼做操她必喜欢牵着我的袖口。这个习惯保持过很久。

3.

江树澪喜欢看电影。犹记得高一某天下午最后一节是班会，树澪说："我们校门口那家租赁店里有《黑暗中的舞者》！！走，别开班会了，看碟去！"我有些犹豫，但最终还是和她上演一出戏，在班主任那里请假。我装作肚子痛，然后树澪说要送我回家。等班主任再想细问的时候，我就捂着肚子说，来事儿了，太疼。那个男班主任不便说什么，就很不情愿地放我们走了。

我们抓起书包冲出去，跑进影碟租赁店铺里，缠着开店的姐姐放碟。我们躲在狭窄阴暗的隔间里看《黑暗中的舞者》，那的确是一部需要一手拿纸巾一手拿烂鸡蛋观看的电影。比约克最后将颈子套进绳套，然后凳子无声地倒下去，画面上只剩下一堵苍白的墙。电影仓皇结束。这是小人物的悲剧，比约克饰演的盲女子在工厂里一边做活一边幻想周围是一出舞台剧，画面上她陶醉在舞蹈中不知今夕何年的模样像锥子般直逼我的眼睛。

我因此记住了拉斯·冯提尔，这个将电影作为鞋子里的石子儿的天才，他温情而天真的笑容背后是骨子里的残酷——以温吞滞重的表演和剧情来猛烈撞击灵魂的残酷。我对江树漻说，我这辈子非嫁他不可。

江树漻在黑暗中没说话，那一刻我觉得她一定瞧不起我。

看完电影，我们付了租碟的一块钱。开店的姐姐说，行了，你们不用给了。我还没见过这么小就喜欢看这种电影的人。交个朋友吧——她向我们介绍她叫彦彬。

接下来我们一起瞎侃了好长一阵，她兴致很好地和我们说起她最喜欢的歌手就是比约克，说起大学时代怎样在教授的眼皮子底下听比约克，怎样和她那个玩架子鼓的男朋友好上的，怎样在新年晚会上演唱老鹰乐队结果一塌糊涂脸面丢尽……

那天我们聊得过久，没有注意到时间晚了，父母找来学校的时候，我们才刚刚从店子里溜出来，手里还拿着两张影碟。我们人赃并获地被抓回家，一路上母亲在我耳边咆哮，但我脑子里徘徊的是电影情节，她的话我一句也没有听见。

后来江树漻和我更是经常到那个租赁影碟的店去晃，一来二往，和那个开店的姐姐熟悉起来。每次去的时候都会推荐我们新到的片子，刊物架上也有新到的电影杂志，那些是她私人买来收藏的杂志，通常从创刊号一直到最近一期都齐全。混熟了之后我们可以肆意翻看。

有很多难得一见的电影，她都极力帮我们找到，然后让我们去她店里看。彦彬对我们很热情，但我总觉得她是个寂寞的人。树澪和她常常兴致高昂地插科打诨，而我在一边逡巡于高大的碟片架子之间，一张张看过去。出于回报，我们常常会去为彦彬义务劳动，搬运些碟片，擦碟架之类。

周末我们也常常耗在那家店子里。总是对大人说是去打篮球，说去对方的家里玩，其实是溜进小店里没完没了地看电影。我们像两只兔子一样靠在一起，我看到难过之处总是不知不觉就握着江树澪的手，渐渐用力抓紧，惺惺相惜的味道。偶尔转过脸来，在变幻的荧光中看见她的侧面，黑暗中她纤细的脖颈延伸到锁骨，像一尊瓷器，细腻光洁，让人心生愉快。

4.

暑假的时候我们突然间虚荣心一发不可收拾，决定一起去学爵士鼓。花园路是琴行的集中地，许多店面都一边卖乐器一边有人教。我们看中一家人气非常好的店铺走了进去，一个高高大大的男孩子问，想买什么？树澪说，想学打鼓。

男孩看看我们，估计心里有一些讶异，但也没有多问，便说，我就可以教打鼓。

他就是石头，看上去比我们大七八岁，但实际上和我们同龄。追溯起来，还竟然是我的小学同学，只是不在一个年级。他说，这个市里许多乐队的鼓手都是我徒弟，只是我现在是贝司手。

每周两次课，树澪都特别积极。每次都提前去，还未走到那家店子就听见石头在打鼓，整条街都在震。在街道上的女生纷纷侧目，透过橱窗玻璃，他微微抬起头来自恋地笑。

树澪会说，他真是没长大，这么爱现。

从第一节课起，石头就对江树澪的节奏感和音乐悟性赞不绝口。他不像是会赞赏别人的人，我想确实是树澪太有天赋了，相形之下，我还是放弃比较好。上过几次课之后我就不想再去了。因为学得很慢，一段简单的节奏我也要学好多次才能上手。但当我在家吹冷气、嫌天气炎热不愿出门上课时，树澪总是毫不妥协地到我楼下来大喊我的名字，大中午的睡觉时间，我担心我再不理会的话整栋楼的人都要发飙，所以只好老老实实出门来。

某部港产肥皂剧中有这样一句话，女孩常对所爱的男孩假装冷漠，男孩常对所不爱的女孩假装亲热。如果这是真的，那么树澪应该是喜欢石头了。说起石头，我觉得他很像《蓝色大门》里的张士豪，外表很有几分相似，只是头发更长。

第一次课结束了的晚上，我和江树澪决定去看场电影，一人一罐可乐，在市中心的电影院里看莫文蔚的《office有鬼》。十分无聊。进行到大半的时候我说我想回去了，试图站起来，但是瞬间我感到晕眩，头部失重，马上要稳不住。我坐下来，不知道自己怎么了。

树澪问我，没事吧?

我说头突然很晕。

接着她就扶我起来，轻轻扶我到门外。我看了看表，十点钟。公交车应该都收班了。

还不舒服？她问。

嗯。

我来背你。

开玩笑啊你，别逗了。

谁给你开玩笑啊。

那天是江树澪一直背着我回去的。买了电影票，身上剩下的钱打车都不够。我趴在她背上，心里想江树澪若是个男生我绝对要定她了。走了很长的路之后我固执地要她放我下来，我已经看到她额上细密的汗水，因为很累而大口呼吸。凌乱的短发似无从着落的羽毛。那个时刻我们互相对视。

你在想什么？她问我。脸上有不置可否的笑容。

不。我什么也没想，真没什么。

5.

暑假快结束的时候我对打鼓已经放弃了，树澪也不再勉强我，独自去上课。但除此之外，我跟江树澪还是腻在一起看碟，很多很多碟。开着冷气，桌上放着冰西瓜、饮料，有一句没一句地搭话，到处堆着碟片，我们坐在冰凉的地板上一张张挑选来看，塞进机器又取出来……这是许多个夏天的缩影。《昨天》是我们都很喜欢的一部，影片最后贾宏声平直地举起双臂，骑在自行车上，沿着日落的坡道向前、向前，沉进黄昏的结局里。画外音说，今年我三十岁了。

真像一只寂寞的鸟。他躺在草坪上，仰望被立交桥分割成碎片的城市上空，字正腔圆地念着一首甲壳虫乐队的歌词。

当我发现自己身处烦恼之中

她来到我身边　为我指引方向
顺其自然

当我深陷黑暗的时间
她站在我前面　为我指点路途
顺其自然
所以我忧伤的你活在世界上
将会有一个答案
顺其自然
即使他们即将分离　他们仍将得到一个结果
顺其自然
阴云密布的天空　依旧有光明
顺其自然
她照耀我　指导明天
顺其自然

6.

已有一段时间没去上爵士鼓的课，也没见到石头。出乎意料的是，开学之后，他常常在校门口出现，等着送江树滘回家。我们三个人说说笑笑地一路走，再也不会在租赁店停留。我想也许过去那段独属于我和树滘的日子应该告一段落了。我不愿再与他们两个走在一起。

那日我们三个从校门口出来，路过租赁店，又碰到彦彬，她叫住我，问，不看碟吗？怎么很久没来了？

我们一时说不上来话。我回头对石头说，陪她回去吧，我在这儿玩玩儿。

不等回答，我就闪进店子里去了，再也不想回头看她。

我和彦彬边吃盒饭边看《情书》。已经看过几遍的片子了。彼时仍旧停留在恋色阶段，看到柏原崇英俊得一塌糊涂地在图书馆窗前装忧郁的样子，心下动容。两个穿水手服的孩子在车棚里借微光找卷子，在山间的马路上骑着单车兜风，男孩用报纸折成帽子，盖在女孩头上，女孩什么也看不到了，大声叫起来——世界上的青春原来都是大同小异的。

我下意识地伸出手想要握住谁，但树澪不在身边了。

彦彬见我情绪有些低落，并不问我为什么，只找碴与我打闹起来，逗我笑。见我高兴起来，她又像展示收藏品一样，骄傲地将她收集到的那些难得一见的电影拿给我看。我问她，你没有尝试过考电影学院做电影那行吗？她说，看电影和拍电影是两码事。我那个时候太小。也不懂得该把电影当电影，把人生当人生。

说完她扭过头去整理手边的碟片，电影的配乐和对白恰好给我们衬了一个寂寞的背景。

我顿然觉得，果不其然。我们在电影里看着别人替我们过着梦里的人生，看着他们替我们爱，替我们死，动容之时流下眼泪——擦干之后，那不过是灰飞烟灭的幻象，生活仍然一无所有。

我想到此，正好听到音响里放出的一部实验电影的对白，一个男人的声音说，我的灵魂朝不保夕，不知道下一秒会有什么样的劫难。所以，我想独自承担，请你离开。

7.

树澪一时间从我生活里淡出，不知道去了哪里。有时候我还是忍不住去她教室看看她在不在，但我只晃一眼，便悻悻地走开。有时候看到她，有时候看不到她。

周日的时候我去石头的乐器店找她，见到他们正在练一首曲子，树澪打鼓，石头贝司，弹的是《光辉岁月》，只有一小段前奏，二十多个小节完了之后，两人停下来谈笑风生地说着什么，看上去很快乐。

树澪已经是一个像模像样的鼓手了。我隔着橱窗看着她，觉得她离我越来越远。

我就这么淡淡地看了看她，然后决意转身走开。

剩下很长一段时间，我放学一个人沿着有旧式路灯的小街碎碎地走，贴着墙。捡一根树枝，边走边在墙的砖缝间刮下长长一道痕迹，与行走平行。像一只寂寞的蜗牛那样留下一条白色轨迹。风吹着砖缝间的灰尘，细细抖落。常常略有神经质地一边走一边细细念叨喜欢的电影台词。抬起头来看见星光，心底就微微地快乐起来。

我知道我走过这条路之后，石头还会陪树澪这样走来。他或许会特别体贴地给树澪披上外套。把树澪的手装进他宽大的手掌心。告诉她他又学会了怎样一套节奏，又淘了谁的打口CD。江树澪会微笑着听着这个明朗的男孩子侃侃而谈。

8.

树澪过生日的时候，又来找我，带我和彦彬去他们排练的地方玩。

我在桌子上发现一本黑色封皮的五线谱本子，里面有潦草的速记手谱，还有些零乱的诗和句子。一首波兰诗人切·米沃什的诗，我很喜欢，目光停留在上面。

多么快乐的一天
雾早就散了
我在花园里干活
蜂鸟停在忍冬花上面
尘世中没有什么我想占有
我知道没有人值得我妒嫉
无论我遭受了什么不幸我早已忘记
想到我曾是同样的人我并不窘迫
我的身体里没有疼痛
直起腰
我看见蓝色的海和白色的帆

那天我们在石头那里待到很晚，走之前喝了他为我们泡的柠檬甜茶。听伊凡塞斯，听Lube，几首歌翻来覆去，循环，循环，再循环。我的手里握着树澪给我的杯子，红茶中放上用蜂蜜腌制的柠檬片，有酽酽的清凉的色泽以及温暖的味道。

彦彬坐在我身边有一搭没一搭地说话。我心猿意马地称应着，想到这房间里石头正牵着江树澪的手，落寞起来。

听见一个声线开阔而悲伤的女声在唱:

Playground school bell rings again
Rain clouds come to play again
Has no one told you she’s not breathing?
Hello，I am your mind giving you someone to talk to

Hello

If I smile and don't believe

Soon I know I'll wake from this dream

Don't try to fix me, I'm not broken

Hello, I am the lie living for you so you can hide

Don't cry

我知道我该过干净而严肃的生活，该将洋溢的感情隐藏在理性背后。

但当我听到一些悲伤的声音，面对着电影结束之后升起的黑色字幕，并且独自在这条路上不知何去何从的时候，我感到生命处于渐渐否定之下，并以妥协的僵硬姿态在宿命的阴影里渐渐失血。剩下苍白的空洞容颜。

在过去那些伤春悲秋之中，我写不下归期。

9.

高二开始的时候，石头他们乐队排练的地方搬到我家附近。有时星期天的下午，我在家做作业也隐隐听得到他的鼓声，我总是忍不住下楼，跑到他练鼓的地方去，坐在一边听他打很久的鼓，休息的时候叫他给我泡柠檬茶。有次我去的时候送给他一只漂亮的陶扣，用一根黑色的鱼线穿着。我觉得他一定不喜欢，因为他只是说谢谢，将它挂在鼓的架子上不再理会，然后又开始打鼓。他又炫耀那些刁钻的加花以及十八分音符的节奏速度。累了就坐在地上挑CD来听，索然无味的样子。我想建议他看些电影。可是我不敢说，因为我怕他又不喜欢。

那段时间江树溪彻底消失，我不知道她去了哪里。有一晚我忽然很想她，我希望她能再牵着我的手，说，走，我们逃课看电影去。

但我知道这不再可能了。

我想念她，一个人逃了晚自习去彦彬那里找《春光乍泄》来看。

阿荣："梁耀辉，不如我们重新来过。"

我给阿荣写了一封信，不知怎么就写了很多很多事情。

包括他曾经想知道但又不敢问的事情。只记得在信里的最后一句，我说："多希望你其实一直将我当个朋友一般，但是又希望你能再对我说一次让我们从头来过……"

有些事情真的是不断循环的。没多久阿荣给我打电话，问我要护照。其实我想过把护照给他。但是我害怕再次见面。我承认他的话对我很有杀伤力，我不想再继续下去……

虽然走了很多冤枉路，但终于到了苏瓦伊瀑布。站在瀑布的下面，我突然觉得很难过。因为我一直以为站在瀑布下面的应该是两个人……

我总觉得，此刻面对电影画面的，也应该是两个人。

10.

立夏。楼下院子里那株挺拔的广玉兰，盛开硕大的花朵，大片的瓢状的花瓣裹在一起，细腻洁白似一只精美的瓷器。这是一种桀骜的植物，往往只将花朵盛开在枝尖。但清晨的时候在草地上偶尔发现一片掉落的花瓣，瓢凹里面盛满清香的露水，像湖泊。

黄昏的时候在楼上观望它，却可以发现枝尖上的那一朵花被烈日晒出锈红色。这样的情景总是让我联想起自己的生活。

一如我喜欢的一个叫郭珊的作者所说：“有时候我觉得自己太年轻了，懂得书，懂得音乐，懂得电影，但是偏偏不懂得生活。这是个危险的征兆。令我想起龙山黑陶，硬如瓷，薄如纸，黑如漆，亮如镜，美得太单纯，太洗练，因不实用而不能流传。”

大概将这株玉兰树拍进电影里，会是个绝妙的隐喻蒙太奇。

是个适合规律生活的季节。每天清晨起床，在楼顶上浇花，上午做一些习题，睡过午觉之后看看书，下午日落时分去游一千米自由式，回家冲个澡之后便去找彦彬，夜市开张的时候我们逛遍大街小巷去寻找想要的电影，在夜市一角总会出其不意地发现一些特别难找的碟，比如《破浪》《战地挽歌》。有次那个小贩将法斯宾德的五部电影要价二百块，因为盗版包装太周正，小贩一口咬定是正版，价钱怎么侃也侃不下来，于是一咬牙，和彦彬一起买了它。拿回去放的时候发现是德语对白而且连英文字幕都没有，更别谈中文的了。非常沮丧。

彼时淘碟的激情不亚于那些听大摞大摞摇滚CD的孩子。彦彬曾经很担心这些上好的电影会有人租了之后不还，但是结果是出乎意料的，这些碟被置于最高一层格子上，布满灰尘。没有人来看一眼。后来彦彬干脆就将它们收起来，放进自己的木箱子里。从此再也没有展放出来。

那年秋天来得很早，高二的暑假不过二十七天。高三开学之前的有个晚上，江树溇打电话给我，她一直闷在那边哭。后来才断断续续地说，石头被人打了。他大学也没有考上，他不要我了。

我在电话这边听着她的声音，恍恍惚惚不相信这是一年前那个率性地穿白色制服衬衫、套黑色的直筒裤与靴子的女孩子。她的短头发不知什么时候就长长了，束起好看的马尾。那个背我回家的孩子，在黑暗小阁楼里和我一起看电影的孩子。有着洁白的肤色与伶俐的眼神的孩子。那个安静地在楼顶上吹风、姿态挺拔似颀长的矢车菊的孩子。

也许是因为这个夏天过去，我们就都十八岁了。

开学的时候我见到她，我们一起进了教室坐下来，她给我一个盒子，说是分手的时候石头给她让她交给我的。我打开，里面是我送他的那只陶扣，还有一张照片。照片上是一只盛着柠檬红茶的杯子，带着酽酽色泽，放在阳台的围栏上，背景满是城市的暮色。

我曾经问江树澪，石头给你留下的是什么。一部难得一见的电影？一段他自己编的鼓点节奏？

她摇摇头没有回答。

石头很快就淡出了我的生活，但我知道江树澪一定很想念他。他是个迷人的男孩子。江树澪说高考完了之后他就突然放纵无比，不再练琴，而跟着一些乐队的人鬼混，最后被人打伤。住了三个月的院。出院以后他来找江树澪，说分手吧。然后就再也没了音讯，消失了一样。

但是有件事情我直到毕业也没有告诉江树澪，那就是我在我生日的时候收到了一件从俄罗斯寄来的包裹。里面是他的那个黑色皮制封面的五线谱本。里面写的不是歌，而是抄写的诗句，还有很多K.巴马斯托夫斯基的美文。

我一页页翻着，像抚摩成长的感觉。

他是去了俄罗斯吗？此刻在成为一名圣彼得堡地铁通道里的流浪歌手，一个在风中唱歌的少年，做着与过去一样的梦。

抑或他早已不在了。

这些我无力去想，当我们坐在高三的教室里日复一日地做题的时候。生活回归刻板而局促的状态。我总是告诉自己，只有一年，没有什么不可忍耐。

晚自习很晚才下，回家的路上路过彦彬的店子，偶尔进去喝一杯热饮，看看杂志上新拍的电影讯息，几分钟就走。再也不敢花一个周末待在这里看碟。

每次走出门，看见那些被众人的手擦得光亮的言情片、武打片，再想起箱子里沉闷的欧洲货，会忽然觉得，就像曲和所说：“其实生命也就那么短，不是以这种方式度过，就是以那种方式度过。那么F4和Kurt真的就有这么大的差别吗？一切喜好皆是表现阶级的惺惺作态。只是过去不太懂，非要别人对你说，你才知道好恶。”

寒假补课的最后几天已经临近春节。路过彦彬的店子的时候发现挂出了“清仓卖碟，五元一盘”的招牌。问她为什么，她说她决定不开店了，想离开这里去北京找份正式的职业。这样混下去，自己要毁了的。

我们都沉默下来。良久，她从里屋拖出两个箱子来，打开，全是我们喜欢的电影。最上面的那盘是伊朗电影《天堂的颜色》。电影里的两个盲孩子，每天在野外采集鲜花，装进篮子里带回家，榨成鲜艳的染料，然后奶奶织好精美的挂毯，用染料上色，拿到集市上卖，被旅游者带到很远的地方去。

送给你吧。我也不想留了。真的，我到现在还不懂该把电影当电影，把人生当人生。

彦彬说。

小店里灯光昏黄，在逼仄的碟架围成的窄过道中，我看见她的脸。总觉得彦彬是个寂寞而又善良的人，像我们一样混淆了电影与人生，因此付出代价。

我忍不住很想哭。但是却走上前和她拥抱，我说，这样也好，这样也好，记得坚持给杂志写影评，好好过。

我走出门。裹紧羽绒服。

黑暗中只是冬雨过后无尽的寒，我抱着两个沉沉的箱子回家，越走越难过，越走越难过。

在院子里那株在冬季掉光了叶子的玉兰树下，我终于觉得累得走不动了。蹲下来，抱着心爱的电影，好像从此就不愿意再站起来。

寒假只有一个星期。开学之后，我觉得日子越来越静，越来越静。两个星期之后，彦彬的店子就关门了。取而代之的，是一家卖小吃的门铺。生意很好，我每次路过的时候尽力不去看它。彦彬似乎从这个城市消失了，一点痕迹都没有。现在才想起，我连她电话都没有——即使有了，我也许也不会打。

很多时候感觉像绕了一个庞大的圆圈，人又回到了原点。

石头走了，彦彬走了。

每个晚自习放学后，还是只剩下我和树溇两个人一起回家。那种感觉，像是自己已经奔跑了很久，在马上可以虎口脱险的地方，却突然失去了逃生的欲望。

于是，“我们不缺少任何光荣，但光荣的人中却缺少我们”。

11.

五月的时候天气晴朗得让人愉快。三诊考完那天，看见通知栏里写着：除初三、高三年级之外，其余各年级学生下午3：30到阶梯教室观看教育电影《长大成人》。

我路过这块通知板的时候，停下了脚步。那是路学长在二十世纪九十年代拍的一部电影，找了很久没找到。我叫江树澪一起去看，但是她犹豫了一下说，电影有很多机会看，高考就一次。我看着她，也说不出话来。于是自己一个人翘了课，溜进阶梯教室，坐在角落里偷看。

电影写世纪末京城里的一群年轻人，风格晦涩而滞重。内容亦如此。中途有老师咒骂学校怎么选这样的电影。我听了轻轻笑，在中途走出了阶梯教室。

这是我中学时代看的最后一部电影。

六月，毕业的季节。

我们全部都长大成人。

是什么时候，在电影的结局里放肆地落泪的激情年代就倏忽而过了。在最后的，还能被称作“孩子”的夏天，我感到前所未有的空虚。和江树澪一起重新翻开箱子，一张张把彦彬的碟看完。日日夜夜。

我觉得一时间生活当中什么都找不到了。我们都说，只有这一年，没有什么不可忍耐。但是真正离开了这一年之后，我们需要忍耐的东西变得更多。

又看朱赛普的三部曲之一《天堂电影院》。老人对孩子说——

……这不是电影对白，这是我的心里话。人生，不像电影。人生……辛苦多了。离开这里，永远不要回来。

在这个孩子长大成人，成为一名大导演之后，收到老人留给他的遗物，一卷电影胶片。在观片室里，他流着眼泪看着那些从各种各样的电影里剪辑下来的吻的镜头。这个老人把全世界的吻都送给了这个孩子。

伴着这部电影的尾声，江树澪轻声告诉我，她之所以在最后的日子里妥协，是因为她曾经报考北影，也去考试过，但最终失败了。她说，我是要面子的人，连对你我也只说是请病假。

我抬头看她，不置一词，只轻轻摸了她的脸。

离开之前，我犹豫了一下，但还是把石头的笔记本送给江树澪。并且告诉她，原谅我因为我喜欢，一直留着没有给你。

江树澪笑着说，你这句话的宾语是什么？是石头还是这个本子？还是两者？然后她笑着说，谢谢。

我看着她笑，好像可以回到从前。

12.

看电影的人被自己看了，像一场悠长等待的结果是时间未曾流逝。

而成长的结果是忘记了提问的回答。然后是回忆比幻想还不真实，电影比爱情更忠于我们。

生活是无法被记录的，但可以被歌唱，我们要歌唱了。

——《那时花开》

城事

这是最好的时代，这是最坏的时代；这是智慧的年头，这是愚蠢的年头；这是信仰的时期，这是怀疑的时期；这是光明的季节，这是黑暗的季节；这是希望之春，这是失望之冬；我们面前什么都有，我们面前一无所有；我们都在直奔天堂，我们都在直奔相反的方向。

——查尔斯·狄更斯《双城记》

1.

张艺谋为成都拍了城市宣传片的那年，每次离开成都，都会在双流机场的入口处无一例外地看到路边那块巨大的广告招牌，花图色样早就不复记忆，只记得上面写着：“成都，一座来了就不想离开的城市。”

那招牌气势不凡，一句“一座来了就不想离开的城市”显然是折中众多锦囊妙语而来，但我总觉差强人意：它道的不过是一个过客的恭维，却没有精妙地说出那股地地道道的成都风味。

李白咏，九天开出一成都，万户千门入画图。草树云山如锦绣，秦川得及此间无。

杜甫叹，锦城丝管日纷纷，半入江风半入云。此曲只应天上有，人间能得几回闻。

刘禹锡记，濯锦江边两岸花，春风吹浪正淘沙。女郎剪下鸳鸯锦，将向中流匹晚霞。

扬雄赋，都门二九，四百余间，两江珥其市，九桥带其流。

这些都是幼年时反复咀嚼的诗句。一笔“窗含西岭千秋雪”，意犹未尽，妙不可言。这笔墨下的写意之象，俨然一座昌明隆盛之城，诗礼簪缨之邦。府河作青绉，锦江作绿绦，连肌肤都是润的。一梦千年，流到现世的手里，旧蕴难存，唯在某条幽苔深深的老巷尽头，在风轻雨澌的濡湿季候里，在成都人柔绵如云的口音里，辨得依稀残迹。

2.

自幼年起不知在成都进进出出多少次，中学时代亦在那里度过。它于我，只有家乡的幻影，却到底不是我的家乡。我印记它，是因了它给过我的印记。

人总是不能置身度外地回忆家乡，而回述一旦被记忆所篡改，失却的是时光的尊严。幸而这里不是我的家乡，因此我想自己大概不会因对它感情充沛而陷入迷局，混淆沧桑之变。我记认的成都，不会是它冗赘烦琐的街巷之名，不会是它无可媲美的食艺，不会是茶馆里昼夜不停的谈笑，不会是俯拾即是的富人和美女，也不会是那遍街多得叫人发愁的小时尚……这是属于成都人应该印记的东西，不是我记认的。

但我也只能告诉你，我记得的不是什么，却不能说出我记得了些什么。

这天地富足闲逸，生出了一片节奏舒缓的花花现世。它终究是不可印记的。

3.

我的高中在成都度过。而写了这些年的字，回头一看，它也总是无处不在地渗透在我每一篇东西里面，一些小事反复提及，叫我感叹自己过得苍白。当年的朋友们，除了少数几个仍然坚守大陆之外，其他的孩子们全都四散天涯，全球第一世界国家几乎都有他们的影子。

因为物是人非，他们的名字，若不是放在纸面上，已经叫不出口了。用以描述旧日时光的那些字眼，诸如高三，诸如青春，诸如离别，诸如忧伤喜悦……都是个人感情色彩过于浓重的陈词滥调。一岁岁长大，那些越年轻的事，越变得经不起重拾。

但至今仍然相信，那时遇到的你们，是一道照进我生命里的光线。

因为相遇之前，离别之后，我都未曾见到比你们更加优秀的人。那个时候的我们，都是快马平剑的傲气少年，即使那些年一直方向模糊，也从未失去前进的激情，也正是在这样的横冲直撞中，渐渐劈出一条路来。所以无论是与你们朝夕相处的岁月，还是后来各奔天涯的日子，我都一直在一个安静的角落里，为与你们曾是朋友而骄傲。

回想那些年，由于学校封闭式管理的缘故，我其实很少出校。高一时的周末，曾经几次逃出来住在火烈鸟家里，周五晚上在离校回家的路上绕到人民南路中段的一家音像店去淘X-Japan的碟。夜里火烈鸟的妈妈总催促我们早点睡觉，于是我们只能暗度陈仓，在狭小房间里关了灯，盘腿坐在床上一张张听CD，黑暗中断断续续地说话，耳机里的歌声像潮水扑岸一般淹没言语，我们便就此沉默下去。谁也看不清谁的脸，但知道自己并不孤单。偶尔我们还会在周六去会展中心看cosplay，周日一起去动漫绘画班。她画画，我就带几张CD塞着耳机在旁边安静地坐一个下午。

这些场景都像极了岩井俊二的电影里那些平铺直叙的镜头。

火烈鸟住在玉林小区，那是成都很有意思的一个地方，聚集着一些动漫店、电影碟片店，以及白夜、小酒馆。前者是一家以电影为主题的酒吧，区区她们就是在那里找到了传说中的Lube的CD，翻刻了一张送给我。后者是所谓的成都地下摇滚音乐腹地，曲和在高三时都还不时会去那里看乐队演出。

那是一段可爱的日子，所谓的伪愤青伪小资的年代。

彼时心浮气躁，也不懂事，心中总有堕落的冲动，中规中矩的表象下，内心却躁动得一点诱惑都抵抗不住。有一次和火烈鸟从画画班回来的时候碰到另一同学，他正好说他郁闷想找人一起去买醉，我便毫不犹豫地和他走了。那晚他喝了太多，直到酒吧打烊，我们不得不走出来另寻去处，十分狼狈。大约是凌晨三点钟，我们横穿春熙路。这条白昼里沸腾喧嚣的商业街道，在夜深人静时分竟这样萧索阴森。我们相互扶着不知走了多远，他坚持不住倒在地上，由着心事，哭了出来。我站在旁边无动于衷地看着他躺在地上流泪。

长长的一条黑暗阒静的街道，就只有我们这样两个孤魂一般的身影。好像是被扔在了整个世界的后面，再也回不到人间。

高一寒假的时候也逗留在成都，住在Kathy家里。我迷恋上会展中心的溜冰场，每天下午都和她去溜冰。头一次穿冰刀鞋，上手竟然也很顺利，不爽之处是场上人多，很容易撞到别人。溜完冰就经常跑到天府广场毛主席像后面的那家鲢鱼火锅店去吃饭，因为是同学的老爸开的，所以蹭饭也成了习惯。晚上迟迟不回家，像个城市潜行者一样在喧哗的都市深处散步，都不说话，快快地走。有一次走了很远，走到了九眼桥那块儿，家就快到了，她不愿回家，于是停下来点了烟站在路灯下夸张地抽，扮野到无可救药。但我仍旧暗自喜欢看她点烟的动作。

4.

高二的时候看到搞笑短信说，即使上高三（刀山），下火海，我也一样爱你。

那个时候很轻松地就笑出来了。而到了高三，这句话才有些许别样的意义。那些起早贪黑的日子，逼近枯燥的极限。六点半，就被那个喜欢在自以为没人时号一曲《莫斯科郊外的晚上》的生活老师（曲和心中的漂亮姐姐）叫醒，昏昏沉沉起床，洗漱，五分钟之内就下楼，顺路去食堂买面包鸡蛋，到了教室就用饮水机的热水冲一杯牛奶，坐到座位上一边看书做题一边吃早点，一抬头，刚刚还安静无人的教室，就已经陆陆续续坐满了人。此时通常是七点不到。接下来的是一整日密密麻麻的上课和考试、看书和做题，一直要到夜里十二点。如此暗无天日，到周日才有一次暂停，旋即又是下一个轮回。

其间如果某个中午我们能够找到借口溜出学校，去隔壁大学旁的“小春熙路”吃一顿冒菜和牛肉香饼，顺便淘几本电影杂志来补充下精神食粮，就简直是至上的奢侈了。

高三那年妈妈来看望我的次数更加频繁。每次她来学校于我而言都是一个难得的放风机会。妈妈总是带我到陕西街的贾家楼去吃饭。成都餐厅多如牛毛，蜀人做川菜手艺大都不错，甚得滋味。银杏或皇城老妈等吃排场的地方我是不够档次去的，最喜欢的就是陕西街的钟老鸭和贾家楼。犹记得后者的果味芦荟和清蒸鲈鱼鲜美异常，我每次必点，且不论其他菜色如何，我一个人就可以吃完两份芦荟和整条鲈鱼。母亲坐在对面眼神爱怜地看着我吃饭，自己却不怎么动筷子，只是不停地夹菜给我。沉默无话的背后，又似有千言万语的叮咛。

抬眼若目光相撞，便各自心里都会酸涩难过起来。我害怕那样的感觉，所以只低头吃饭。

不知为何，而今回想起来的时候，是时的枯燥生活变得抽象而模糊，反倒是些许微小的快乐，清晰得纤毫毕见。那时班里几个官僚主义分子自封主席、总理、小秘……自成一体，组成国务院。可是后来主席曲和保送了，总理被北外要了，剩下小秘还坐在我的前面。那个一身青铜器臭味的历史狂一心想考川大的历史系，忠心耿耿地要在大学继续做主席的幕僚，尽管事实证明她仍然投奔了资本主义，在香港的大学混得有模有样。过去，迫于她的淫威，我不得不承认我是她的宠物，每次一下课，她就摆出令人发指的傲慢姿态对我说，走，跟主人出去遛遛。

因为小青小白数学成绩优秀，我们调侃她们是数学老师Mr.Snake的小妾和正室，正所谓“青白双蛇”一对。小白习惯秋波到处抛，估计体检时要是医生不领情就要判斜视的那种，虽然她和我左一声阿姊，右一声壳壳地叫得亲热，但是我还是没有得到她们的数学真传。姑且就让她俩姐妹争完北大争清华吧。

至于曲和，据说经常在网上被误认为是个学识渊博才华横溢玉树临风的美男子，而这种猜测只能证明政治课上的口号“要善于从现象认识本质”并非无用。我曾为小青对她的一句形容佩服得五体投地：

“单看她那一双脚，纯粹就是一个馒头上插了五颗胡豆。”

如此一只真人版机器猫，总是不费吹灰之力便激发出所有女老师的母性。过去我跟她在知性美女生物老师面前争宠的时候，她只要一摆出那副幼儿园小孩想吃冰糕的欠扁模样，我就知道我又一次注定全军覆没。何况她的嘴皮之利索，叫人情何以堪：例如高三的某天晚自习之前，雨过天晴，我对她说，看，窗外的晚霞好漂亮！她嬉皮笑脸地回我一句，怎么着，党的光辉吗？——我真想拿圆规给她戳下去。

还有区区，过去曾经被我叫作翠翠，因为她在学完语文课本上节选的《边城》之后，便数次念叨她喜欢沈从文。我索性赐女主角之名“翠翠”于她，顿时众人欢呼。高二以来的日子，我们每天一起吃饭。今天你帮我提书包，我去冲饭（即冲锋食堂排队买饭），明日我帮你提书包，你去冲饭。常常是别人还没有找到座位坐下来，我们便吃完午饭回宿舍了；而晚饭吃完，我们都会去散步，绕着学校一圈又一圈，一圈又一圈，还是不想回教室，总是拖到晚自习铃响，才你拽我我拽你地上楼。如此的后果就是，两年过去，我们两人的吃饭速度已经快到他人无法容忍的地步，以至毕业之后，我在大学食堂再也找不到人吃饭，因为没有人能够忍受自己筷子还没有动几下，对方就已经吃完，然后恶狠狠地盯着你叫你快点。

所以我总是一个人吃饭。而每次一个人吃饭的时候，我总是这样地想她。

高三的尾声，身边的朋友保送的保送，出国的出国，走了不少。那时兵荒马乱，并肩作战的死党却渐渐变少。好像大家一夜之间就疲倦而沉默了下来。曲和被保送了之后，就堂而皇之离开学校开始远途旅行，养猫，总在我为万恶的数学题生不如死的时候，发来短信，说她正在平遥的酒吧邂逅某某，或者正在广西乡下的河边坐着洗脚。

小青被保送北大之后，仍然十分恪尽职守地留在我身边做同桌，习惯性地用右手食指推推眼镜，一本正经地提醒我，不准咬手指甲，要奔清华。

区区已经通过了中戏的专业考试，意味着高考不需要数学成绩，每日优哉游哉，拿着就算一百分制来看也不及格的数学试卷面不改色地从Mr.Snake面前走过去，气得他够呛。

5.

两年之前写这些回忆，可以写得滔滔不绝字字若泪，一年之前再写这样的回忆，就已经不再动容，生怕写成了矫情。而今再写这样的回忆，只剩下经过层层过滤之后印记深刻的很少一些人事了。

忘记。如果没有忘，何以记。

忘记晚自习之前为了复习单词准备听写而不去吃饭的日子，忘记因为二诊考飙而削发明志的孩子，忘记打满了凌乱草稿的本子，忘记做也做不完的卷子，忘记放在课桌上残留着咖啡的杯子，忘记我们坐在一起度过一个又一个晚自习的桌子椅子。

在离高考还有半个月，放了温书假的那天，我带着逃亡的心态离开了学校。收拾完所有的书本，足足装了五大箱。

一路骊歌，我与学校渐行渐远，从车后窗看过去，那几栋再熟悉不过的米色建筑越来越小，缓缓陷进地平线。成都绕城高速公路上的绿色路牌一块块闪退而去，十公里、二十公里、一百公里。一些面孔越来越远，一些事情越来越淡，像经幡一般挂在时光的轴线上，被拉成了一条渐渐绷紧的弦，最终断掉。

我曾想，那一片弹丸之地，不过一片操场、一座大楼、几块绿茵、几条曲径……这何以承载得起一茬又一茬鲜活得历历在目的青春。

这一切将在我那被回忆肆意篡改的头脑中，渐渐抽象成迷雾尘埃，浮在梦境之外的空茫黑暗中，夜夜夜夜不断下坠，总有一日尘埃落定。青春还是那样美丽而遗憾，我已走过。

光辉岁月啊！

我会怎样想念它，我会怎样想念它并且梦见它，我会怎样因为不敢想念它而梦也梦不到它。

6.

二○○五年夏天对我而言是个毕业的季节。每个人问得最多的一句话便是，你去哪儿？

一夜之间就各奔天涯的味道。

北上临行的前一夜里，与曲和彻夜说话。翌日她在月台上为我送行，我站在缓缓启动的列车上，想到即将离开这座“来了就不想离开”的城市，一时动情，落了泪。泪只两滴，抹掉就干了。转过身去不忍再睹她的身影，就此决意从今以后要冷暖自知。

北上之前曾有朋友对我说过，天津是一座尴尬的城市，你去了便知道了。

我无动于衷地笑，那又如何。这对我而言不过是座干净孑然得没有任何记忆、没有任何朋友的城市，以处子之身展现在我眼前。不是北京那样的梦想之城，也不是成都那样的回忆之城。我要的便是这样的置身度外，要的便是这种干干净净的陌生。

梓童是我大学里最好的朋友。

那个时候刚进学校，沉淀了一个夏天的失望仍然直白地写在脸上，冷漠不近人，顾影自怜，走路都懒得抬头。开学半个学期之后我还叫不全班里二十个同学的名字。

因为是小班授课，所以总感觉是在上高四。教室里的位置是任意的，但是无论前面的人怎么换来换去，最后一排永远是空给我的。上课的时候我一个人占据整整最后一排空座位，独自埋头看英文小说，一副事不关己的样子。如果被老师提问，我就气定神闲地请他再重复一遍问题，然后用流利的英文想当然地作答。老师总是无可奈何地说，You said something, but you said nothing.

我以为我会这么独来独往地过完整整四年的。终于有一天，梓童走过来，叫我的名字，说，你做我师父吧。

我合上书抬起头来，哦，好。

那师父，以后我挨着你坐吧。她脸上有小孩子得寸进尺之后的狡黠表情。

哦。好。

梓童是一个很男孩子气的女生。记得新生大会上，全班人第一次坐在一起。我扫了一眼，心想，唉，只有四个男生，而且论相貌而言其中三个都叫人不敢恭维。

剩下的那个还可以恭维的，就是梓童了。

结果她也是个女生。为此我彻底无语了一阵。那会儿正是李宇春红遍大江南北的时候，中性美成为年度热门词汇。我看着梓童这个孩子，觉得她独立，干净，帅气，礼貌，懂事，是我少年时想要成为的样子。

我们成了特别好的朋友。教室最后一排座位从此多了一个人，我们两个人坐在一起，她看《红楼梦》，我看*Jane Eyre*；我背牛津词典，她就背朗文词典，我学德语，她便学法语，我练圆体字，她也就练圆体字……在课桌下面玩折纸，或者不停地讲话，讲到老师忍无可忍地点名制止……英语晨读的时候她突然提议翘课去唱歌打电玩，我们就立马收拾书本浩浩荡荡闪人。

学校处在五大道片区，那是几条延续着殖民时代建筑遗风的有名街道，天津最漂亮的地方之一。她有时会骑车载着我穿行在大街小巷，带我去一些淘好东西的地儿。我们去过花卉市场买野百合和栀子，去过八里台淘些杂志书本……有事儿没事儿的时候去通宵K歌，喝得东倒西歪，睡在沙发上有一搭没一搭地说话。天亮的时候勾肩搭背地走出来，宿舍还没有开门，我们便游荡在清晨时分安静无人的城市里，从河东区走到河西区……

曾经有段时间我心事很重，总是不开心。晚上她便常常陪我散步，从春天，到夏天。我们在黑暗的校园里走来走去，聊许多许多话，开许多许多玩笑，我从来没有和谁在一起这样地愉快和放松过。心情渐渐平静下来，想，没有什么事情不可撑过来，没有什么人不可以忘记。

我写这些话的时刻，离她即将出国留学还有三个星期。我一直觉得我不是个惧怕离别的人，但是我却特别舍不得她走。是因为预感到一旦她也离去，我将彻底孤身一人的缘故吧。我竟又这样顾盼起来。

7.

最近的一次与她一起逛街，梓童说，我将去的大学是一个教会学校。可惜我是一点都不信教的。

彼时我们正走在古文化街上，她又问我，你知道天津有许多西式教堂，都是殖民时代的建筑。你去过吗？

我说没有。

等我们逛累了，她就带着我拐进一条巷子，走进了一座很小的天主教堂里面休息。礼拜堂里空无一人。米黄色穹顶上面有模糊不清的壁画，黑色的旧木条椅一排一排地码着，仿佛白桦林深处某片被遗忘的墓碑。

我们还未坐下，一个五十岁左右的阿姨走过来，操着一口天津话，很激动地对着我们叫唤，孩子……你们来了……你们是上帝的子民……是上帝把你们召唤到这里来的……小姑娘……来来来坐下……我来给你们讲讲……不耽误你们太久的时间……我是想让你们知道你们从何而来又从何而去……

梓童猛拽我的手示意我赶快闪人，可是我的胳膊已经被那位老阿姨给捉住了，动弹不得，于是我们很无奈地只好以僵硬姿态，站在原地聆听这位老阿姨的布道。

我不太能听懂她的地道的天津话，唯独听清楚一句：这个世界旧了，上帝要把它像卷地毯一样卷起来。

讲了四十分钟之后我的腿已经站硬了，面部保持着虔诚的表情，仰望耶稣十字架，肌肉酸疼。为了对布道者表示尊重，我很有耐心地继续听她讲《圣经》，讲完了之后，那个老阿姨一遍一遍地追问我，你想过死亡吗有人在你身边死去吗死亡对于你来说意味着什么可怕吗你知道死亡的真相是什么吗……

她一边说，一边缓缓靠近我。我惊恐万分地盯着她，感到无比的羞耻和害怕……我狂捏梓童的手，于是梓童打断她滔滔不绝的演讲，说，阿姨，不行我们真有事儿我们先走了……

我们终于落荒而逃。我不敢回头，关于生和死、罪孽与福祉的诘问曾经如此顽固地盘绕在我的头脑，而那个神情偏执的老阿姨，仿佛要重新把我牵回黑洞之外的光明世界——一个充斥着谬误与真理的世界，一个旧的、像脏地毯一样应该被上帝卷起来扔掉的世界。

跑出教堂之后，我回头看见那个老阿姨站在斑驳的拱形青砖小门下，老梧桐的残枝屈曲盘旋，幽绿的苔藓植物附着在青砖门上那个古老的石刻十字架上，这个场景像欧洲电影结尾的空镜头。

这个世界旧了，上帝要把它像卷地毯一样卷起来扔掉。老阿姨说这话的时候，做了一个卷东西的手势。

活像上帝。

或许就是上帝。

特别说明：这是十五岁时的文字，而今看来，已是啰唆烦冗的羞人之笔，确实稚嫩。但我不做任何修改地放置在这里，向那些无法被修改的青春致敬。

谨以镜鉴，或者纪念。

被窝是青春的坟墓

当我晚上听着安静得不得了的大提琴曲*Paganini: maurice gendrom*，间隙之中听见十月的风在飞舞，以及南方秋天的夜晚里无比肃杀和凄清的雨，手边的电话响起来，有着初中同学的问候，我温暖感动地不敢去接。常常在这种时候有时光飞回流转的错觉，心疼得让我想落泪。在短短的国庆假期回到家，此刻躺在两年前曾经无比厌恶的这张床上。我清晰地记得那些不眠又不醒的日子，像是一幅塞尚的油画，灰暗而斑斓，凌乱又优美，没有定义只有展示出来的伤口和甜蜜。在经历了一个人的孤独生活之后，忽然感到自己以前对“离开”这个概念的误解有多么盲目和荒谬。那个对家庭有着深刻误解和怨恨的孩子，那些光线明明灭灭的回忆中的风景，以及这一去不复返的时光，都离我远去了。我开始学着去追悼它们，并试图为它们重新安葬一次，竖一尊华丽的墓碑，以纪念我的一些失去。

在这个无比清冷的十月，我又看见我曾无比熟悉的，我家书房的天窗外的那块铅灰色天空，飘零的云朵，流泻的星辰，还有沉沉的黑夜。我想起我十五岁守着它们走过来的路途，如此颠簸。我知道我今天的妥协是建立在那些疼痛之上的，这是两种不同形式的勇敢，青春期特有的不安：前者决定不顾一切地去不顾一切，后者决定不顾一切地去顾及一切。我终有今天。当我站在川流不息的人群中忽然抬起头，感到头发被风吹乱并深深地掩埋了我的眼睛，单薄的衣服透着寒冷，笑容开始悲凉并且含蓄……我站在了一个预知的终点和另一个不预知的起点上。疲惫的长跑永无终止，我们都是荆棘鸟，一生只停下来一次，那是死亡的时刻。

> 《青春无悔》里说，成长是憧憬与怀念的天平，当它倾斜得颓然倒下时，那些失去了目光的夜晚该用怎样的声音去安慰。
>
> ——写在前面

1.

很多很多个这样的晚上，晚春时节的夜晚里渐渐弥散开来的暗蓝色天光会随着很旧很旧的风迅速变浓。我在灯光煞白的教室里看书和做题，抬起头来眼睛会因为疲劳而出现幻影，那种一条一条的刺痛的影像，然后埋下头继续做，心里面什么也没有。

周而复始，周而复始，每一天都是一模一样的。我记得刚进高中时，一个又高又漂亮的女孩儿对我说，被窝是青春的坟墓，随后是她放肆的笑声。这句话很莫名其妙地出现在我脑海里一直没有忘记。

我已经离开家了。这个学校一到周末，所有的孩子都提着大包小包回家，他们的父母殷勤地为他们敞开本田车的门，拎过包牵上车。

我收拾好东西回寝室，安静地生活着，安静到有风的下午，我站在运动场的看台上眺望黑色栏杆之外的郊区，瘦而好动的男孩，小饭店写着错别字的招牌，垃圾车轰轰地碾过去。常常一直站到天色渐晚，天空中出现绝美的云霞，我才离去。风却一直留在那里，厮守着有时候我疼痛的记忆惊惶挤出的一滴眼泪，花朵一样摇曳着。

有本书上说，寂寞就是你有话想说的时候没有人听，有人听的时候你无话可说。

二〇〇三年，在秋风恰至的时候我在无尽惶惑之中进高二，文科。

同桌是个很不简单的孩子，曲和。年级里很有名，看了许多书，把自己的文字打成漂亮的印刷体，大本大本地放在身边，有着天真的笑容。还有许许多多的文科生，非常勤奋向上，我看着都感到害怕。

我一无所有了。当我开始决定好好地找饭吃，我就放弃了所有的追逐。牺牲了很多自由去换取另一个自由，最终得不偿失的后果让我不堪一击，我既写不出让老师们可以不吝啬分数给予的高考八股，又写不出我期待的表达柔软而精致的文字，最终庸庸碌碌淡淡然然悲悲戚戚地被遗忘，我看着它们，心疼如刀割，泪水不断落下。

曲和是前卫少年杂志的记者，有大沓大沓的乐评杂志和大摞大摞的CD，写大篇大篇的有意思的东西，看大本大本的哲学书，比如那本不是人看的东西——萨特的《存在与虚无》。我觉得我一无所有，我买不起那辆意大利产的概念车，买不到我想要找的电影《夜幕低垂》，我站在声色犬马火树银花宝马香车川流不息的大街上，在夜晚熙来攘往的人群中看着商店橱窗里的一件很杰作的上衣，色泽华丽沉静一如我过去的年年岁岁，裁剪异常精彩，我看着一千五百八十八元的价码，望而却步的心情就像我初次面对感情时的胆怯。我买不起，得不到，如此而已。

站在还有两天就满十七岁的无名悲哀上，我感到我涂抹着悲剧色彩的生命被阴影吞噬，就像有些少年，惶惑，并一再怀疑。

我开始现实。

我看着操场上那些高三的孩子因为不用穿校服而显得明媚张扬的

样子，人人都是一张寂寞的脸。我觉得说出“我高三了”这话一定非常骄傲，但我还没有。我虽然已经安静地去一道一道地解数学，听课时用钢笔行楷记笔记，下晚自习后伴着常常没有月亮的夜色轻轻回寝室。冲澡，上床，继续看书。听一张大提琴，然后入睡。生活得那样单纯，近乎局促刻板的平实具体。听着楼下有女生拨吉他的声音我可以突然觉得难过，那把音色响亮的吉他躺在柜子里，清晰地记得换和弦时左手和指板摩擦而生的极似哭泣的声音，像是一种控诉。妈妈周末打电话给我，要努力啊勤勤……我在电话这头用很温和的声音回答嗯我会的妈妈你放心。但是抬起头被穿堂而过的疾风刺倒，并看见我的青春这条路的尽头有黑色的洪流提前汹涌而来，时光拉着我在这头迅速奔跑。这条路越来越短越来越短，我非常地难过。

曲和有着许多最近一期的旅游杂志，捧着它笑容天真地说我想去哪里哪里，我觉得看这种书比自虐还可怕，曲和也有同感。我刚刚能够心如止水，死寂。我不能像她那样桀骜地写东西，用漂亮的措辞非常优美地把中国教育剐得体无完肤痛快淋漓，然后愉快地写下“我们单薄的青春……”最后是漂亮的批语和同样漂亮的分数。我从小就只会写“李白的诗歌表达了对祖国大好河山的热爱”。我看着这些空洞无边的东西已经非常平静了。我的青春已经不再单薄，它已经厚重地踩过我抽身离开，剩下我紧紧拥抱着疼痛的理想。于是我宁愿只关心我的饭卡上还有多少余额，钱包里有几张票子还够不够我买张神州行来给SKY发短信。就像我对曲和说我太爱大提琴了我怕拉不好亵渎了它所以宁愿不拉。曲和说你丫有自知之明。

因为我们都如此轻易地走到了别人的光环和阴影的笼罩下，愚蠢地聒噪，还坚信这是自己的优点和价值所在。而我淡然地坚持以苍白的语言尽我所能刻画出理想与现实之间的敌对，以及内心深处库存已久的冷漠与希望，决绝与妥协。真实真实再真实。青春，我可爱的青春。

曲和写着长长的有关中世纪文艺复兴时期理性与感性的探讨，把所能认识的哲思渗透进去，表达人文关怀，在晚自习的时候拿给我看，写得很好，是能得分的作文。我看了觉得难过也就是为自己难过。因为一再告诉自己看现实，看高考，看成绩，看排名，其余山崩地裂世界末日都与我无关，于是我曾有的澎湃的思想在不堪寂寞之中倏然消失，剩下我一个空壳，一个渐渐瘪下去的球，滚不动了。于一个孩子，这是最大的悲剧，一个真实的普遍的悲剧。个人的悲剧对历史不过是一行语焉不详的断句，时光白驹过隙，我们作为人类欲望这出壮阔的悲剧中没有野心的小人物，有理由对记录，对由词语构成的历史产生怀疑，但是毕竟无能为力。

2.

在我屈指可数的几篇还算写完了的东西之中，我总是重复不断地提到十五岁那年的离别。那是我心中完美的一道烙印，时时灼痛。

我记得以前张扬的日子。蜷在教室最后一排靠窗的位置，一天一天地看云，且听风吟。耳朵里塞着金属，或者你爱我我爱你的情歌，疯一样地写桌面文学，桌上墙上满是我的笔迹，为此赔了学校不少钱。还有和朋友传纸条。放学之后轧马路，十分钟可以回家的路途我要走半个小时。那些昏黄的日日夜夜，我牵着靖的手走在日落的坡道上，与年轻的幻想相遇，询问快速流逝的光阴，心里无比平静地蔓延出忧伤，开满学校后面的山冈。荒芜的风把我包围。

我知道我还没有到生命只剩下回忆的年龄，我一边恋恋不舍地回首，一边沾沾自喜地前瞻。唯独冷漠地面对今日。这是怎样的可悲。回到家里看着母亲疲倦烦躁却满是容忍的面容，心疼不已但是缄默。

我是她双手种出的麦子，我怎么忍心告诉她我真的想离开了我真的不想再去学校了，我常常不做作业，我夜夜在锁了书房门之后从来不会看书，我只是关掉灯，推开窗户，坐在七楼的窗台上一根一根地抽烟。我常常深夜不想回家，无法忍受专断的家庭我宁愿选择自杀作为反抗。那个春天我在花园高大乔木下面待过很久，一地的眼泪。城市里许多我十五年了都没有到过的小街小巷在那段日子被我一一踩过。也曾经在最糟糕的夜晚放学不回家，我深爱的人把我揽在肩膀上无声哭泣，宁愿回家之后挨骂也不想走。我热爱这个黑暗中的城市，我坐在窗台上，凝望在我脚下匍匐行走的人们，疲倦而匆忙。还有星辰一样的灯光绵延到黑暗深处。天色渐晚。在那些夜里，我总是觉得自己像一个年轻的王，穿着华美的袍，站在悬崖上歌泣。脚下有众多的子民，都是自己的影子，天真的落寞的善良的罪恶的。像是一场纸醉金迷的盛大演出，灵魂飘没。

可是我今天以晦涩的口吻把它们展示到纸上的时候，记录变得苍白无力。那些花朵一样摇曳的过去，像时光一样没有办法库存。

3.

我意犹未尽地想起你，以及有关你的所有。凌晨的雨，五月城郊的热情阳光，教学楼西北角上的最后几级阶梯，在我醒过来之后你温和的容颜，还有我在七楼的窗台上喊出的你的名字，一切风逝。这些色彩游离的画面构成我失败的初恋的全部背景，像古代的壁画一样漫漶在岁月的抚摩之中。你写在沙滩上的犹豫被潮汐卷走，但是在我心中却镌铭如铜刻。我在那几年年轻得危险重重的日子里，总是犹豫地、欲言又止地想向你表达我对你的关怀有无尽渴求，幼稚并且执着得令你无可奈何，可是你那么善良，总是我一打电话你就出来陪我在街上乱晃，晃到凌晨你都困得不行了才叫我回家，可是我依然孩子气地恋恋不舍。

你还记不记得五月的假期我们心血来潮地在一个午后往郊外走，一直走一直走，沿途是乡村泥土的味道，有一点干燥，甚至夹杂着牲畜的气味。风并不大，摇晃着乔木高大的枝干，哗哗地响着，土狗，男孩们疯跑，灰尘飞舞。太阳的眼泪落满了我们的肩膀和面孔。我们走了那么远那么远，在城市的尽头看见大片大片废弃的仓库和工厂，还有破败的贫民住宅。这个场景有点像欧洲电影高潮过去之后的短暂间歇。太阳都落下了，我们站在河边梳理愉快的心情和疲倦的笑容。心满意足。

回去的时候我却落在你后面脚步拖沓。幸福的步道总是这样短，我们可不可以赖着不走。回家洗澡的时候看见自己晒得红红的脸，觉得甜蜜畅快，却同时不乏感伤。毕竟这么美好的午后又只能躺在回忆里了。

你还记不记得毕业后的假期，我们去了游客甚少的原始森林。溪涧清澈欢快犹似情人的眼泪，山山林林的虎啸猿啼鸟啾禽啁，以及清晨的雾霭丝绸一样缠绕在皮肤上。我们爬到山顶还看到了浓郁的绿色，层层叠叠地蔓延到远方，偶尔被一间农舍、一座白塔、一行飞鹭打断，于是这绿色就灵动起来，我触手可及。

那天我们站在山顶，风呼呼地灌过来，我真的几欲落泪。我想告诉你，我的爱，可是最终沉默地下山，带着莫名其妙的沮丧，因为我还很失败地没有带相机。

那天晚上我们在潮湿的、木搭的小房子里住，夜色被檀木窗棂分割成一小块一小块，和飕飕冷风一起泻进来，我也第一次看见那么多的萤火虫，在黑暗中平静而忧郁地飞舞。晃晃悠悠的像我们曾有的点点时光。

我一个人坐在床上喝了两听啤酒。和你说话，看着你睡过去。然后轻轻地走到院子里，看着这间小木屋觉得莫名的伤感。我亲爱的你睡在这间房子里并不知晓外面夜色如水，繁星满天。

凌晨的时候我在墙上用烟蒂写下“Te amo”。黑黑的粗粗的涂炭。

也许你并不知道，美丽的旅途在我心里疼如刀割。一直一直。

第二天我们下山准备回家。空气里弥漫着湿润的草香。回到车水马龙的城市，我对你说再见。是的从那以后我再也没有见过你，也没有你陪我在阒然无声的大街上晃了，再也没有愉快的行走了，一切再次风逝。

我们都对了还是错了，我们都爱了但是忘了。走的时候你哭了还是怎了，我只是疼了但还是笑了。

我想引用一句被说过很多次的话，我生命中的温暖就这么多，全部给了你，叫我以后怎么再对别人微笑。

十五岁那年绵柔的细腻心情在现实的逼迫中垂死挣扎，我在惶惶不可终日之中等待幸福的泅渡。我唯一的信仰就是能牵着你的手一直走下去，走到尽头再看错到哪里。这种单纯而且可爱的科幻一生只会有一次，它可以轻易地被扼杀在摇篮里。在学色彩的时候，导师说过，水粉画中的灰色不是指黑白相间的灰色，是指无数种颜色相混，这种很灰的背景能凸现层次感，使背景衬布退下去，导师也很称赞我对灰色的运用。而我只是觉得这种颜色像极了我的成长，斑斓成模糊一片。

我在最后的离别时刻，听见自己骨节拔高的声音，细胞分裂时窸窸窣窣的声音，不停地掉屑，齿轮在坚硬地磨合。可是疼痛已经不再切肤。我想告别你的那天晚上是漫天的淫雨。窗外嘈杂一片。我那么想最后见你一面啊，那么想。

我遗弃了你们，把你们狠狠地甩在后面，一个人决绝地行走。该走了吧。

只是偶尔回述往事，会感伤地想起榛子在毕业典礼结束之后骑着单车载我穿越喧哗的城市，灯光快得拉成线一闪而逝。还有昊在黄桷兰之下给我的匆忙的吻……一切都是未知的。

后来我来到新的学校，母亲忙里忙外地帮我收拾寝室，温和地嘱咐我要好好照顾自己。然后姿态僵硬地和我拥抱——我已经记不起上一次拥抱是在多少年以前——她背影消失在阴暗逼仄的楼道里的那一刻，我忽然感到泪水疯一样地在眼眶里沸腾。我泪流满面。忽然醒悟我是这么脆弱的孩子我爱我的母亲一直都爱非常地爱。因为我们都太像了，所以骨子里相似的缺点开始顶撞，但都是无恶意和不刻意的。少年要经历世态炎凉和人间冷暖才会知道父母的爱是唯一不计条件和回报的。那一刻我感到无比悲哀和落寞。

就这么啊，我离开了家。

这段我生命初始的离别带给我的不是普通意义上的离别，它让我拔苗助长似的突然成熟了许多。摈弃了多少不切实际的点缀，从云端落到半空中。所幸还没有衰老到颓然栽到地下。

4.

当我趴在教室窗台上看着校园里规整划一的草坪和干干净净的水泥坝子，那些穿着校服背着大包包顶着纯色头发的孩子——那些一模一样真的是一模一样的孩子踩着大步小步穿行的时候，我想起我小时候最爱坐上去的那堵围墙。我坐在墙上一下午一下午地看秋风跑过山坡，叶子一夜间枯黄。那时偷懒不练钢琴去山坡上和小朋友玩过家家，捡果子吃，最终人赃并获地被抓回来挨骂。还有在舅舅的花园里把郁金香的球茎全部肢解，把汁液涂抹到衣服上。我一时间竟然忘记了我已经不再年少，校园的喇叭里聒噪着小妹妹之辈写的酸不拉唧的抒情作文，黑板上还有一大片作业……我亲爱的不羁年华啊，小K你还记不记得，我们在罚站的下午对着墙壁猜剪刀石头布，你突然说：“我要飞了！”于是我看见老师办公室的窗外掠过一群白鸽，静静地无声飞翔。白色的羽毛纯洁得一如你挂着泥印和汗水的脸，干净得我多年以后回想起来都觉得清晰如昨。

曲和的文字已经凝练沉着得不需要再怕高考作文了，但是我呢？我已经不再关心心情之外的一切。我是一个郁郁不得志的画家，重复地描绘同一处狭隘的风景。风景消失了我也就该死了。

现在的我关心天气、心情、食物、成绩。唯一还会做的是翻开大卷大卷的素描、水粉画、速写，看看上面签的日期是否还完整。然后找出五线谱一页页翻，从拜厄到车尔尼599页到749页到849页到299页到740页最后是前年夏天折磨死我的李斯特匈牙利狂想曲5。僵硬的手掀开琴盖，落到黑白键盘上，触目惊心地颤抖起来，像村上春树写的敏一样无法弹下去。抱着吉他笨拙地拨着同一个和弦，一滴眼泪落下撞击在钢弦上，我听见惊雷炸响的沉重控诉。悲哀从心底溢出来，打湿我的脸，我沉郁下来，不再说话。

这就是成长吗？像是一页页翻书的感觉。

在今天依然稚气的思想背景和贫穷的束缚下，我不上网，不喜欢聊天灌水冲浪制作个人主页，我不打电玩不看电视，我不看文献也不看名著，更不看武侠但也不看新闻时事。总理都换届了，我还不知道十六大开过了，伊拉克都炸平了，我还不知道除了老美还有什么同伙和那丫一起因为什么要兴师动众。共产主义都要实现了，我依然只记得两千年前赫拉克利特说人不可能两次踏进同一条河。曲和都要换电吉他了，我依然抱着木吉他用干涩的声音哼着《白桦林》。我越来越退居现实和潮流，我心甘情愿落得平庸。我从来不小资，唯一一点愤青的冲动都扼杀在摇篮里。我也不骂政治课的无聊和灌输知识的强制了，考试红红的一片，我告诉自己不要怕不要怕下次好好来……

……

我看着我自己，心疼如刀割。那个张扬的孩子哪里去了？本来可以不用这么快长大的。我看着自己十六岁就开始衰老的头脑，悲愤，非常地悲愤。我想揪住时光的衣领一拳打死他。我感觉我身处蜂拥向前追赶幸福理想金钱洋房小车美女的趋之若鹜的人群之中，夹在中间被踉踉跄跄趔趔趄趄地推着打着挤着撞着带向前去，他们都精神饱满兴致勃勃地在横流的物欲之中坚定向前追赶。我不要。我还遗忘了一个背包在后面，那里面装着我的玩具和食物。我要回去拿……我一定要回去拿。我会逆流而退的。这是我的一个理想，我无数次梦见一个逆着人群行走的人，脸上刻着决绝与妥协并存的坚定和犹豫。一直在行走，他的理想是要么找到世界的起点，要么毁灭在宇宙的尽头。

卡夫卡说，真的道路与其说是用来供人行走的，不如说是用来绊人的。

我在荒芜的风中迷惘地寻找星辰的方向，疲惫亢奋又停不下来。创世之初的洪荒从神话和经书中涌来。我站在岛中央急切地张望，可是天空之上的黑色飓风沉沉地压下来。但是我依旧相信，我像耶和华一样仁慈地相信，我们作为有思维的生物是上帝的杰作，在黑色的天地之外有着明媚的雪原和祥和的村庄。我们终将作为一个光荣的伤疤装点历史，然后被后人轻轻摩挲。我们只是在经历一个生命的梦境，浑浊得像是处在绝路，但是在太阳醒来并开始将他的眼泪浇灌在这片皴裂的土地之时，一切都将重新开始。就像那部戛纳电影的对白：“是的幻想，我们缺少幻想。”

我总是以抗拒的眼神看待荣枯更迭，昼夜轮回。反反复复像是一首歌被翻唱翻唱再翻唱。醒来，睡下，斗转星移。

我疯一样地成天念着口头禅“我崩溃了”一边坏坏地笑，摸着曲和的头说开光开光我来给你开光。透过镜片可以看到曲和清澈的眼神，神似一个可爱的顽童，我看着觉得温暖。我们过着单纯的生活，单纯得不用担心失业或者货币贬值，破产或者金融危机。泡沫经济泛滥的后现代工业让我觉得其实太富了也不好，你看日本经济多疲软。我们中国人举着红旗手捧着蛋在大道上浩浩荡荡的精神共产让西方人叹为观止。

像我们这样的孩子拥有着平凡的出生和注定平凡的死亡。但是一路上由梦想、信念、抗争、忧伤以及不停息的鼓点、舞蹈打造的青春，即使终将幻灭成灰烬飞扬之后沉沉落下，但毕竟不失华丽和悲壮过。我在杂志上看到过这样的一段话：“在歌舞升平的和平年代，青春在一代又一代人中老去，又在一代又一代人中长成。回望起来，不只华衣与爱情，不只学习与时尚，不只鲜血和革命，不只奋斗与理想，不只英雄与奉献。”杰索鲁的“比马龙”效应告诉我们意志的确是生命不可缺少的力量。在二十世纪海明威借用格特鲁德·斯泰因的那句“你们都是迷惘的一代”作为处女小说的开篇时，我们即被冷酷的岁月冠以一个温暖如花开的名字“年轻人”。所以我们高声呼喊年轻就是他妈的一切的时候，不会有人指责我们的笑容太过玩世不恭。青春的意义在于哪怕忧伤地泪流满面，依然是一首夹杂着摇滚味道的安魂曲。

5.

我写到这里的时候发现窗外有着明媚的秋阳，灿若霓裳。我想起在记忆深处飘荡的光斑，撒遍暗处的空白。我像不听话的孩子那样，掀起还未开场的戏剧的帷幕，虔诚又调皮地窥视人生的悲喜。那些隐藏在各式各样面孔后面的人在赞美诗的废墟上演绎着他们豪迈的爱情与权谋。在这种尝试性的描述中，我以畅快淋漓的恶意把人生撕碎了看，断章取义导致我一再错不可饶。可是并不罪过。因为对于从来都是完好地冷藏反抗性并循规蹈矩生活的人们来说，他们的人生还没有撕碎就已经死亡了。

契诃夫说，如果已经活过来的那段人生只是一个草稿，有一遍誊写该有多好。可是我想，我潦草的青春和也许同样潦草的人生是优美的，没有成为物欲猎取的尤物。

曲和的笔记本上有这么一段话：

原来有些事真的是不经意的完整，有些人真的是出乎想象的命中注定。……无论上天给我怎样的躯壳我上演了十七年的悲欢，一些人一些事就这么明明灭灭地刻在沿途的风景中。我学会了安稳，学会了谎言，学会了冷静，学会了沉默，学会了坚忍。辗转中的快乐在百转千回中碎成一地琉璃，我站在风中把它们扫进心底最阴暗的角落。再也没有关系。那样明眸皓齿地对别人微笑，灵魂喷薄影子踟蹰。只剩坚强无处不在。

所以如果有不幸你要自己承担，安慰有时候捉襟见肘，自己不坚强也要打得坚强。还没有衣不蔽体食不果腹举目无亲，我们没有资格难过，我们还能把快乐写得源远流长。

6.

在物质丰富得不需要信仰来支撑的今天，我们有足够精力关心内心的小情调而不至于饿死。这也是生活被关心得感到空虚的原因。

我回忆起你的笑容在黄昏徐徐绽放，你的善良最终保护了我横冲直撞的感情不至于遍体鳞伤，你一直一直都维护了我关于爱情的全部臆想没有过早坍塌。还有我亲爱的朋友们，如此宽容我与生俱来的冷漠和一些一开口就与寒冷相冻结的告白。我怀着虔诚的感恩一路离别一路祈祷你们能在尘世找到幸福，虽然就像钱先生说的那样，永远快乐不仅渺茫得不能实现而且荒谬得不能成立，可是因了祝福是对苦难的祭奠，我们隐忍地活着就是甜蜜地对痛苦进行复仇。所以我依然单纯地希望你们都永远快乐，愿我们把这句话以陪葬的身份带进坟墓。我见过你最深情的面孔和最柔软的笑意，在炎凉的世态之中灯火一样给予我苟且的能力，边走边爱。

从前寂寞的孩子渴求海洋那样令人窒息的无尽关怀，但是在多年以后我们都看到了世界的荒芜和深不可测，即使被温暖如春的浮华与明媚所掩盖却依旧无法消失。所以我总是对朋友们说要好好地过，好好地过。成长必然充斥了生命的创痛，我们还可以肩并肩寻找幸福就已足够。

我想纪念你们。在我十六岁垂垂老去之前的朋友。我知道你们对我的爱以各种方式表达给我，也许我曾经拒绝收到，可是在我回忆往事的时候这一切熠熠生辉，炫目得我来不及遮住眼睛就潸然泪下。一路的聚聚散散中我们曾经围在一起取暖，风雨无惧。虽然在冬天过去时我们又将收拾好各自记忆的行李匆匆上路，走在这弥漫着广阔忧郁的土地上，一如几百年来一代又一代候鸟一样的年轻人一样，很快就各奔天涯。可是风景依然是存在的，我们都见过梦境里的如黛青山，满溪桃花，野花迎风飘摆好像是在倾诉衷肠，绿草萋萋抖动恰似相恋缠绵……似水年华，如梦光阴，此生足矣。

每个星光坠落的夜晚，我裹紧棉被沉沉地闭上眼睛。

浅浅的睡眠，沉沉的梦幻，醒来，你已在彼岸。

少年残像

序幕

“绍城，下雪了。”

阔别了多年之后，某个冬天的深处。我尚未醒来，闭着眼睛，在昏默的清晨中捕捉到他的声音。

“好多年没看到过下雪了。”他继续自言自语，伸出手来抚摩我的眉毛。这细微的动作如此熟悉，让我在睡梦中闭着眼睛轻轻笑起来，可又落寞地觉得，这些年来我们的阔别，如同纵横交错的沟壑，使得我们如今像是站在山巅遥遥相望。

他起身来，上身赤裸，走到窗前，猛力推开窗户。十二月的北方，风夹着絮棉一样的雪花扑进屋里来，天色昏黄如同旧搪瓷杯里的一层茶垢。寒风吹得我头皮发麻，我紧紧裹在被子里，端视良久，眼看着他背影轮廓仿佛要融进风雪里一般。

等他转过身来的时候，冻得发青的躯干，像一树冷杉一样孑然站立，挡住了光线。寒风从他冷兵器一样坚硬的肩峰上滑过，似在抛光他的身体轮廓。那线条有别少年时的单薄，却依旧担当着我多年的想念。一时间我觉得那躯体仿佛在逼视着我。我们就这么一言不发地对视，然后眼看着他弯下身来抚我的头，捋起我额前的头发。

他的瞳仁在暗处闪亮，俯身说：“我走了，再见。”

“凯，你记不记得……”

我喊着他，他寸寸离去，没有回头。

我叫喊着醒来，之行的手抓住我。

“你又做梦了。”她说。

我眼底有泪，凝视她的面容，只觉得模糊而落寞。她挪过身体来抱紧我，我感到陌生，却依然想在这柔软的怀抱中止息。

这些年，我时常以各种各样的形式梦见他。梦见他从我们中学的校门口闪过。梦见他与我告别。梦见他跳下高塔，坠入一群鸽子的纷纷羽翼中，像一片叶子一样消失。梦见一片遥望无垠的麦田，他躺在无人的深处，麦秆柔韧地在风中倒伏。

那又是少年时的梦了。

第一章

1.

儿时的绍城深秋，候鸟耐不住冷寂，早早离开那里深灰的天空，只剩下云朵守望没有翅膀的飞翔。天寒欲雪。黄昏日复一日地降临，一大片怆然的赭黄色余晖铺在天边，犹如神的麦田。我知道，冬天很快就要接踵而至了，初雪过后，绍城将一片寂静荒凉。

在窄小的阁楼里，我抹掉窗玻璃上的水雾，向外遥望。一片熟稔的世界在我眼前洞开：天空颤抖着深深泛寒，灰色的低矮的楼房轮廓模糊，成群的鸽子静静飞翔。雾气蒙蒙，被黑色的朽木窗棂分割成小块小块的方形，在绍城万籁俱寂的夜里，比暗夜更暗。

我被午夜时分的鞭炮声惊醒，看见窗外陡然升起艳丽烟花，流光雍容，从窗户照射进来，将我的阁楼变成了一座通体透明的琉璃城堡。阁楼下面，母亲打开门迎接除夕之夜匆忙归来的父亲，絮絮叨叨地帮他卸掉行李。我醒来了。清醒得居然闻得到破门而入的寒气。

每年的这个时候，父亲必伴随这风雪归来。

2.

小学毕业那年夏天格外炎热。晴空上的云朵仿佛被烈日煮沸了，翻滚着幻化不定的絮丝，白得耀眼，热气灼人。而在我的记忆里，那是一季眼泪和汗水一样丰沛的炎夏。父母终于以离婚的形式告别了无休止的争吵和打骂，尔后父亲再一次离开了我和母亲，离开了小小的绍城，去了很远的地方。唯有不同的是，他这一次离开，将再也不会回来了。

离别的那天中午，我躲在蒸笼般的狭小阁楼里，汗如雨下，却一直不敢出来。那天的日光那么强烈，晌午的蝉声聒噪个不停，声浪迫人。母亲的哭声从楼下阵阵传来，但父亲一直沉默。一瞬间我听到了开门的声音，紧接着房门又重重地被摔上。

我明白父亲走了。

一时间我在床沿边坐立不安，开始不停流泪。双手用力抓扯床单，用力到快要把棉布给抓破。十分钟之后，我站起身来迅速冲出门去一路狂奔到车站，跑着跑着只觉得凉鞋底都被晒化了的柏油地面给烫熟了，灼得脚底钻心地疼痛。

我在人头攒动的拥挤人群中气喘吁吁地找寻父亲的身影，跑过去拉着他的手不放。烈日之下，我拉着父亲的手什么都说不出来，只是一直抽泣，狼狈而无助地看着他。

良久，父亲把我的手拿开，抹掉我的泪，在司机不耐烦的催促下，一言不发地上了车。

整个下午，我都站在车站广场。头顶被晒得针刺般灼痛，脸上的皮肤被泪水里的盐分渍得生疼，感觉像一张绷紧的快要撕裂的布。夜幕降临的时候，车站里的人渐渐稀落，越发清静下来，白昼的余热却还在升腾，我浑身已经被汗水湿透。母亲到车站来找我，出现在我背后。她轻轻把手放在我的肩上，对我说：“我们回家吧，绍城。”

我生于绍城。于是父母将我取名为绍城。我拥有一座和我一模一样的城市，或者说，绍城拥有一个和它一模一样的我。在偏远的西北之隅，绍城无声无息地在漫长岁月中接受烈日炙烤以及北风肆虐。父亲不甘心一辈子在这个偏城埋没此生，于是在我还未满岁的时候，带着一点家底，离开了工厂，下海去经商，几乎终年不在家。

听母亲说，父亲下海的头两年处境十分艰难，每逢春节，父亲回家舍不得坐飞机，又买不到火车票，就硬生生在春运火车上咬着牙僵站三天三夜，不吃不睡。下了火车还要换乘破旧的长途客车，颠簸近十个小时，顶着深夜的干风燥雪赶回家来。

父亲的脚在漫长的路途上总会因为久站不动而严重冻伤，溃烂流脓，与皮靴粘在一起，脱下来的时候鲜血淋漓。

我是记得的。我记得每年除夕父亲回到家来，第一件事情便是用放了陈皮的热水洗脚。他的大衣肩头堆满了积雪，面色憔悴，冰冷红肿的脚上流着血。他因为疼痛而咬紧了牙关的样子令我无限伤心。

我便是带着那样的伤心，静静看着母亲蹲下来，流着泪为父亲洗脚。

熬过了那些年，父亲的生意开始蒸蒸日上，往家里汇的钱也越来越多。春节的时候坐飞机回来，还会给我们捎来很多礼物。那几年，是我记忆中最甜美的时光。没有再看到父亲红肿流血的脚，也没有再看到他咬紧牙关强忍疼痛的样子。进了家门之后，父亲第一件事情便是欢笑着把我抱起来，举着兜圈。他大声唤我的名字，城城，城城。我被父亲举过肩头不停旋转，恍惚之间看到母亲柔和舒展的笑容，那样的美。

后来的后来，父亲不再回来了，连春节也是。冷清的除夕，母亲神情幽怨，一言不发地坐在饭桌前，目光无神地注视着空洞的方向，直到整桌饭菜变凉，也没有举起筷子。

良久之后，我不忍心再看下去，便站起身轻手轻脚把饭菜收拾起来，扶着母亲去客厅坐下。我握着母亲的手说：“妈妈，爸爸会回来的，你别难过。”

“你还不懂……”母亲欲言又止。

我蜗居的小阁楼上，鸽子在黎明的熹微晨光中第一遍出巢飞翔，我早已习惯在它们啪啪扇动翅膀的声音之中醒来，睁眼便可仰望灰蓝色的苍穹，静默地向我展开一片广袤而忧伤的笑靥。而暮色四合的时候，鸽子们带着飞翔的倦意心满意足地归巢，叽叽咕咕的声音，温情而朴素。我知道，当夜幕低垂，母亲便会又一次在漫漫长夜的荒寒中，艰苦而无望地等待父亲的归来。

此后那些寒冷而清静的除夕，我早早睡下，却依然被午夜时分的鞭炮声惊醒，睁开眼睛看见窗外陡然升起艳丽烟花，流光雍容，从窗户照射进来，将我的阁楼变成了一座通体透明的琉璃城堡。但我再也听不到开门声，再也听不到母亲帮父亲卸下行李，再也闻不到那盆早早准备好的，散发着陈皮香气的热水了。

我就这样醒来，躺在阁楼里的小床上，在阵阵烟花过后的沉寂中，重新陷入沉睡。我明白我必须睡着，因为只有在梦里，我才能与父亲重聚。

那些年的冬天，绍城变得越来越冷。

彼时我还在父母工厂的子弟学校读小学。同学们都是职工子女，父母也大都相互认识，班里面就好几个同学的父母和我父亲一同下海。不知什么时候起，那帮孩子从家长里短的闲言碎语中听到一些话，然后开始莫名其妙地起哄我，总是喜欢在教室里大声地叫："绍城，你老爸是下海游泳淹死了，还是下海去吃螃蟹被噎死了啊……""是跟别的女人好了，不要你们了吧？"

我羞辱难当，忍无可忍，啪的一声撂下笔，把课桌一掀就冲过去和他们打架。常常是在我和他们扭打成一团、正要力不从心败下阵来的关键时刻，凯站出来帮我。凯是班长，年级里最出众的男孩儿。他呵斥那些起哄我的同学："都给我住手！要不我叫老师！"

然后他站到我前面来，挡住那些不怀好意的目光，从容不迫地把我的书包和笔捡起来递给我，说，绍城，我跟老师说了，让我坐你同桌。没人敢欺负你。

3.

我一直喜欢绍城的雪。只有下雪的时候，绍城看上去才不那么灰暗。

一下雪，我便兴奋地跑出去，穿过大院，叫上凯，一起去滑冰和打雪仗。我们脱掉外套，放肆地扑倒在雪地，团好雪球，兴奋地打起雪仗来。打累了就去湖上滑冰。那是向别人炫耀父亲送我的冰刀鞋的好机会，我喜欢飞快地滑，站直了身体，张开双臂，快得像是要飞起来一样——那一刻能感觉自己像是冰宫中的快乐王子，敞开了精美华丽的冰雕之门，迎进一群白色的鸽子，与他们一起飞向钟楼的尖顶。

就是在一个玩得特别愉快的星期天下午，我回到家里，却赫然看见父亲已经坐在客厅。我总觉得有什么不对，于是就这么看定他，犹豫地小声说："爸，你什么时候回来的……"

然后我发现我可怜的母亲坐在他身边，脸上挂着泪痕，一言不发。

那个初雪过后的晴夜，皎洁的月光洒满了我的阁楼。我在银霜般的月光中睡过去，间或一再被他们吵架的声音给惊醒。他们闹了一夜，母亲也哭了一夜。

我开始习惯他们吵架。吵得你死我活，父亲动手打母亲，母亲就尖叫着摔碎所有的瓷器，残片散落整个小厨房。我静默地回到我的阁楼，关上房门，面向一窗月光倾城，手足无措。

在那样的夜里，如果我被他们吵得睡不着，就会起床来偷偷地离开阁楼，从后院溜出去找凯。夜色深浓，寒气逼人，我游魂一般穿过逼仄而森然的小巷，贴着冰冷的墙，左拐右拐，慌张地跑向他的家。他住一楼，我敲他的窗玻璃，他就会打开窗，然后让我踩着垫脚的砖头翻进去。我刚在凯的窗台上露出半张脸，夜神就已经轻盈敏捷地一跃而起，跳到我眼前来，舔着舌头，蓝眼睛炯炯有神地望着我。

夜神是一只灰黑相杂的猫。

凯的家里只有奶奶。他的父母都一起下海经商，因为创业艰难，所以一开始不敢把孩子带上。凯和奶奶一起住，管束上比我们都自由。父母争吵不休的时候，我就逃往凯的家。在漆黑的小房间里，我脱掉鞋就直接蹦到凯的床上去，累了就伸展四肢躺下来，偶尔彻夜聊天。我们不停地不停地说，而夜神则时而蹲踞在床上用匪夷所思的眼神望着我们，时而为发现了一只在阳台上落脚歇息的夜莺而兴奋地扑过去喵喵直嚷，时而无聊至极，兀自跳到窗台上去静静蜷缩起来睡觉，浑身落满霜雪般的月光。

某个夜晚，凯把夜神抱在怀里，在黑暗中对我说，城，你知道为什么每一次他们起哄你父亲的时候我都会忍不住站出来帮你吗？

我忐忑地回答，不知道。

因为我的父亲已经死了。凯说。

我惊讶地望着凯，瞠目结舌。

他告诉我，其实父亲和母亲到那边去之后不久，就出了意外。妈妈怕奶奶承受不起，不敢告诉她老人家。春节也不敢回来。她只让我知道。

我问，那你妈妈不怕你承受不起吗?

凯说，我爸爸只会打人，赌钱，喝酒。他在那边花光了妈妈挣的所有钱。我恨他。

我不再吭声。凯也沉默。

每次临走的时候，我翻上他的窗台，就顺势骑在上面，快乐地对他说，凯，再见。夜神，再见。

他便一手抱着夜神，一手拍拍我的背，说，绍城，以后你开心的时候，也要来找我。

凯的眼睛在熠熠闪光，星辰一样发亮。目光却又深得像一口井，引人不由自主地坠落进去，却又看不到希望。

父亲在家逗留了一个星期，吵了一个星期。后来他悄无声息地离开，一如他回来时那样——等我放学回家，发现父亲已经走了。母亲问我，城城，若爸爸和妈妈要分开，你决定跟哪一个呢?

4.

在日光灼烈的盛夏，我们骑一个小时的自行车去水库游泳，

一路上大汗淋漓，道旁的杨树绿叶窸窸窣窣地翻飞着，如同裙子上的碎花一样细小，落下满地缭乱的影子。我在骑车的时候偶尔会伸手抓着凯的车把摇晃他，却被出乎意料的一只迎头撞来的牛蝇给吓了一跳，身子一闪，车就歪去一边险些摔倒，只听见它翅膀颤动的声音

在耳畔“嗡”地一下飘过。我们打打闹闹骑得飞快，到了岸边就把车子一扔，扑腾到水里去。我们比赛游泳，每一次都不分高下。唯有一次，我眼看着凯要胜过我，便玩起了把戏，佯装惊慌地大叫一声“抽筋了救命啊”，然后扑腾两下憋一口气沉进水里。凯不出所料慌忙赶过来救我，我被拉上水面时对他做了张鬼脸，气得他又把我按在水里，呛了好几口。

直到看守水库的老人气急败坏地把我们揪上来，才想起已经到了回家的时候。一个下午过去，浑身已经晒成赭红，皮肤又因为被水浸泡而泛白。骑着车一路赶回去，夕阳一片醉红，被树梢分割得支离破碎。

在下坡路上张开双臂滑翔，到了小巷的末端，我们拍拍肩膀道别，然后各自回家。

推开家门，屋里昏暗并且静如死寂，与刚才明快喧闹的欢愉迥然划清了界限。我又看见母亲忧郁而憔悴的脸，不自觉地便压低了声音，调整呼吸，轻声叫她，妈，我回来了。

她声音沙哑，低声嘱咐我，去洗手，吃饭了。

我把自行车推到里屋去放好，默默走到厨房去。只觉得这昏暗与至静，几欲让我陷入失明失聪的幻觉之中，并且孤身一人。

那些遥远的夏天，我们在一起赶假期作业，做航模，用磁铁玩游戏，骑车，游泳，看小人书，偷偷剪下大人皮鞋的后跟那一块，用来做弹弓，或者为了争一沓不干胶而和伙伴打起架来。

那个时候觉得成长是一件漫长得让人失去耐心的事情——生于这个偌大的世界的某个角落，在日光之下像精力旺盛的幼兽一般盲目奔跑与嬉戏，人生好像永远都在自己面前咫尺之遥却无法接近，永远猜不到若真的走进了命运的迷宫，将在那一个又一个令人好奇的拐角背后，遇到哪些冥冥中等待着自己的人与事。又要等到多少年以后，才能从那些令自己始料不及，却又在别人眼里平凡得缺乏新意的悲欢离合中，恍然醒悟，原来早已踏入人生迷局。

我从来没有意识到自己正在长大，却又不得不承认自己正是在这样的毫无意识之中，以迅疾的速度成长。

我最后一次因为被同学耻笑而打架，是在五年级的时候。

早读课上，老师说今天班长不能来上学，大家要自觉遵守纪律。纪律委员要代替班长全权负起责来，说完老师离开了教室。我不知道凯有什么事，十分着急，转身四处向同学打听凯到底怎么了。讲台上趾高气扬的纪律委员大声点我的名字，绍城，你在讲什么？再讲话我记你名字下来告给老师听！

我回答她，我什么也没讲。

话音未落，我身后的一个小子冒出一句话来：他到处问凯为什么没有来呢！是吧，绍城？你们俩好得跟穿一条裤衩似的，我看……到底是你喜欢凯还是凯喜欢你啊……

班里的同学顿时炸开了锅，好几个男生大声叫着，是凯喜欢绍城，他对我说过……

他们纷繁混乱的声音挤进我的耳朵，我只觉得什么都听不见了，头脑中嗡嗡直响，热血冲得我脑门一片猩红，我一把抄起板凳朝后面的小子砸了过去。

大家闹得更凶了。我正与他打起来的时候，教室的门砰的一声巨响，应声而开。凯站在门口，眼神倔强地望着我。全班一下子静了下来。

大家沉默了一会儿，忽然不知是谁冒出一个声音来，说，凯，你要是真喜欢绍城，就去亲一下人家！快啊，亲给我们看看啊！

全班又开始蠢蠢欲动起来，坐在我身边的几个不怀好意的家伙疯狂地煽动着，他们不停地说，凯，去啊，你的威风哪儿去了？怎么，敢说不敢做吗……

我处在凯的视线聚焦点上，觉得自己的脸快要被他的目光灼烧起来。就这样我目睹凯突然大步大步冲过来，一路哐哐当当地撞歪了无数桌椅。他在众目睽睽之下站到我面前来，眼神炯炯地望着我。我看见他过来，心里害怕极了，怕得闭上了眼睛，心脏狂跳到快要碎裂，

耳边只有那些家伙亢奋的呼喊声，一浪高过一浪。

我暗自念叨，你可别这样，凯……

然而当我睁开眼睛，我看到从来没有打过架的凯，重重地出拳和那几个小子打了起来。他大声地喊，你们要再敢捉弄他，我……

全班炸开了锅，人声鼎沸，有的叫喊，有的拍桌子，有几个孩子飞快地冲出了教室，向老师告状。各种噪音汇成股股声浪，震荡着我的鼓膜。

我如芒在背。

因为这场闹事，我们被老师带到了办公室去。面向墙壁站立，听着老师的厉声数落。她说，凯，你一直都是个好孩子，现在你马上要转学，我本来指望你给同学们留一个好榜样，可是你怎么头脑发热变成这样了？像什么话？

我丝毫不知道凯要转学的事情，一时间惊讶万分地侧过脸去望着他，难以置信地摇着头。

凯仍然站得笔直。他镇定地回答，老师，绍城一直被人欺负，我不能不管。

那几个孩子不依，吵吵嚷嚷地说，谁欺负他了啊，胡说呢……

老师一阵不耐烦，呵斥道，全都给我住嘴！我问你，绍城——老师将脸转向了我——他们都起哄你些什么啊？

我费力地思索，要不要告状。但最终我只觉得那些话我说不出口——无论是耻笑我的父亲，还是耻笑我与凯。于是过了半晌，我低下头去，轻轻地摇头。然后用低得我自己都听不见的声音说，他们没有起哄我……

那几个家伙摆出一副得意的样子，而凯突然哭了。

……我已经不记得后来发生了些什么事。是否因此有被请家长，是否有被暴打一顿……我都不再记得。我只记得那个瞬间，凯露出那么难以置信的、失望的神情，熠熠闪光的眼睛被泪水模糊，眼神不再清晰。我只记得我们面向墙壁被罚站了一整个上午，并且头一次在这样长时间的独处中，沉默得无话可说。凯在我面前哭了，他只说了一句话，绍城，我以后走了，你怎么办？

我不去看他，扭头望着窗外阳光，明亮刺眼。

那天夜里，父母依然在吵架。我从梦中被吵醒，躺在床上仰望黑色的夜。我起身想要离开，却忽然想起我已经无处可去。于是我只好独自一人爬到楼顶，在屋脊上，顶着一穹星光静静独坐。

我在万籁俱寂之中，听见夜神的叫声。

凯的身影出现在院子里。他抱着夜神，说，你怎么在屋顶？

我不回答他。

于是凯又说，我要走了，绍城。我想拜托你，帮我好好照顾夜神，好吗？

我依旧不回答他。

凯在原地站了一会儿，然后对怀里的夜神耳语了几句，便把它放到地上。夜神听从凯的话，噌噌地蹿上了楼顶，脚步轻捷地走到我身边来。它一直是一只神奇的聪明的猫。

我抱起夜神，凯怅然若失的背影渐渐消失在夜色中。

凯真的走了。

他转学，和奶奶一起离开了绍城。我想，是他母亲把他接回到身边去了吧。他一走，我才感到自己独自一人，无可依靠，每一天都过得煎熬。

我也煎熬着父亲数次不定期地回来，专为与母亲离婚的那些日子。

他们在厨房做饭时猛烈吵架，到餐桌坐下时，彼此一言不发，气氛局促而诡异。也许只是碍于我的存在，才未直白到将离婚的事提上餐桌。

我吃完饭便独自回到阁楼。而他们的争吵很快升级，母亲在厨房放声大哭。父亲暴躁地摔门而走。我从阁楼上轻轻下来，走进厨房，把蹲伏在地上的母亲扶起来。我在水槽边洗碗，心里越来越难过，空旷得仿佛听得见回声。

我守望阁楼上日复一日展翅飞翔的鸽子，看它们的身影变成一群黑点，消失在茫茫的天际，然后等待它们在日暮时分倦飞而归巢，咕咕鸣叫。夜里，我抱着夜神睡，或者和它一起坐在楼顶，与满天星斗耳语。

我将诵读我的忧郁的诗句，幻想终有一日能远涉重重山岗，去找寻失乐的荒冢。野花遍地。月光如泪。群鸽离去，让落寞的飞翔贴满了天空。父亲的挽留早已在我脚步之后。沿着退潮的白色海岸，冬天终于来临。

第二章

1.

暮夏。

暮夏的白杨，细碎的灰绿色叶片在风中银铃一般翻飞，声姿悦人，斑驳的影子撒了一地缭乱的舞步。我总觉得夏天是一年当中最惨烈的季节，那些用了一整年的时间来忍耐和蕴积的事件与情感好像都忽然被炎热唤醒了，然后预谋不轨地一齐跳到生活中来捣乱。

我跟父亲一起生活的最后一段短暂时间，便是在夏天里。某个夜晚，父母又是一宿的激烈争吵，翌日清晨，我起床洗漱，准备去上学，见到父亲一直在收拾东西。我问他："爸爸，你要去哪儿？"

他抬头看我一眼，没有回答，只顾着手上的事情。那日中午，我头顶着晌午的烈日，在汽车驶过之后呛人的扬尘中，燥热而狼狈地走回家，一路沉默不言。汗水从额前大滴大滴地滚落下来。父亲为我开门，抽着烟，皱起眉头，面色阴沉。吐出的蓝色烟雾，模糊了他的脸。

没有人做午饭。没有人说话。我进门，低着头从父亲旁边擦身而过，径直走上自己的阁楼。我把书包扔在床上，僵坐在那里。

便是在那个难忘的中午——

我躲在蒸笼般的狭小阁楼里热得汗如雨下，却一直没有出来。日光那么剧烈，晌午的蝉声聒噪个不停。母亲的哭声从楼下阵阵传来，父亲沉默。瞬间我听到开门的声音，紧接着房门又重重地被摔上了。

我明白父亲走了。一时间我在床沿边坐立不安，开始不停流泪。双手用力抓着床单，用力到快要把棉布给抓破。十分钟之后，我站起身来便迅速冲出门去一路狂奔到车站，在攒动的拥挤人群中气喘吁吁地找寻父亲的身影。我跑过去拉着他的手不放。烈日之下，我拉着父亲的手什么都说不出来，只是一直抽泣，狼狈而无助地看着他。

良久，父亲放开我的手，抹掉我的泪，在司机不耐烦的催促下一言不发地上了车。

整个下午，我都站在车站广场。头顶被晒得针刺般灼烧，脸被泪水里的咸涩盐分腌得生疼，感觉皮肤像是一张紧绷得快要被撕碎的纸。夜幕降临的时候，车站里的人渐渐稀落，越发冷清。母亲到车站来找我，出现在我背后。她轻轻把手放在我的肩上，对我说，我们回家吧，绍城。

我觉得母亲的手冷得像是冬夜里飘落到肩头的雪。

父亲走后，生活依然没有什么改变。常年来我与母亲都早已经习惯了没有父亲的生活。我开始在梦境里面想不起来父亲的面孔。这个给予我一半骨血的亲人，像是一串来自命运底部的回声，在森然而闭锁的深渊里，他的声音由强到弱，渐渐幻灭。我开始觉得，有些人事，一开始就不属于你的，就总归是要走。

一季季雁阵归去来兮，掠过空中的时候，啼声忧悒而邈远，把天地都喊得苍凉。依然是在这座萧条冷清的灰色旧工业城市，我开始上初中。我毫无选择地又一次要将我的成长交付给它。这一次是青春。

黑漆的紫檀书桌上，陈旧的录音机搭着一块白色的纱棉布，一摞老歌磁带整齐地摞在上面。铁罩台灯，在深浓的宁静夜晚打开一片温情的暖色光晕，安静得令人伤感。灯下一只苏联产的老闹钟，表盘上是罗马数字，作为爷爷晚年的立功奖赏，走动的时候齿轮之声依然铿锵响亮。一摞厚厚的参考书和作业本，因为勤奋的使用而卷了角。书桌前的老藤椅泛着暗黄，腿脚不再结实，此刻只有帆布书包安卧在它怀里。而榉木窗棂也已经腐朽变形，斑斑油漆像干涸的土地般龟裂，灰尘模糊了小块小块的方格子玻璃。拉开印有竹叶暗纹的蓝色窗帘，望出去是一片同样陈旧的世界。

这样的老阁楼，让你想起你奶奶的缝纫机，你父亲遗忘在抽屉底部的几枚肩章，或者是你好奇多年却不敢打开的一本塑料封皮旧日记。

而对于我来讲，记忆仅有的作用，只是一再提醒我，我曾经在怎样的毫不自知之中，练就了遗忘与漠然的禀赋，用以面对一些妄想中的，或者是事实上的非难。

夜里，当我在安静的阁楼里做题的时候，母亲常常会拿着打毛衣的棒针和线团请求来我身边陪我做功课。她表情悒郁，幽幽地念叨：“一个人在下面看电视冷清着呢，上来陪你坐坐也好。你只管做你的功课，妈不打扰你。”

我每次听见她的声音，心中都会哀伤。

而夜神还不懂得这些，它只会面无表情地伸出粉红的小舌舔一舔嘴唇，蓝眼睛慵懒地望着我。我转身做作业，它便很快索然无味地离去，在房间里独自一圈圈神经质地游走。

是那种静得只能听见自己一个人的呼吸的生活。

母亲害了肝病，越来越虚弱，早上起不了床，终日几乎是以中药为食。

我自然要照顾她。于是每天清晨，我比鸽子起得早，在黑暗中穿衣，然后到厨房去煮鸡蛋，蒸馒头，冲牛奶，煎中药，洗脸刷牙。把早饭和药都放到桌上，唤醒母亲，然后背上书包便去上学。

因为沉默寡言，一直都是受人忽略的孩子。到母亲工厂的工会阅览室去借很多的书来看。那些书种类繁杂而陈旧，有许多或许自买来就从未有人看过。借书的陈姨说话唠叨，却心地善良，每次看到我去，她都分外热情。而我也经常可以获得多借几本的特权。

我借到的第一本书，是出版年代久远的《安娜·卡列琳娜》。繁体字。人物的名字有下划线。中间有很多很多缺页。开篇的第一句话，托尔斯泰说："幸福的家庭都是相似的，不幸的家庭，各有各的不幸。"

而关于这样的旧书，我又想起芥川龙之介的一句话。他说："人生就像一本缺页很多的书。说它是一本书，的确很勉强。但它毕竟是一本书。"

那些年，我差不多看遍了阅览室所有的书，从《汽车修理》到《水浒传》，饥不择食地阅读，囫囵吞枣。我从不间断地看，无论是在午休时安静无人的教室，还是在人声鼎沸的课间。有时候一整天，都不会说一句话。而我的私人世界亦因孑然独立而被完好地保存了起来，不被任何人所窥视或者打扰。比如说，当我与夜神一起坐在楼顶晒太阳的星期天下午，或者在深夜的台灯下面写一些从不寄出的信的时候。

而彼时我还不知道母亲的病已经到了那步田地。

夜里她肝疼得睡不着，就坐在床上彻夜不眠地织毛衣，神经质地不肯停下来，又开始偷偷用吗啡，已经上了瘾。发作起来的时候，就像毒瘾发作那样死去活来。我一开始还不知道，只能惊恐万分地在门口看着她痛苦的样子，吓得不敢说话。

母亲第一次连续五个昼夜目不交睫，我从梦中惊醒，听见她在楼下哭。我忐忑不安，轻手轻脚地下楼去，推开母亲房间的门。灯依然亮着，毛衣的线团散落了一地，母亲因为连日不睡，眼睛里已经全部是血丝。她神经质地对我絮叨，说她总是头痛欲裂，可是到了晚上还是睡不着。

母亲满是血丝的眼神，空洞而绝望地望着我，望着我……想说什么，一句话也没说出来。

我束手无策地站在那里，心里像是一大片漆黑的荒原，燃烧着熊熊野火。

母亲独自一人把我从小养大，我知道她的苦，但我从来都不知道，那是一种怎样的苦。我成长至今，唯一能够了解到她内心的途径，无非是她时不时的哭泣。而生活在绍城的郁郁寡欢的平民们，因为底层生活的诸多艰辛，并不对眼泪见怪。包括我。毕竟我们常常在还未清楚了解痛苦的来源之前，就已经安然地接受了它的结果。

母亲的肝病不见好转，失眠很严重，抑郁，幻听，厌食，精神常常游走在崩溃边缘。常常卧床低烧，浑身无力。形容邋遢憔悴，越来越自闭，拒绝任何形式的出门。已经不能够去上班，只请病假在家。

工厂效益不好，她一分钱的工资都拿不到。

我照顾母亲的生活。她不肯出门，于是我每日放学回家，顺路从菜市场买菜，回来给母亲做饭，煎药。家里终年弥漫着中药味。到了月中旬，就去收发室领取父亲的汇款单。我时常庆幸，因为父亲的抚养费，我们的生活还不至于捉襟见肘。

而当我背着书包提着一篼蔬菜和生肉走出菜市场，被偶然碰到的同学奚落或者嗤笑的时候，我已经再也不会像小时候那样冲过去跟他们打架了。

我视而不见地走过去，心像一块无动于衷的石头。

读书用功。成绩优异。我一度天真地以为，我的成绩会使母亲骄傲，笑逐颜开，心情豁朗……进而康复并且正常起来。然而没有。那段死寂的岁月，母亲每况愈下。持续了三年。到我中考的时候，母亲终于还是住院了。

医院简陋而萧条。母亲的病房就在一楼，我每日放学都会绕去看望她，但我总是不敢进去——我只是趴在窗台上，踮起脚尖，远远地，怯怯地看着我可怜的母亲：她躺在病床上，盖着薄薄的白色被单，浑身插满了各种各样张牙舞爪的管子，吊瓶从来都没有取下来过……

母亲闭着眼睛僵直地躺在那里，似乎毫无知觉，周围也没有人，空旷而明亮的病房里面洒满了白得晃眼的阳光，看起来仿佛是近在天国的门前。我就这样踮着脚双肘趴在窗台上长久地凝视她，脚酸手麻，却不敢挪开目光，因为感到无限清晰的害怕，只觉得母亲要离我而去，眼泪就不知不觉地唰唰掉下来……

我多想回到童年时光。彼时我还是和伙伴们一起在冬天溜冰，在夏天游泳的无忧无虑的孩子，彼时父亲还会在除夕之夜顶着大雪归来，进门之后放下行李，便把我抱起来举过肩头飞快旋转，笑着叫我的名字，城城，城城。而母亲的柔和笑容，徐徐绽放。

但我知道这一切再也回不来了。

在绍城阴霾的苍穹之下，我年复一年地告诉自己，一切都会好的。一切都会有的。我就这么念叨着鼓励自己，因为书里面告诉我说，人可以失去一切，但终究不能失去希望。

2.

初中毕业的夏天。

那日我一大早就去学校拿重点高中的录取通知书，心情有些愉快，照例在回家的路上顺道去买菜，我想多买些母亲喜欢吃的做好了之后给她送去，一起庆祝一下。

忙活了一阵，我端着热腾腾的饭盒出了门，胸口衬衣的口袋里揣着一纸通知书，灼热明朗的阳光下面，我像匹骄傲的小马一样匆匆往医院跑。那日依旧是苍白的晴朗，有些炎热，高大的杨树被风吹得唰唰响，我一路跑着，汗水从额头上痒痒地滴下来。

跨进医院的大门，我就看见一大群人在住院楼前围成一圈，慌张而恐惧地窃窃私语。我忽然一阵莫名的紧张，挤过去看——

一具尸体赫然近在眼前，潦草地被一张蓝色的床单罩着，头部一大摊黑浓的血蔓延到地面上，床单末端露出的半截小腿赤裸着，也没有穿鞋。

人群中一个惊慌的声音忽然叫我的名字，绍城！！——你怎么来了！！快走啊……

是陈姨。她拽着我往外拖，人们也纷纷拽着我往外拖，他们都慌乱起来，有一个声音无意中说，造孽啊……怎么被孩子撞见了啊……

一瞬间我无法呼吸，感觉五脏六腑突然被掏空，一具皮囊站立不稳……一阵古墓般的寒气从脚底传遍全身，头晕目眩，饭盒砰的一声掉在地上，热气尚存的饭菜撒出来，立马被踩成了烂泥。

我发狂一样不分青红皂白地对阻拦我的人拳打脚踢，挣脱了之后就朝母亲冲过去……

我扑在母亲身体上惊慌地号哭，恐惧万分，却又在意识不清之中撩起了床单——就这样母亲惨不忍睹的遗容逼进我的视野——头骨都已经摔得变了形，像一个上了朱红油彩的薄薄的皮影人儿，黏稠的血混合着脑浆从头下蔓延出来，鼻腔也出血……我被吓得不停惊叫，眼前一黑，几近昏厥过去。

那年暮夏发生的事情是命途之中的一个巨大地堑，深深裂缝触目惊心地横在路上，一直劈入地心去。那一季夏天，我常常整日独坐，千百次地问，母亲为什么要以这样的方式离开我呢？回答我的声音除了墙上的挂钟又咔嗒一声走过一秒之外，仍然是阒静。我明白这永远是没有答案的提问，我想，也许只是她太累，从生活中再也看不到一丝希望吧。但是，连我也不能够成为她的希望吗？但凡想到这里，我心里便有隐隐的恨意。

彼时我几乎夜夜噩梦。一再撞见母亲那张满是血的脸，然后痛哭着醒来。我开始惧怕睡眠。在夜里一想起来，就怕得浑身颤抖。

陈姨好心收留我在她家借住。我没有回过家。也不敢回家。在事情发生之后的很长一段时间里——那些空落的白天过后的黑夜，那些不眠的黑夜过后的白天，我不知道家里阁楼上的鸽子是否依然在白昼里一遍遍寂寞地飞翔，从窗口望出去的夕阳是否依然如一汪猩红的鲜血。而我也不知道夜神因为饥饿早已溜出了家，独自出去觅食，不再回来。

这一年的流火七月，我过得晨昏不辨，昼夜不分。像个真正的弱者，一言不发地等待命运的判决。命运中有些事件就像是一个不知从何处踢过来的皮球，张牙舞爪地飞过来将你砸晕，有时候碎了一地的金银让你中个头彩，有时候泼了一身的粪土让你翻身不得。世上重大的幸运和厄运都是没有前兆的，也发生得毫无道理。可惜我们常常花费一生的时间去试图追问这个本身就没有答案的问题。

陈姨替我联系上父亲，把事情都告诉了他，让他回来接我。我知道无路可走，只能离开绍城。

父亲回来的那天，陈姨陪我去车站接他。我站在车站的广场，想起了几年前他离开我的时候。同样的夏天，同样的烈日。

如此我又看到了他。他下车的时候，脸上挂着疲惫困顿的神情。我们面面相对，咫尺之遥，就在那一瞬间，我便觉得他老了。他走过来，只是摸摸我的头，没有言语。这一切与我设想中的情景，完全是一模一样的。

“我们回家吧。”他淡淡地说。

夜里，父亲与我一起在家中吃晚饭。他问我：“行李收拾好了吗？”父亲语气平淡，又略带小心谨慎。我沉默地点点头，埋着头不看他。他便又带着无奈，犹豫地伸手过来轻轻抚摩我的头。

翌日临走之前，我却忽然想起了夜神。自从母亲出事，我就再也没有看见过它了。我不顾父亲的阻拦，出门寻找。在烈日下，我汗流浃背地循着条条小巷找遍了所有它逗留过的墙脚，但是仍然不见踪迹。最后我筋疲力尽地回到楼下的院子里，难过地站在太阳底下痛快淋漓地落泪，狼狈不堪。父亲走过来，一言不发地摸摸我的头，然后牵着我手，带我离开。

我回头，看见我童年时久居的小阁楼还留在那里，在明亮的日光中，瓦片发亮，鸽子们沿着屋脊站立成一排。灰尘迷蒙的窗户面向我，犹如一双眼睛注视着我。

绍城，再见。

3.

我跟随父亲来到南方城市。刚到时，夏天仍未结束，空气潮湿闷热，持续下雨。从来没见过那么丰沛的雨水，四处都有茂盛的阔叶植物，层层叠叠覆盖着，拼命往上蹿，姿态格外盛情，仿佛一抓就是一把绿。道路两旁的法国梧桐，蓊郁的枝叶在行人的肩上留下无数斑驳的影子。

当我和父亲出现在他的新家时，我愣住了。

凯站在我的眼前，说，绍城，你终于来了。

这个回忆中的少年，已经长得那么高。穿着宽松的白色T恤，一条看起来很清爽的水绿色的短裤。修长而健康的胳膊和腿。趿着人字拖鞋。刚刚洗了澡，头发湿湿的，散发着一股洗发水的味道。干净而年轻的脸。他对我说，绍城，你终于来了。

我难以置信地看着他，无力地垂下手，将行李重重地撂在地上，抬起头困惑而伤感地看着父亲。父亲表情尴尬，轻声对我说，城城，有些事情你慢慢会知道的。

那便是我来到这个家庭里的第一天。凯带着我一一看房间。这是饭厅，这是厨房，这是主卧，这是副卫生间，这是我的房间……

房子虽不是十分宽敞，装修却精致考究。凯的房间，地上铺的是从大阪订购的榻榻米。卧具都是进口的棉布，一片纯色的米黄，枕头是正方形。房间里贴着格调简约高雅的墙纸，与枫木家具十分相衬。墙上挂着各种各样的叶脉标本以作装饰。靠近窗台的地方，放置着一架天文望远镜、一套架子鼓和一把吉他。写字台前方挂着一张巨幅的黑白布画。一个梳辫子的女孩的背影，提着篮子，独自一人消失在空旷的麦田。远处的地平线上有一棵树，仿佛那就是她的家。

凯说，这是我最喜欢的一个乐队的专辑封面。他望着我的时候，眼睛还是那么明澈。

父亲在凯的房间里面铺好一套干净的卧具，他说，这里地价太贵，我们家的房子不够宽，你就先和凯住一个房间吧。我点点头，从包里拿出毛巾和洗漱用具，走进卫生间去。

我站在莲蓬下面冲澡，疲惫不堪，觉得周围陌生，又卑微无力。竟忽然想起母亲来，于是双手捂住脸，一边冲洗，一边在水中流下泪来。

我披着浴巾走进房间里，看到凯坐在电脑前，荧光打在他的脸上。他回过头来看到我，然后就笑着关掉了电脑，走过来拍我的肩膀。我一边擦头一边看着他手脚利索地在榻榻米上铺好了我的卧具。阔别了三年，那个夜里，我们像是回到了小时候。躺在黑暗的房间，彻夜不眠地聊天，有说不完的话。

凯缓缓对我说起，当年父母们一起停薪留职下海闯天地，凯的父亲意外身亡，我父亲出于道义，在种种难关上帮了凯的母亲很多大忙。他们渐生情愫，到后来……这就是为什么，我父亲坚定不移地与我母亲离了婚。

之后父亲来到这里，与他母亲重建家庭。随后，他们把凯和奶奶也带来了。然而凯的奶奶承受不住晚年丧子的打击，也不适应这里的气候，很快病逝。这一串变故像一场暴风雨，过去之后，一切狼藉但又平静。这就是他们一家三口现在的生活。

凯一直说，我沉默地听着。说到凌晨的时候，凯起身，一言不发地走过去，坐到高凳上，用天文望远镜观察星空，只给我留下一个轮廓模糊的背影。他说，绍城，我真怀念，若现在是在你家的阁楼里，那么不知会看见多少星星。

他又说，你爸爸把你母亲的事情都告诉我了。一切都会好的，一切都会有的。绍城，你要相信。凯的言语中有无限镇定与温和，让我觉得安心。

我没有应他的话，因为疲累，渐渐睡了过去。

那是我在那个夏天，头一次沉睡，并且在沉睡中没有梦见母亲的死。

在新家的生活还不错。

有时候我感觉自己似乎已经具有遗忘的禀赋。我以为我会朝思暮想绍城的阁楼、鸽子、夜神……然而事实上我几乎很快就把它们扔在了脑后。爸爸和凯的母亲对我都很好，凯也一直陪伴我，看得出他们都在千方百计地帮我平复心绪。我内心感动，却不愿表露。

那段假期，凯带我到处坐公车逛逛，也买些衣服、球鞋，熟悉下城市街道，有时候带我去看他的一些外校朋友的乐队排练，站在一堆人前面，笑着向别人介绍，这是我兄弟。下午他就带着我骑单车去海边游泳，像我们小时候那样，直到月色已高才回家。

那处海滩显然很少有人来游玩。沙滩很粗粝，十分硌脚，岸边也有岩石。但却因为人少，独享一份安宁。

我第一次看见海。站立在咸涧的海风中，因徒然面对过于广大无边的蓝色，忽然就言不由衷地落寞起来。凯朝海边走去，半路上蹲下去捡起了个什么东西。他站起来的时候，举起一只风筝高兴地朝我叫喊，绍城，这里居然有一只断了线的风筝！

我就这么远远地看着这个回忆中的少年。那日他穿着一件条纹蓝白相间的纯棉T恤，健康而年轻的身体，沾满了阳光的味道，头发和衣衫都被风吹得像要飞起来一样。少年举着一只斑斓的风筝，笑着大声叫我的名字，没心没肺的样子。身后是一大片蓝得让人狠狠心疼的海。忽然间我觉得他像一只生活在海洋深处的漂亮海豚，又快乐又寂寞，和一只寄居蟹做伴就可以度过一整个温暖的下午。

他是我的少年，也是我自己。

月色下的大海，凉爽至极。一阵阵浪潮给海岸线缀了精致的白色蕾丝。海边除了涛声，万籁俱寂。我们并排着躺下来，双手枕在脑后。仰望壮丽的银河，胸中有怆然的欣喜。

凯伸手过来，轻轻抚摩我的眉毛。他闭着眼睛仿佛是在细细感受，说，绍城，抚摩一个人的眉毛的时候便可以知道他的心事。很久以前，你在我家睡着了之后，我抚摩你的眉毛，便觉得你不开心。因为你在梦里都没有舒展眉头。

于是我也就很忧心。

第三章

1.

九月。我与凯进入同一所高中。

我不习惯南方学校的陌生环境，也不怎么听得懂身边的同学说话，所以常常懒得开口，甚至不愿抬头看人。各种各样的小情绪经过青春期的发酵，整个人不知不觉中总是面带阴郁沉默的神色，看起来便是拒人于千里之外的模样。刚进新学校，就暗自感到几乎所有人都对我敬而远之，似乎有种善意的孤立。

而凯不一样，三年的南方生活之后，他像一束晴光，瞳孔明亮湿润，仿佛眼中淌着一条热带雨林深处的河流。他朗然的笑容，十分讨好，却也丝毫不造作。挺拔的身躯。干净的衬衣。面庞上的线条日渐英武锐利。刚进高中，他就已经成了风云人物。跟他走在一起，总会有女生指指戳戳或者议论纷纷。

我知道，他向来就是这么出众的。

我厌倦生命的重复。但是依然要这么无可选择地生活。因为住在同一处家，我和凯便每天几乎形影不离。一道上学放学，上课下课。他的座位就在我的前面，我与之行都常常看到他趴在数学课上睡觉的背影。偶尔我会忍不住用笔戳他，把他弄醒。也有很多时候他莫名其妙转过身来看我们，不过多数时候是找我的作业答案来对。傍晚他总要打会儿球再走，我便在空荡荡的教室里做着作业等他，偶尔做累了，就站起来走到窗边，看一会儿他跟同学在楼下操场打球的场面。那时候还没有晚自习，离开学校的时候，我总是已经做完了作业，而他的收获是满头大汗或者中了几个三分球的开心。

他喜欢在校门口吃一点菠萝羹或者葱花煎饼再走，于是回家的时间常常是拖到很晚。在点亮了华灯的街道上，我们两个人一前一后骑车，大声地聊天。他总喜欢把手搭在我的肩膀上并肩骑车，时而把我揽得很近，时而猛烈摇晃我，却又暗自紧紧抓住我的胳臂，不让我摔倒。每天回家后，都是面对一样的父母，吃一样的晚饭，睡一样的房间。只是他常常懒得做作业，尤其是英语、语文之类的，喜欢直接拿我的来抄。

如此的生活，令我恍然间觉得青春只是另一场童年，漫长得永远不会消失一样。

凯又开始弹吉他并且打鼓，在学校风风火火地组了一个乐队，是队长。有人曾经对我形容他小狼一样的笑容。凯带着那样的笑容招摇过市，吸引了一串女孩子的目光。而我走在他旁边，相形之下神情阴郁冷漠，只像一块面无表情的石头。我知道同学们常常背地里取笑我是一张扑克脸。

在开学考试中，我第二，而同桌的叶之行是第一。叶之行是前十名中唯一的女生。

三毛曾用这样的话来写她的一次情动：“今生就是这样开始的。”

之行长发漆黑如瀑，又犹如飘摇的歌声。肤色苍白，并不爱笑，因为格外的聪慧而眼神镇定安宁，目光有秋阳的潋滟。与灵气的夜神一模一样。非常地瘦。她于我的印象，就像是一只长久习惯于飞翔的鸟。她的长发在埋头写字的时候倾泻下来，若与我坐得靠近，便会铺散到我的桌面上来。如同一片最暗的夜。

这样过目不忘的美好，是令人甘愿用整个青春去相遇的姑娘。之行，之行。

虽然是同桌，我与之行一直没有什么言语。除了上课之外，我依然大部分时间都在阅读，虽然看的书都与课业无关。很习惯在人声鼎沸的课间，一个人旁若无人地坐在那里读书，可以什么都听不到。心无旁骛。

做课间操的那个长课间，活跃的男生们拉着凯去踢球，一拨人吵吵嚷嚷地带着一路笑声跑出去，剩下寥寥几个人在教室里做卫生迎检查。我从来不去做操。班主任忍无可忍地找我谈话，无非就是说那些集体荣誉感，和同学要融洽相处……我顺从地点头，但是还是不会去。成绩好，老师也就无可奈何，不再管我。

叶之行自然不会与班里那些麻雀般吵闹乏味的女生深交，但是因为为人随和，她和每个人的关系也都不错。君子之交淡如水的味道。唯独与我显得生疏。开学三个多月以来，我们都还没有说过话。也许又是我性格的缘故。我并不觉得失落，相反，隐隐感觉我们都在将对方特殊对待，多少令人欣喜。

学校的新年艺术节上，我们班的合唱节目刚刚完毕，紧接着是叶之行的大提琴演奏。合唱的同学众多，退场拖延了很长时间。我最后一个从舞台上走下来，在后台与之行擦肩而过。她走过我身旁，我却看到她头上的白色花饰掉了下来。我犹疑了一下，从地上捡起花饰追上去。在出场口，我站在她身后，伸手将花饰从她肩上递过去，之行转过身来，看到是我，略有惊奇。但她镇定自若地朝我微笑，说，谢谢，已经来不及弄上去了。我马上就登台。

话音未落，幕布已拉开，台下掌声似潮水般起伏。

我回到观众席，注视着舞台上的叶之行。她穿白色的演出礼服，与另一个弹钢琴的女生合作演奏了两首大提琴名曲*Ave Maria*，*Arpeggione Sonata*。

琴声深处哀婉凄切，我却心绪繁杂，无心聆听。凯看见我手里的白色花饰，竟脱口就问，怎么，叶之行的吗？

我点头不语。我没有告诉他，此刻我多想能够亲手将它戴在之行那泼墨般的长发上。

凯看着我手里的那只花饰，又意味深长地看看我，没有说话。

那个夜晚，晚会散场之后，我找到之行，递上那朵头饰。她演出服未脱，抬头望着我。身着盛装，她看起来仿佛不是往日我认识的之行。目光凌厉，仿佛刚刚润过泪，柔如丝帛，亦似期待我最起码的礼节性的恭维。然而在散场的人潮涌动之中，我望着她的眼睛，竟说不出一句话。只是一言不发地站在那里。咫尺之遥，唯恐被她的美再次捕获，于是深深地低下了头。

叶之行有点失望，她接过了那朵花，说，谢谢，绍城。我得去换掉演出服了。再见。

我心绪烦乱，沮丧地走出礼堂。在正门口，凯骑在车上，远远地招呼我一起回家。我告诉凯，我不走，我等之行出来。如果她没有人陪伴，我要送她一道回家。你先走吧！

凯听完，眼神复杂地看着我，没有说什么，转身离去。

那日我便等在那里，良久之后，仍不见之行。我不甘心，又走回去，发现礼堂已经清场完毕，连门也紧锁了。我心里凉透，只好独自一人慢慢骑车回去。

在楼下的花园里，我看见凯还百无聊赖地坐在单车的后座上等着我。我诧异，问，怎么不回家？

凯镇定自若地望着我，说，我刚刚把叶之行送回去。想必你也没有到家，正等你一起上楼。省得爸妈担心。末了，他又说，我现在才发现，原来之行和我们差不多顺路。

我难以置信地看着凯。黑暗中，我们一言不发地对视。我觉得凯的眼神十分复杂，并且隐隐觉得事情并没有那么简单。

2.

新年晚会的第二天，上完两节课，我还在有些为昨日的事情情绪不佳。做操时间到了，班主任特意来催促，大声说，今天教委领导来检查，全部同学都下去做操！言毕意味深长地瞪我一眼。凯也拉我，不停地说，走啦，走啦……

他的哥们儿在催他下去踢球，他一边应和着一边回头一个劲儿叫我。我不理会，独自拿一本杂志埋头翻看。凯的朋友们等得不耐烦，便直接过来把他拽走了。全班人都逐渐离开了教室，叶之行迟迟未走，我看她一眼，没有多想，便只顾埋头看杂志。待人去室空时，她站起来说，绍城，下去做操吧。

我抬头一愣，怔怔地看着她，未来得及想出如何作答，她又说，好歹不能上了三年高中一次广播操都没有做吧！她又微微笑起来。

那是我们第一次说话。我低头略略迟疑，便合上了杂志，随她一起走出教室。

走在楼道上，刚好遇到气喘吁吁跑上来的凯。他吃惊地说，你要去哪儿？

我说，能去哪儿？做操呗。

他难以置信地看看我，又看看之行，说，班主任刚刚专门叫我上来捉你下去做操呢，靠，你小子什么时候这么自觉了？他使劲拍我肩膀，又不怀好意地说，哦……是人家叶子叫你的吧……原来你也……

我不耐烦，便打断他，不就做个操嘛，班主任说什么领导检查，临走时还瞪我一眼，我能不去吗……

话音未落凯便一巴掌拍我肩膀上，说，当我第一天认识你呢，靠，越是老师叫你怎么着你越不会怎么着吧，你这背地儿使坏的……

我们打打闹闹下楼，叶之行不言语，听着我们两个扯淡，笑而不语。

当日放学，凯下去打球，我像往常一般留在教室里做作业。之行说，每天都这么晚回家吗？

我笑笑，说，等着凯。

那我和你一起等他吧。之行说完，不由分说便坐下来拿出了作业。

我暗自惊喜，却又强作镇定，两人不说话，安静地开始各自做作业。不知怎的，她坐我旁边，我完全做不进去作业，无法专心，但是心情却特别愉快。凯打完球跑上楼来的时候，看见我们坐在一起，朗然的笑容骤然收敛了起来，他皱着眉头非常突兀地冒出来一句，说，你怎么还在这儿？

我们都愣在那里，不知道他到底指的是谁。

从那日起，凯放学后竟然不再打球，坚持送之行回家。诚恳而殷勤是他的魅力，加上又顺路，情理之中，让人无法拒绝。凯总是一下课就转过身来，走到我们俩的课桌前，笑容温和地对之行说，收拾好了吗？我们走吧。

之行坐在他的单车后座上，我们三个人共骑一路。为了保证父母永远看到我们同时回来，我就在分岔口驻足，等待凯拐进小巷将叶之行送回家，然后反身出来与我一道回去。

我一个人落寞地站在分岔口目送凯和之行离开，仅那么一小会儿，心里像被一只铁杵不停地捣搅，说不出来的滋味儿。

那样的滋味儿说不出来，却愈加鲜明地刻在我的脸上。那段时间我沉默得像一只影子，与凯变得生分而尴尬。我们两个人再也不会彻夜说话，取而代之的是我看书直到深夜，而凯无所事事地用天文望远镜观察星空，或者轻轻在一边拨吉他练习音阶，用节拍器打拍子。他也会没事儿找事儿地跟我说话，蹲在椅子上像只小鹰似的。我若做题做得烦，就会直言不讳地说你别折腾了行不我做题呢。他通常都会一声不响地提起吉他走出去。

那样的夜晚，在疲倦不堪的间隙，我抬起头来，常常会觉得我又回到了绍城的小阁楼。但又觉得，物非人非，在这个离家遥远的南方城市，再也看不到鸽子一遍遍出巢飞翔，也没有了灰蓝色的苍穹，没有月光。

3.

那夜我又开始反复做噩梦，梦见坠楼而死的母亲，梦见我扑过去，撩开来一看，却又是之行的脸……我哭喊着惊醒，满头大汗，醒来便止不住地流泪。凯被我吵醒，他不问我怎么了，也不开灯，只是十分熨帖地沉默着，摸摸我的头，让我安静，然后起身来走出门去从厨房给我倒一杯热牛奶压惊。他抚着我的背敦促我喝完牛奶，温厚的手掌停留在我的肩上，我听见他对我说，没事儿，没事儿……

我捧着热气腾腾的玻璃杯，抬头便赫然撞见凯深深的目光，深得像一口井，引人不自觉地坠落，却又看不到希望。

沉默了很久，最后我忍不住问他，凯，你是不是很喜欢之行？

他反问我，你是不是也很喜欢之行？

我埋下头，没有回答。他也没有。

4.

中午放学的时候，我到办公室找班主任物理老师给我单独讲题，一会儿几个同学气喘吁吁地冲进来，大声说凯出事了。我心里一惊，跟随他们跑过去。原来是他的乐队要排练，占用了一帮排舞的人的场地，两帮人本来就有过节，这次更是互不相让，出手打了起来，凯被他们从阶梯上推下去摔倒，骨折了。老师来了之后厉声呵斥，几个打红了眼的学生都只好停手。凯狼狈不堪地蜷在地上疼得直叫，我赶紧过去扶他，可他疼得根本站不起来，只是用力抓着我的肩膀。我被他拉近，却听到他的第一句话竟然是说：这下你可以单独送之行回家了……

我气不打一处来，忍不住骂道，什么时候了，你还说这些！

在凯缺席的那段日子，我终于如愿以偿地获得与叶之行独处的机会。夜里晚自习放学，我让之行坐在我的单车后座上，送她回家。

我以为我们会很开心，然而事实却并非如我愿。

以往我们三个人同路时，一路上都托凯的福，欢声笑语不断。但当只剩下我与叶之行时，我们就一路沉默无言，闷得快要让人窒息一样。我担心之行会厌烦，于是问她，之行，和我在一起是不是很闷？

之行不言。良久之后，她忽然又回答，没有，没有。声音十分柔和，在我的身后荡漾开来如浅浅的涟漪。

若不是亲自送她一程，我真不知道她家门口的小巷这么美。两边的墙面爬满了蓊郁的爬山虎，墙角青苔阴凉地顺着走势延伸过去。偶有一丛丛娇艳欲滴的蔷薇，翠绿的枝条从墙头倾泻下来，其间点缀着些许暗香袭人的深红花朵。

沿着这一路幽香深入，直到她家楼下的院子。那夜她穿了堇红的裙，跃下车的时候裙摆荡漾起来。之行的头发在灯光下闪着幽蓝的光泽，一只朴素的蝴蝶结系在辫梢。她跳下我的车，在暗淡的路灯光线中对我说再见。我一寸寸目送她的身影消失在夜色里，舍不得她走。

于是我叫住她，说，之行，以后我能够每天都送你吗？

她转身望着我。那一刻她与我近在咫尺，我闻到她身上雨后草地一般的辛香，一时间愉悦却又伤感。

她没有回答，只是站在那里目光闪闪烁烁地看着我。

我心下一阵戚然，忍不住伸手把她抱在怀里，轻轻亲吻。

5.

那段日子我和她走得很近，像校园里的大部分情侣一样，课间一起去做广播操，回来用保温杯打热水冲雀巢咖啡，中午一起在学校门口的餐厅吃饭，午休时在教室看书聊天，或者趴在课桌上睡觉，自习时找一个安静无人的教室坐在一起做作业，同戴一副耳机听歌，放学骑车带她回家，上学路上我提早出门，在她家的巷口等着她一同去学校。周末偶尔一起去看望凯……我依旧并不与她多说话，只是我觉得，我的心意她能懂。

凯还在医院的时候，爸爸叫我每个星期天都去病房陪他给他补课。可是不管我在跟他讲什么，他总是听得心不在焉，让他补作业，他也不做。有时候我拿书本拍他的头，叫他认真点，他就那么怔怔地望着我，问，最近之行怎么样了？

凯出院回家，已经是三个月之后的事情了。家里的写字台上放着一摞我从学校给他带回来的试卷和题集。他把那些卷子拿起来看了一眼，又很不耐烦地扔到一边。

石膏还没有拆掉，凯每天要夹着一副拐杖来上学，腿上绑着厚厚的固定石膏的纱布，看起来很滑稽。我们的教室在三楼，我就每天都要背着凯上楼梯。叶之行帮我们拎着书包拿着拐杖，我背着他一步步爬上去。凯伏在我的背上，把脸靠着我的脖颈，故意像马驹一样用鼻孔使劲喷气，痒得我不行，还不知好歹地揶揄我，绍城，这样下去练一段时间你就可以变成肌肉猛男啦……

终于有一次我忍不住停下来大声骂他，再聒噪我就把你扔这儿！一个大男人好意思说自己不会用拐杖上楼梯也就算了，还这么没良心！凯见我停下来生了气，就又装孙子一样哄人，用敷衍的语气赶紧说，好好好我不说我不说……

旁边的叶之行就笑我们俩。我看看她，忽地有些不好意思，也就不跟他计较，赶紧上楼。

那段时间我们三个还是一起回家，但是戏剧性地变成了凯拖着一条木偶腿坐在我的自行车后座，骑到了分岔口就停下来，然后我让他乖乖待在那里等着我送之行进院子。

送走了之行，我折返回来，看见巷口的昏暗路灯下凯落寞地坐在我的自行车后座，表情无辜而又无奈，单脚着地的样子很滑稽。我走过去，他便低声问我，绍城，你们在一起了吗？

我说，算是吧。

我们一路无言地骑车回家。凯拿着拐杖，腾了一只手扶着我的腰。一路上他扶着我，竟越勒越紧，又好像在抖。我纳闷，就把车刹住，停下来问他，你怎么了？

我扭过头去看他，他正低低地埋着头，说，绍城，从小到大，我都觉得是你需要我。但是我现在才觉得，是我要靠你。凯说完抬起头，我冷不防撞见了他的眼，目光那么深，深得像一口井，引人不自觉地坠落，却又看不到希望。

他就这么定定地说，绍城，你别想得到之行。我要她。

我隐隐觉得事情并不如他说的那般简单，可我又不知如何应对。我想若换作是别人我会跟他硬扛到底的，可是跟我说这话的是凯。从小帮着我护着我长大的兄弟，父母吵架的夜里躲到他家里去彻夜聊天的兄弟。我听了他这话，竟然什么都说不出来，只一言不发地继续踏上了踏板往前骑。可心却被死死地揪住，也说不清为什么。

凯受伤住院缺课太多，回到学校又变得对什么都提不起精神来，不愿看书做题，给他补习他也不耐烦，成绩就渐渐跟不上来了。腿好了以后，就又天天扎进乐队里玩乐器。

其实他以前一手搞起来的那个乐队里，除了凯一个人还在坚守，其他人都因为学业压力而退出了。乐队的朋友吃散伙饭的那天，凯把我也叫上了。在学校门口的小饭馆里，他们还喝高了。大家东倒西歪的时候，凯非要提议回到学校去打篮球。不知是他有号召力，还是大伙儿觉得退出乐队对不住他，抑或是大家都心情不好想要发泄，他们几个二话不说就朝学校操场奔去了。那天下着滂沱大雨，地面的积水踩上去四处飞溅，场景特别刺激。几个喝高了的孩子在大雨中打球，淋得浑身湿透，球鞋里都倒得出水来。他们摔倒在地上，哈哈大笑躺着不起来，白色T恤上全是泥水……那是在高三之前的最后一段时光。

凯的骨折刚刚好，我站在场外看着他在雨中打球，有些担心，可我劝不住他。大雨顺着我的脸滚落下来，我的眼睛越来越模糊。我看着凯，便想起了小时候的他，想起了母亲，想起了之行，不知为何觉得想哭。我不知道我那天究竟有没有哭泣，泪水或许已经混迹在雨水里，给我一个天衣无缝的掩护，连我自己都不可分辨。

可我真的想他们了。

我以为乐队的事凯会就此罢休，没有想到后来凯又跟以前几个校外的搞摇滚的朋友黏糊起来，借机投靠了几个还算有点小名气的乐手组了新的乐队，担任节奏吉他。他开始频繁地找机会溜出去，跟着那几个人浩浩荡荡地在街上窜来窜去找场地排练。后来一个挺有名的摇滚酒吧老板发了善心，在白天腾出四个小时时间关门停业，专门用给他们做排练。

凯背地里几次找到之行，要她参加他的新乐队，给他们写歌，做主唱。之行过来征求我的意见，问，你说我应该去吗？

我不明白为什么凯一定要叫着之行去，所以也就只是平淡地说，你自己看着办啊。

之行摇摇头，自言自语地说，高三这么忙，哪有时间啊……

我装作面无表情，可还是听了心里一甜。然而等到凯骄傲地对我说叶之行成了他们的主唱的时候，我简直不敢相信。我脱口就说，高三这么忙，之行她……

凯使劲捶我的肩膀说，你以为谁都跟你似的呀，读书不要命的……

因为是白天才能排练，所以他经常翘课。一旦要走的时候，就故意很痞地走过来告诉我一声，说，喂，如果老师、爸妈问你，你知道该怎么办吧？老规矩。他又会说，之行，我们排练好了你只需要花一点时间来配一下唱就可以了。

我厌恶他此刻的作态，于是只管埋头做题，低声敷衍地应一下。抬头的时候他早就走出教室了。

彼时年少的感情，骄傲又软弱。太纯太净，脆得像水晶。一些话，很小很轻，竟也可以在心上划一道赫然醒目的刮痕。

此后晚自习和周末，之行就时不时跟凯一起消失，去排练——或者是小演出——天知道。

但是为什么，我可以在人声鼎沸的课间旁若无人地安静看书，却不能在晚自习之行离开之后的安静的座位上做题。

她不在我身边，我心里难过又浮躁，真想撕掉书本冲出去找到她，只要看到她就好。我就这么在气氛压抑而安静的晚自习教室里难过地闭上了眼睛，想念绍城的小阁楼。想念那个在鸽子出巢飞翔的展翅之声中醒来的小小少年，睁眼便可仰望灰蓝色的苍穹，静默展开一片广袤而忧伤的笑靥。夜里独自抱着黑猫，面对一窗月光倾城的夜晚，静默无言。

之行，情动的第一刻，果真是世间万象向我们打开的第一扇门吗？若不是，那么为什么人总是因情而初次踏入纷繁世间，获得此生第一笔想念、第一次眼泪、第一夜的需索或者第一句注定幻灭的承诺，这样的路程终止于爱的静默，或者恨的喧杂。

是你对我说的吗？感情是照亮灰色人间的灯光。世间的万千感情之中，爱情并不最美丽，却最颤动人心。因了它的惨与美。

之行，之行。

6.

高三十二月的时候，年级里几个尖子学生要北上去参加一个考试，本来并不很想去，因为耽误上课，可是通过了的话，高考能加分或者保送，所以大家也就积极起来。之行也在列，不过她险些没被选上。同学们集体订火车票的时候，我没有参加，直接买了机票。问之行，她淡淡说，机票贵呢，谁都跟你似的，我买不起。

一句话就戗住了。

那段时间我们总是因为这样那样的原因产生隔阂。之行是南方人，可她一直梦想去北方。曾经我们要好的时候，我们说好要考一样的大学，说好一起在冬天去北方旅行，说好要陪她看一场雪……那已经是去年这个时候的事情了。我不知道她是否还记得我们说好过的事，心里一阵难过，迟疑地问她，之行，你可记得……我们说好……

她看着我的眼睛，明白无误地答，我记得，可是这是去考试，与其你叫我跟你一起走，你怎么就不能跟我们大家一起走呢？

我一时无言，心里十分失望。

坐火车北上的同学提前走了，之行也走了。身边空荡荡，叫我有些落寞。凯没管那么多，搬了座位到我身边来和我同桌。之行走后，凯又在放学后去球场打球，我独自在教室做作业，或者百无聊赖地站在窗边看着楼下那些打球的少年。天色越来越暗，我心里想念她。放学回家的路上，我们骑着车聊天，凯问我，绍城，你和之行考一样的大学吗？以后也在一起？

我说，谁知道呢，我们现在好像很不对劲。他又劝我，好啦没事的，你们总会好的……哪像我……真不知道高考我怎么办。

几日之后我到北京，刚好下了一场大雪。考场是设在一所名牌大学里，我到的时候天已经黑了，给先到的同学们打电话，他们却说他们正在外面和在北京的学长们聚餐。我只好独自带着行李一路问过来，把偌大的校园走了个遍，才终于找到了分给我的留学生公寓。那晚风特别大，一路都是雪，到了公寓之后又上下折腾，等办理好手续，管理员交给我钥匙，我已经疲惫不堪，打开门，环视一下这间一个人的小公寓，觉得环境很不错。把行李放在一边，倒在床上便睡了过去。

不知道睡过去多久，忽然被电话吵醒。竟然是之行。她只是简短地说，绍城，下楼来。

我下楼去，见之行一个人在大厅里等我，她牵着我的手便往外走。冬夜的校园冷寂多了，风很大，我的手揣兜里，迎面呼吸着清冷干燥的风，熟稔得好像是回到了绍城。之行很兴奋，一路咯吱咯吱地踩着路边的碎冰和积雪。我们走到一处空旷的球场，她看着大片平整无痕的处子般的雪面，高兴地走过去说，我们来画个什么东西吧。

于是我们两个人在那片雪地上踩来踩去，花了半个多小时，画出一朵巨大的向日葵。之行还嫌不过瘾，便又拉着我到看台上去看那朵花的模样。

你的花盘画得一点都不圆啊！她抗议道。我又回应她，哪像你的花瓣啊，整个儿都是参差不齐的，哪有这样的向日葵！我们打闹起来，跑下看台，跑到空地上，之行团起地上的雪，捏成雪球砸我，我们一边跑一边大笑，汗水都流下来。

那晚之行坚持要在宿舍区的修车店租辆自行车。我告诉她北方晚上骑车很冷的，可是她还是要我骑车带她在校园里转悠。一路上她十分聪明地将双手放进我衣兜里，贴近我的背，以免迎面吹风。我们绕着校园骑了很久。冬日北方的晴夜。暗紫色的苍穹上飘浮着几丝云朵，没有星辰。干冷的风唰唰地掠过高大的树木，树褪尽了叶子，覆盖着点点白雪的鸟窝夹在枝丫间，像是树的明亮眼睛。骑着车，扑面而来的风洁净而干燥，带着雪的气味。

夜色下的校园。沿着点亮了华灯的道路，我们经过了漂亮的综合体育馆、气派的教学楼、古朴的礼堂、高大的图书馆，路过在那些专为激励高三学生而耀武扬威地印在参考书封面的著名校园景点，路过一些做完实验匆匆低头走回宿舍的工科学生，路过灯火通明的宿舍楼，听到男生们唱歌大笑的爽朗声音，路过在灯光昏黄的林荫道下亲吻的年轻情侣……那样的时刻，我忽然觉得好像这一切就是我们梦寐以求的样子，我们咬着牙告诉自己熬过了这一年，一切都会好了，一切都会有了——就像我们现在眼前的这一切一样。

之行在我身后说，绍城，我太喜欢北方冬天的夜晚了。我觉得我们以后就会是这个样子的，就是在这里，就是在这样的晚上，我们可以在那些楼里自习，然后出来散步……住在这里的宿舍……我们会很开心的……

嗯……我相信。

末了，她又自言自语似的，无限肯定地加上了这三个字。

我感到她揣在我外套衣兜里的双手将我抱得更紧了，她的头靠在我的后背上，无限幸福甜蜜。我没有戴手套，双手握着车把吹了好久的冷风，已经冻得生疼，关节似乎都不能屈伸自如了。可我却不愿停下来，那毕竟是我们过得最开心的一晚。

在这个依稀看到了未来的夜晚，我们怀抱脆弱而盛大的憧憬，好像那些身外之物，说不要就不要了，而这个世界停留在那里等着逗我们开心。那是只有年轻时候才会有的不知天高地厚。但唯有这样的冲动和勇气，才叫我们过着这样热泪盈眶的青春。

7.

和她一起回到公寓的时候已经是夜里十一点半。我送她进房间。进门之后她未开灯，黑暗中她就站在门后，眼睛明亮地望着我。我们相视一会儿，她拉我进门。

她亲吻我的时候嘴唇还是冰冷的，像雪一样。我只觉得心疼她受寒，于是紧紧地抱住她。又隐隐觉得，似乎什么事情会发生。我的心脏几乎快要碎裂一样剧烈跳动。那一刻房间里静极了，窗外便是城郊，一阵城际轻轨的声音轰轰地掠过去，好像是碾在我的心跳上。

我几乎屏住了呼吸，沉默了两秒，突然我电话响了。接起来，是凯。

他一改往常的语气，声音非常低沉。他问，绍城，你到了吗？我担心你。

我回答他，一切都好啊，别担心。

他又问，你在哪儿？干吗呢？

我转过身去含糊其词地说，没什么，在公寓里待着呢。

聊了几句之后，我挂掉电话，转过身去看之行时，她已经百无聊赖地开了灯，站在写字台前收拾东西了。我一时间觉得非常尴尬，便轻声对她说，之行，早点休息，我回去了。

她点头，说，晚安。

接下来的几日我们连续参加考试和面试，时间虽不紧张，心理压力却大。考完试我就在考场门口等着她出来，一起去食堂吃饭。周围坐着不少考生，大声地在那里对答案，姿态又十分傲慢的样子。我们相视一笑，端起盘子便起身找一个安静的角落。我与之行都是讨厌考完试对答案的人，一边吃饭一边闲聊，绝口不提考试的事情。晚上的时候还是会和之行出来散散步。走路聊天时我劝她，之行，回去之后不要再去忙乐队的事情了，你以后可以有很多机会去组乐队，但是现在我们只有一次机会高考，我想看到你好起来……

之行接过我的话头，说，其实我也不是很想去，不过凯一直拼命求我，我过意不去。而且跟他们合作了几次，我也觉得非常有意思，我也就是去配一下唱，并不浪费太多时间，所以你不要担心。下学期如果太忙，我会退出的。

听她这样说，我便不便再多言。低头一路默默走着，回到公寓楼。

三天之后我们考完试，好多同学都一起订飞机票赶回来。在几千英尺的高空，气压一变我就开始耳鸣，整个侧脸的神经都疼痛不已。我咬着牙靠在座位上，闭上了眼睛。

到的时候是星期天下午，爸爸妈妈来机场接我，凯也来了。

他一看到我，便兴奋地扑上来拥抱。爸爸急切地问我，考得怎么样？我点点头，说，还行，应该没什么问题。

那日我们一家四口直接把车开到酒楼去吃海鲜。饭桌上洋溢着饭菜的香气，色香俱全的食物，父母和凯的笑脸……父亲叫了两扎啤酒，给我们斟了一杯又一杯。喧哗的大厅里回响着食客们五花八门的南方口音，觥筹交错之间，这甜美幸福的场景似乎完美得十分虚假，我一低头的瞬间，就回想起童年时在绍城与母亲相依为命的清苦生活。那些等待着父亲归来的冰冷年夜饭，那些隔着墙壁也清晰可闻的争吵，那些离婚之后母亲一人肝疼得辗转不眠的夜晚……

我抬起头来看着父亲和凯的母亲亲密应对的场面，不知不觉便想，当我顶着烈日一放学就赶紧回家煎好中药做好饭菜，汗流浃背地跑到医院给母亲送过去的时候，父亲正和这个女人享受着新居，开车兜风吃饭喝酒……我不堪再想，一瞬间觉得很难受。我放下筷子便离席而去，走到卫生间，头有点晕，伏在盥洗池边拼命地捧凉水洗脸。

良久，凯走到了我的背后来。他拍我的背，说，绍城，你怎么了？我不应他，埋头掬水，把脸浸在水里屏住了呼吸，觉得热血在往上涌。凯没有走开，一直在我身后抚我的肩背，那一刻我一闭眼，便看见母亲死去的样子，突然忍无可忍，转身啪的一下打开他的手，狠狠地瞪着他。凯被我弄得莫名其妙，看着我不说话，脸色也阴沉下来。我冲动之下，一把把他推进卫生间去，然后猛地抓着他的衣领，推搡着大声地问他，你老爸干吗要死？！你老妈干吗要勾引我老爸？！你妈跟我爸过好日子的时候，你知不知道我跟我妈过得有多苦？！她得了肝癌，整夜疼得睡不着，那会儿你妈跟我爸在床上厮混？！你又跑哪儿去了？明明发生这么大的事，明明就跟我爸在一起，也不吭一声，连封信都没有！！

我话音未完，凯一把推开我，啪地就给我一耳光。

他的手掌掴在我脸上，那样的重，我只觉得耳朵里嗡嗡作响，捂着火辣辣的脸，望着他，泪水不由自主夺眶而出。凯朝我吼道，你丫有病啊！你爸跟我妈的事情，关我什么事啊！你要发神经你也找对冤家啊！你以为我很好受啊？！你知道我花了多长的时间来接受你爸接受这个家？！

我一时只觉得屈辱，忽然失去控制一样扑上去就把他推倒，他后退，后脑勺撞在门上，我不理会，动手打起来，可他只是推挡我，并没有还手。我的拳头落在他鼻梁上，他疼得大叫，捂着脸的手一拿开，便眼看着鼻血流出来，染得满手鲜红。我被这鲜红给震慑住，停了手，趔趄地爬起来，酒楼的保安过来了，爸也过来了。我被他们架着带出去，凯也被扶了起来。

我的搅局，终于把一家人闹得不欢而散。

回去的路上，我们坐在车里，沉默不语。父亲开车和母亲坐在前面，我与凯并排。我清醒过来，心里万分愧疚。怯生生地看看凯，见他正把脸转向窗外，不愿理我。那晚我们一直都没有说话，睡觉的时候，我躺在他旁边，他一直背过去无声无息，也不知道是不是睡着了。我问，凯，你睡着了吗？

他没有吭声。

我说，凯，对不起。

他还是没有说话。

这是这么多年来我们第一次这样闹架。我想到他之前一直推挡我却始终不还手，觉得自己十足可鄙。我难过得裹进被子里，蜷起身来，觉得浑身无力，渐渐睡了过去。过了很久，我被屋里的响动弄醒，睁开眼睛来看到凯坐在望远镜旁的高凳上，一直在那儿看着我睡觉。

我说，你醒了？

他走过来，屈膝跪在我旁边，伸出手来摸摸我的眉毛。我闭上眼睛，感觉到他的手指在我的眉毛上停留。过了一会儿他又躺下，侧过身来，把手搭在我的胸口。这是我们年少时的习惯。那是我们还在绍城的时候，大冬天夜里，屋里暖气很差劲，我们躺在一起靠得那样近，相互取暖。只是长大后，我们都不再会这样。

人长大之后，真的什么都变了。

第四章

1.

一个终年都是同一种颜色的城市更容易让人习惯生活的死水，心安理得。绍城是灰色，这里是绿色。无处不在的绿色，叶片和雨水细细密密将视野包裹起来，绿色填充了城市钢筋水泥的缝隙，天空中鸽子振翅的声音被噪音淹没。生活被整齐地切割成与上课下课、开学放假相吻合的无数段落，整块整块往下掉，一切都过得太快了。

从北京考完试回来一个月之后，我得到了好消息，考试顺利通过，高考可以加分二十。可是随之而来的坏消息是，之行没有通过。那段时间晚自习，老师们轮番找她谈话，说成绩，说高考，还包括强行制止她跟我再交往。家长会那天散会后，我和之行，还有我们的家长，都被老师叫到办公室去专门谈话。她的母亲愤愤地对我说，以后离我们家之行远一点！你们现在是在自毁前程，懂不懂？

我低头说，阿姨，您别误会，我们什么都没有。

之行的母亲情绪激动地说，什么都没有？那要等到什么都有了的时候再说啊？！

老师怕大家闹大了，息事宁人地叫我和我的父母先回去，之行还留在办公室，我走出去的时候回头看见之行当着老师的面被她爸爸掴了一巴掌，眼泪唰唰地掉。我想家长们还不知道我们搞乐队的事情，否则她肯定更惨。我心情复杂，觉得对不起她，什么都不敢说了。

我们的座位也被调开了，凯成了我的同桌，之行离我们远远的，我时常回头去看她，却总是只见她埋着头做题，心情似乎很糟糕的样子。

我特别认真地跟凯说："凯，你放过之行吧，不要再让她去你们乐队了，她真的需要专心读书了……"凯却泰然自若地说："这样的事情得看之行自己的决定吧？我们瞎操心也没用吧。我生日的时候我们乐队将有首场原创作品的演出，这段时间正在排练呢。"

"我不光是说之行，凯，你也该收收心了，高考这把刀还悬在你脑袋上呢，你就忍不了这半年吗？等你考上大学有的是时间玩乐队啊！"我正色道。

凯白了我一眼，揶揄我："好，老妈！我听你的！"

下课我去找之行，说："之行，乐队的事情，你能不能不要掺和了，你看，你上次考试没有通过，对你来说高考压力更大了，我们说好要考上……"

没想到之行特别敏感地抬起头来打断我的话说："绍城，我自己知道该怎么办，你不用管我。乐队的事，既然已经到这个份上，我不能现在一走了之。你不要跟别人讲就好。"

"你也不要再跟我提那次考试。"她又加上一句。

我愣在她面前，不知道说什么好。

那段时间，老师把我们俩看得紧，我与之行之间冷却下来，几近回到以前的样子。但她依然与凯相处得很投机。上午最后一节课他们一起逃了体育课去排练，回来的时候下午第一节课也迟到了。他们手牵手走到了教室门口，被老师抓个正着，老师无奈地点点头让他们进来，班里有一阵嘘声。凯坐下来的时候，我说：“你们也太嚣张了，老师一问我就得帮你扛着，你也收敛点吧，真是的。”

凯转过头来贴在我耳边问：“你跟叶子掰了？”

我一惊，说：“你干吗这么说？”

凯邪气地笑笑，说：“她今天跟我说你们完了。”

我被这话噎住，还没有想好下文，凯就说：“好啦不就失个恋啦，有什么好躲躲藏藏的。还有我呢。”

我气得骂他：“有病！”

那一整节课我彻底没有听进去，想不通为什么凯会咬定我跟之行已经分开，想不通为什么之行会和凯说那样的话，想不通他们为什么突然这么好，手牵手走到教室门口来……我想问，却又终究不敢问，浑浑噩噩地过了一个下午，撞见之行的眼睛，心里都会像刀割一样疼。晚自习是英语模考。已经开始了十分钟，我拿着整张试卷，感觉一个字都看不进去，情绪紊乱至极。我忍无可忍地撂下笔，一言不发地当众直接收拾书包站了起来，找老师请假，说我发烧不舒服想要回家。

老师相当信任我，临走时还把我带到办公室，十分关切地坚持倒了杯水让我吃一片阿司匹林。

我想我确实病了。

回到家里，我扔了书包，躺进被窝里就睡。凯照常是上了晚自习才回来，我装作睡着了，也没有搭理他。我暗自和自己打了个赌，要是今天晚上十二点之前之行没有给我来电话或者问我怎么提前回家，我就彻底忘记她。

事实是，那天晚上之行就真的没有消息。我不甘心，可笑地一再把这个打赌的期限单方面推迟，一点。两点。三点。天亮之前。上学之前。最后我对自己说，要是早自习结束之前她都还不过来跟我说话，我就彻底忘了她……

结果仍然没有。我的心凉透了。

那是连难过都没有时间的高三。我知道我不能难过，因为我昨天一个晚上都没有上自习，欠下了一张英语考卷，欠下了四科作业……我跑到厕所去冲了一把凉水脸，回来便镇定自若地开始补作业。

真是一段难熬的日子。但是我知道我会挺过来的。独自冷冷清清过了段时间，凯十八岁生日就到了。那天是周六。依然是雷打不动的补课。下午最后一节课铃声骤然响起，教室瞬间就嘈杂混乱了起来，有些迫不及待想要回家的同学甚至已经跑出了教室。我拿着一本折着角的参考书上前去问问题，老师说，好的，跟我到办公室来。

我跟随老师走在走廊上，却撞见凯和之行亲密地交谈着。我努力目不斜视地从他们身边走过，手中却紧紧攥着那本书，内心有一股无以言状的苦涩。我想，我这样的家伙——只知道下课之后尾随着老师到办公室去问参考书上刁钻的例题，平日里吝啬笑容，郁郁寡欢的家伙，大概只会是一个让人兴味索然的角色。

突然间我为这个我不喜欢的自己而感到难过。

老师耐心给我解题，又与我交谈了一些学习情况，不知不觉过去很长时间，窗外天色已经昏暗。我谢过老师，走出了办公室。回到教室门口却发现人早就走光，前后门都已被锁上，而我的书包还留在里面。我摸出手机想打电话找教学楼值班室的人帮我开门，开机之后却看到凯的短信。

“怎么关机？锁门了，书包我已帮你拿走，你别回家了，我们今晚在L有首场，叶子也在，你快来啊，我都给爸妈说好我们在外面请同学吃生日饭。”

L是他们乐队排练演出的酒吧，他也一直管叶之行叫叶子。我合上手机，摸摸衣兜发现侥幸还有一点乘车的零钱，本来想直接回家，却又不能这样连书包都没有就一个人回去，于是还是只好去L，顺便去看看之行。

自从察觉她对凯的加倍殷勤回报以无限暧昧，我便拒她千里，因为我怎么也懂不了她，我也放不下自尊去冰释前嫌。我们莫名其妙冷战很久了。

我在L门口看见凯的乐队首场演出的招贴画，迟疑很久，终于进去挑了一个角落里的僻静座位坐下，蜷在沙发里不愿抬头看人。凯上场前在我身边坐了一会儿。他已经脱掉了校服，穿便装和牛仔裤，也许是因为快要首场演出的缘故，人显得精神。他面带若隐若现的微笑，目光滞留在人群聚集的吧台，漫不经心地对我说：“还有半个多小时就开始了。你就在这儿坐吧。喝什么？”

我说：“不想喝。”

他忽然微笑，侧过脸来对我说：“你什么时候能够不按照我意料中的话来回答问题？”说完，他拍拍我膝盖，站起来转身离开。

一瓶嘉士伯，半杯冷牛奶。凯把它们放在我面前的桌子上，见我无动于衷地望着他，他便又帮我开瓶，将啤酒冲进牛奶里。

“这样很好喝，我觉得你会不喜欢单喝啤酒。”他说。

我看到他埋着头弯下腰来开瓶的动作，T恤衫的领口里露出好看的锁骨，脸部只留下了线条明快的下巴的轮廓。那一刻我们无限逼近，周围无限黑暗。我忽然有些伤心。

这曾经是十多年前与我一起在绍城度过漫长岁月的伙伴。而今……发生了很多事，我们都不再像从前。

大约是气氛所致，我突然对他说：“生日快乐。”

凯抬起头来微微错愕，很快就明亮地笑起来，说：“别装了，你想什么我可清楚呢。我可不让你见叶子，她在配果间一个人待着呢。你也别想拿到你书包闪人回家。”

他说完就晃晃悠悠地离开了。

凯走了。我一个人安然待在角落，目光四处逡巡，看到吧台边上坐着一个穿着草绿色敞领棉衫的年轻女子，衣着极简洁，甚至朴素，一如她垂顺的漆黑辫子，在灯光之下闪着金属般的幽蓝光泽。世间有许多因为过分的衣饰和妆容而美得累赘的女子。可是她的美没有一丝多余。如同四月的夜晚一般温和而清凉的脸孔，隐隐约约映照在她对面的玻璃墙上，变成一纸写意的水墨肖像，被我看见。她身边的一群朋友在说话，唯独她安静地听，开口极少，却一直带着雪地一般素净的笑容。

与之行如出一辙。

来L的人越来越多，不知过了多久，凯和他的乐队成员们上场了，设备调了半天，最后终于清晰地听见鼓手举起鼓槌开节奏的四下清脆声响，激烈的鼓点和贝司就铺天盖地而来。前面有不少人站了起来，我什么都看不到，于是索性坐下来，在丛林一般的人群中，紧握着杯子埋下了头。

就这样我听到她的歌声。在舞步一般的鼓点独奏中，她吐字模糊地轻轻念词。一段她的念唱结束之后，节奏吉他又跟进。他们的演奏，基本上一半是原创，一半是穿插自己改编的Maximilian Hecker的歌。我不知道之行这么喜欢Maximilian Hecker，我从她那里听说MH还是我们刚刚认识不久后的事情。我回忆起那时的她。

那时放学后凯去打篮球，她留下来和我一起坐在教室里面做作业，她塞着耳机听音乐，某个时刻我忽然听见她耳机里面爆发出轰鸣的噪音，惊讶不已。我用胳膊轻轻撞她手肘，说，你耳机里面的声音，我都听见了，那么吵，会伤耳朵的。叶之行一脸茫然地摘下耳机，认真地对我说，吵到你了？对不起，其实MH的歌不是这样的，只是刚才那段比较激烈一点而已。你听吗？

她把耳机塞过来，给我听了一首*My Friend*。

事隔已久，我此刻独自在黑暗的角落想起那一天。之行，你可知那是我们此生第一次愉快交谈。你对我说起MH这个来自德国的乐手，在柏林苍穹下开始音乐生活的腼腆青年。我与你一样一瞬间就爱上了他的歌，*Rose*，*Kate Moss*，*My Friend*，*Snow*，*Powder Blue*……我记得你写下的听MH的感受，你说——“像是远远走过来的一个刚刚哭过的孩子，深黑瞳仁如两颗飘浮在太空深处的寂寞星球。湿润的睫毛像是带着露水的青草那样好看。深夜你想在他的声音中背身睡去，却感觉到他就在身边，在黑暗里扭开一盏柔和的灯，沉默不语。”

我慢慢陷入回忆，站起身来，费力地挤过人群到吧台边去。耳边依然还是沸腾的演奏和杂乱的人声，我渐渐觉得有些微微头晕，疲倦得忍不住趴在厚实的原木吧台上，在嘈杂中闭上了眼睛。

那个时刻我看到的是一些光感饱满的记忆胶片飞快地从眼前拉过去。童年除夕之夜的绚丽烟花。晨曦中鸽子飞翔的身影。还有父亲温和的脸。与凯一起游泳的池塘。母亲忧郁的病容……

我这么年轻，居然就已经有了回忆。

不知道昏睡过去多久，我被旁边一个陌生人不小心猛撞了一下，陡然醒了。回过神来的时候，之行的歌声还在木吉他的琴弦上轻轻飘摇。吉他手换和弦的时候左手手指与指板摩擦发出尖厉的声音，引人沉迷。我又听见*My Friend*。

她的声音却比MH暗淡惨伤，像失焦的相片，带着欲泣的气息之声。那是我头一次听见她的歌声。我被她的声音击中，低头不语。

Can you hear me stumbling, my friends

’cause suddenly the darkness became my friend, that strokes my head

Can you hear me counting the days

’cause every little second that passes by just hurts like hell

Leaving is my only choice

Will you cry for me

’cause all of the men that looked in your eyes

And all of the boys that lie at your feet

Forget how to breathe，forget how to speak

And all of them want you tonight

So hold me tight

……

临近尾声的地方，歌声与节奏吉他停了下来，在原本安静的长段主音吉他独奏中，人群陡然兴奋呼叫起来，我不知道怎么回事，直起身来向前面探望，目光穿越人群，便看见凯正在台上吻她。

我怔怔地看着，只觉得疲倦而伤心，便又伏下身趴在吧台上，蛰伏在心底的难过，突然将我击倒，我埋在臂弯里哭了出来。

2.

之行过来拍我肩膀的时候，我才抬起头来。她说，过来和大家喝两杯吧，算是庆功，也给凯过生日。话音未落，她已不由分说拉着我过去。光线很暗，我看到她微醺的面色，知道她也许已经喝得有点多了。但是她看不到我脸上的狼狈泪痕，于是我趁机在她背后用袖口狠狠地擦干。

夜深，酒吧里的人已经渐渐稀少。乐队的人围坐在一起，除了凯与之行两个仍旧干净年轻的少年，其他几人都带着常年混迹夜店的颓废面貌，令人联想起他们的浑浊生活，几乎令我不愿与之对话，只坐下来喝闷酒。过了很长时间，我已经非常疲倦，而凯和之行却兴致大好，和几个乐手一起情绪亢奋地边喝边说话，言谈之中叶之行姿态十分轻浮，与之前判若两人。

我预感时间已经很晚，想到父母必定已经非常担心，于是打算回家去。起身走到配果间去把书包拿了过来，正准备开口和他们打招呼说我回家，坐在对面的之行却忽然伸手拦住我，然后大声叫所有人安静，站了起来狠狠地斟了一大杯酒，在众目睽睽之下端着杯子朝我走过来。

她靠近我的时候，身姿轻佻妖娆，陌生得令我几乎不认识。我不忍看到她的酒后失态，扭过头去，头脑中浮现出初次见面的场景。那个引我情动的瞬间，好像已经沉在海底，不复追寻。

之行的笑容带着无限伤感，她笑着站在我身边说，绍城，干杯。

我们响亮地碰杯，一饮而尽。她竟先喝完，眼神锐利地逼视我的眼睛，问，喜欢我今天唱的歌吗？

我一时不知她话下之意，于是一言不发地低下头紧握杯子僵立在她面前。

她忽然无奈地苦笑，又说，记得前年新年晚会结束的时候，你拿着我的白色头饰追上来要还给我，我回头一看你，你就一言不发地低下了头……绍城，你知不知道……

凯预料到什么，很敏感地起身走过来打断她的话，说，你喝多了，叶子，过来跟我坐。

凯温和地抚摩她的肩膀，牵着她的手把她往怀里拉，试图安抚她，可是之行转过头去，特别难过地说，凯算我求你了这一次你一定不要拦我，抱歉我是真的不爱你，我一开始就不懂得拒绝你，我也只是一直拒绝不了你……对不起……对不起……

凯愣住了，脸色渐渐铁青。之行又转过头，眼泪倏然滑落，急切地对我说，绍城，我后悔从那个瞬间起喜欢上你。因为我喜欢的是你最不配被喜欢上的地方。你几乎毫无感情，冷漠孤僻得让人觉得你从来就不曾想过别人，从来没有人能了解你究竟在想什么，你只会自怜自恋……

之行未说完，凯竟然粗暴地强行伸手捂住了她的嘴，眼神坚硬得像冰，叫人害怕。

众目睽睽之下，凯一字一顿地说，你不可以这样说他，你根本不了解他，他经历过的事情，从来没有对你说过，所以你根本不可能了解他，所以你根本不可能知道他究竟在想什么！

凯大声喊着，我与之行都难以置信地看着他。他的眼神那样深，深得像一口井，他又大声说——可是我知道！这么多年，我与他从小一起长大，我全都知道！除了我之外，没有人了解他！我更不可能让你喜欢他！我恨不得你消失！

凯几乎是拽着之行的手臂，带着哭腔失控地对她大喊出来。

之行被吓得面无血色，与他面面相觑。

我瞠目结舌……只觉得忽然间世界都静了下来。一切都是这么突然，却又好像都是注定。凯已出此言，也许略有懊悔，在一段漫长的寂静之后，他深深地埋下头去，双手缩了回来，落寞地转身走到一边。只剩下我与之行面面相觑。

良久的沉默之后，之行只是轻轻地问我：

绍城，你从来没有对我说过你的心里话。我只想问你一次，就一次——你喜欢我吗？

我怔怔地看着她，又看看凯，一言不发，背上书包夺门而出。

走出L，冷风吹来，人便清醒了些。我一路慢慢走，觉得想来可笑，难道我如此喜欢之行，她竟丝毫看不出来吗？我在他人眼中果真这般冷漠无情吗？忽然间我内心涌起对自己的巨大失望。我想告诉她一切，可是只要一想到凯还站在一边，我便无论如何说不出口。

我一路想一路走回了我家楼下，最终决定还是不进去了。毕竟浑身酒气，凯也没有在一起，回家必定被父母反复盘问。如此一来只好又打电话到家里，撒谎说我们和同学吃饭弄得太晚，死党留我们在他家过一宿，明天星期天反正没课，今天晚上我们就不回来了。

凯的母亲接到我的电话。她非常相信我，还一再说这么晚回来不安全，叫我们在同学家好好休息。也许是由于内心一直歉疚于我母亲的缘故，她对我十分关爱，也小心客气。她也不敢多问，我便挂了电话，但心中难受了起来。

3.

伟人说，我们可以在有些时候对所有人说谎，也可以在所有时候对有些人说谎，但是我们不能在所有时候对所有人说谎。

4.

那夜我不断给凯打电话，想要告诉他我已经向父母撒了谎，为了统一口径要叫他也别回家。但是凯怎么也不接电话，我无奈，只好守在楼下等着他回来，担心谎言穿帮。坐在石阶上，喝的酒在胃里翻腾，我一阵阵头晕，疲倦得坚持不住的时候，终于蜷缩着睡着了。

翌日凌晨，我被身边清洁工扫地的声音吵醒，勉强睁开干涩的眼睛，发现天刚刚蒙蒙亮。我头疼欲裂，想打电话找凯，可是发现手机没电到根本开不了机。

转念间又觉得，凯如果回家来，肯定会碰得到我坐在这里。而就算他碍于昨日发生的事不愿叫我，他也必然为了让父母安心而和我一起进家门。何况他一直没有回我的电话。究竟怎么了？

我不由得担心起来。于是顾不上太多，便赶紧打车往L赶去。

L关着门，我越发一阵焦急，使劲敲门。过了很久，鼓手才睡眼惺忪地来开门。我劈头就问，凯呢？他朝里面努努嘴，我便跟着进去。

凯还昏睡在配果间的沙发上，叫他也不醒。我又问鼓手之行在哪儿，他不耐烦地扔下一句，他们三个人昨晚送叶之行回去了。

我想到贝司手、键盘手还有主音吉他手他们三个人送叶之行回去，应该不会遇到什么事，于是稍稍放下心来，把凯叫醒，扶着他去卫生间洗脸。

凯仍然站不稳，看到他那狼狈的样子，我忍不住数落他，怎么这点酒量都没有，都睡了一晚上了，还这样。昨晚你竟然就这么睡了，也不想想之行的安全，还好别人送她回去了。

凯靠在水池边，在哗哗的冷水中洗头洗脸，关了龙头，又一言不发地俯下身，撩起T恤胡乱擦擦脸，抬起头来，湿漉漉的，憔悴而疲惫地看了看我，什么也没有说。

那日我们又在L休息了一会儿，我给凯喝了醒酒汤，中午的时候我们若无其事地回了家，仿佛真的是若无其事。

直到下午五点的时候，班主任打电话到家里来。

父亲接完电话，脸色铁青。他转过身来神情万分严肃地说，叶之行一夜未归，直到现在还没有消息。老师说，有同学透露，你们昨夜一起到酒吧去演出了。

你们必须说实话，到底怎么了？

我被直觉中的凶兆击中，顿时觉得手心渗着冷汗。我看到凯埋下头去，双手支撑在膝盖上，捂住了脸。

我知道她肯定是出事了。

5.

半个小时之后，我们赶到了叶之行的家里，班主任和两个民警也在。刚一开门，叶之行的父亲失去理智，劈头盖脸就给了我两个耳光，下手特别狠，我耳朵一阵轰鸣，被扇得趔趄后退，撞在凯的身上，他用力扶住我。我的父亲忍不住说，大家是因为担心之行而来，请您冷静点！

凯见我鼻血流出，疼得直咧嘴，抬起头来大声吼叫，事情跟他没关系，你凭什么乱打人！

叶之行的父亲像暴兽一般大吼，你们人都站在这里了，还敢说没关系！她要是有个三长两短，我要你的命！说完扬起手就又要打人……

若不是民警上前把他按住，我想我和凯都会被他打死的。

那夜我们守在之行的家里，在电话机旁等待着她杳无音信的归期。

她一定是出事了。所有当事人的电话都打不通，也找不到一丝线索。我心跳狂莽，每一秒钟都是煎熬。民警在夜里八点的时候，决定照凯提供的那几个乐手的地址，主动出警搜索。

我们找遍了几个乐手可能住的地方，可是三个人都没有踪影。事情更加蹊跷了。终于在筋疲力尽的凌晨，之行的母亲从家里打来电话，说，别找了，之行回家了。

我们又赶紧折回，赶到之行家里。

当我看到魂飞魄散的之行被她母亲抱在怀里一直抖个不停，她们母女俩哭成一团的时候，我的泪水簌簌落下来。凯噙着眼泪站在我身边，一言不发地攥紧了拳头。

之行和她的家人都已经崩溃，我们意识到一定是出了大事。民警担心叶之行的父亲失去理智泄愤于我和凯，于是赶紧把我们送回家。

知道事情的全部真相，已经是在两天之后了。

我们还在学校上课，民警来找我们，把我和凯从教室里叫走，说是要作询证协助破案。本来要被带到派出所去，可是一个好心的老师说我们不能耽误太多的课，于是就协商在她办公室去给我们做调查。一路上我都非常紧张。凯在我身边，我知道他心里也很忐忑。

在那个老师的个人办公室里，那个身穿制服的警察在我们对面坐下来，拿出一沓公文来，照着文件记录把案情大致念了一遍，平静冰冷的声调像是在读一篇枯燥的课文：

——原来几个乐手一直以为凯和之行是一对儿，那晚串通好想给凯一个礼物，让他在十八岁生日和女友初试云雨，又怕叶之行的矜持成不了事，便自作主张在他俩不知道的情况下给之行的饮料里下了春药，然后佯装敬酒让她喝下。

可我们三个出人意料地爆发了争吵，感情的真相一览无余。晚上我走了之后，凯因为情绪恶劣，又灌下了半斤二锅头还有好几瓶啤酒，吐得一塌糊涂，不省人事地倒在配果间昏睡过去。鼓手也喝醉了，剩下贝司手他们三个。他们开始是好心，把意识不清的叶之行送回去，可是半路上，她饮料里下的药已经开始发作，几个猥琐的男人耐不住情欲，便把她带到旅馆……

翌日凌晨叶之行醒来，不堪入目的场景几乎令她昏倒过去。她哭喊大叫，几近失常。那几个男人不知她反应会如此强烈，怕她回去之后报警，不敢让她走，束手无策之下便先软禁了她一天，威慑了她一天……

警察面无表情地说，案情涉及了违禁药品，受害者的监护人控告强暴，嫌疑人已经躲藏起来，现在正在缉捕，你们必须提供一切知道的线索……

我早已经失去控制，联想起那晚叶之行反常的轻佻妖娆，心里像是被戳了一刀。未等警察说完，我便放声哭喊着当着所有人的面揪住了凯的领子，把他推搡到墙角去狠狠地撞。我大叫着，你这个浑蛋，谁让你扔下之行的，谁让你喝醉的！！……我骂着他，又想到那晚是因为自己先落荒而逃才惹出的事情，悔恨得生不如死。

凯的头在墙上磕出几声巨响，警察冲过来把我拉到一边，我眼睁睁看着凯的泪水沿着鬓角滚落下来，整个人背贴着墙壁无力地滑下去，像一只戳破了的沙袋，倒在墙角，露出后脑勺在白色墙面上留下的斑斑血迹。我不知道我下手如此之狠，自己也吓了一跳。

他蹲在墙角，半晌没有出声，末了，他凄凉地问，你他妈的就这么恨我吗?

6.

父母把我们接回去的时候，我看到父亲紧锁的眉头，伤心得不知道说什么好。晚上一家人坐在一起。那晚家里的客厅，静得像坟墓一样，灯光那么地昏暗。父亲还未开口说话，凯就忽然跪在我们面前，说，爸，妈，绍城，对不起……我对不起叶之行，也对不起你们……

凯的母亲把他扶起来，说，好了，凯，都别说了，都过去了，你们兄弟俩都要好好的……

她说到这里，我觉得凯好像更难过了，他扑进了他妈妈的怀里，我听不见他哭，只看到他的身体在颤抖。

依然还是要去上学。但是我再也没有在学校看到之行。也看不到凯。自从之行出事，他就一直逃学。我觉得我无法原谅他，于是也懒得管他去了哪里。即便是老师问到，我也说不知道。其实我本来就不知道他去了哪里。

可我知道我不能逃学，我要坚持下去，而且我要好好地坚持下去。我答应过她，我们要一起去北方，我们要考一样的大学，我们以后要像那天晚上一样，就在那所梦寐以求的大学里，就在清寒有风的冬夜里，自习，散步，我们说过要那样的……之行，之行，你快点好起来，之行……我咬着牙深深地埋着头，即便眼泪一滴一滴地湿了卷子，也依旧不停地写下去，好像我不能停止，停止了便是阻断了我们共同的梦。

凯整日不在，下了晚自习，我一个人回家。三年来，还从来没有一个人回家过。过去身边有凯，有之行，一路说说笑笑，那么快就到家。而现在一个人，才发现这段路走得这么孤独、这么长。回到家里，踏进房门的那一刻，心力交瘁的父母总是无奈而又无辜地问，城城，凯又没有跟你一起回来吗？我只是摇头，一言不发地走进房间去关上门做作业。

父亲轻轻地敲开门走进房间来，抚摩着我的头，说，城城，你们都该懂事了。

他多半也知道，自从之行出事之后，凯成天逃学不知去向，我独自一人在学校很受孤立，老师和家长担心这事情影响到高三的紧张学习，几乎视我为瘟神。而之行更是不可能来学校了……

被彻底颠覆的生活，像一道裂口横在未尽的路上。世界之大，我却不知其折或远。

7.

那日下了晚自习，我自己骑车回家。路过之行家的分岔口，忍不住停下来，久久望着之行的窗户。灯已经灭了。我徘徊了一会儿，就又回家了。

到了楼下，却撞见凯。他几日都逃学，我不知他究竟在做什么。那日在黑暗中，他站在我前方，仿佛就是在等我。我远远地就停下车来，看着他。

凯向我走近，我瞠目结舌地看见他白色衬衣上满是暗红的血迹，双手沾满了鲜血。

我站在原地动弹不得，只见凯走到我面前来，他眼神那么深，像一口井，引人不自觉地坠落进去，却又看不到希望。

凯轻轻靠向我，贴近我的肩，渐渐无力地倒在我身上。那一刻我与他无限靠近，感到他剧烈而无序的心跳，如同是远方的鼓声。我发不出声音，只能伸手紧紧抓着他的背，用力扶住，生怕他就这样倒在地上，就这样要在我面前死去，像个中弹的士兵。他疲倦地倒在我身上，却用尽力气一直颤抖着举起沾满鲜血的手，唯恐碰脏我的衣服一样。

我听见他说，绍城，我不欠你了，我也不欠叶子了……你别恨我了……我没想害她……我更没想害你……

他的血和眼泪沾染在我身上，像炭火一般烧灼着我。那一刻我觉得他开始快要从我生命中消失了。

就是在那一夜，他找到了那三个乐手，佯装是要说什么事情，把其中一人叫到厕所，然后二话不说，便朝那人捅了两刀，放倒那人之后回来，又用刀刺向剩下的两人，最后是被那个打架特狠的贝司手用玻璃瓶砸伤，才罢手……他蓄意伤人，虽然未出人命，但仍旧是逃不过坐牢。

他逃学那么长的时间，是为了去找到那三人寻仇。

这是我无论如何也始料不及的。

这一切发生在他刚满十八岁的时候。这个充满了黑色幽默的时机，使得命运的判决显得格外残酷。

我难以忘记他被送上囚车的时候的情景。车子渐渐离开，他的母亲几近崩溃地拍打着车窗，追着汽车跑了很远很远。而我站在原地挪不动脚步。只看见他回过头来透过后窗的玻璃神情荒凉地看着我，留下一帧少年的残像。他仍旧在那里看着我，可我觉得他的面容，他的温热的生命，已经从我眼前消失，遁入无尽死寂中去了。

8.

再见到之行，是一个月之后。我走出教室，无意中在走廊的尽头远远地看见了她的身影——在教务处的门口，她与她母亲站在一起，已经办好了转学手续，正准备离开。我几乎本能地就要喊她的名字，之行，之行，可是她的名字却哽塞在我的嗓子眼儿，我连声音都发不出来。

一瞬间我的心脏被狠狠捏紧，童年时目睹母亲死去的情景汹涌地急速闪回……

我立即退后，几乎只能靠着墙壁才能平衡身体。闭上眼睛的时刻，眼泪终于灼热地滚下来。

我将永世记得这一面。尽管仓促而突然，那是到毕业为止我见她的最后一面。之行的面容依然素净如雪地，只是没有任何笑容。事后多年才知道，因为做完一场人流手术，皮肤显得苍白无血色。

她短暂出现，然后迅速从我视线中消失。可是她渐行渐远的背影仿佛辐射着一股强大无比的磁场，我心里锐痛，只有紧紧背靠着墙壁，双手用力附着在冰冷的墙体上，才能控制自己的躯体抗拒那股磁场的吸力，不至于失控地奔过去把她抱在怀里，抚着她的长发，恳求她的原谅，并且回答我们最后一句未完的对话。

绍城，你从来没有对我说过你的心里话。我只想问你一次，就一次——你喜欢我吗?

我就这样于记忆的回声中渐渐失聪，蹲下来双手捂住了脸。觉得自己从此就再也不想站起。

中午回家之后，和父母一起去看守所看望凯。在会客室，因为没有隔栏，按照规定服刑人员必须戴上手铐。父亲怕凯的母亲承受不了这种刺激，恳求刑警宽容一下，给凯解开手铐。

狱警看着这明亮而漂亮的少年，因为诧异他为何会沦落成重刑犯而微微皱了眉头，恻隐心起，便答应了父亲。

凯坐在我们对面，一言不发。像一块冰石。他母亲拿出保温饭桶，里面热气腾腾的炖菜散发出香气。那是凯最爱吃的。她颤抖着将保温饭桶推到凯的面前，又小心翼翼拿出许多吃的和穿的，东西在凯的面前几乎堆成了小山。

可是这少年仍旧无动于衷，一言不发，神情肃穆而冰冷。

听着母亲泪流满面地对凯絮絮叨叨，我竟再一次忍不住落泪。咸涩的液体渐渐浸润了我的整张脸。我恍然间回到父亲走失的夏天。烈日下我在车站哭了一下午，眼泪已经干涸在脸上，辛辣而生疼。一时间我胸中一阵怆然，在凯的母亲那令人揪心的哭诉声中，紧紧抓住了身边父亲的手。

被告知时间到了的时候，凯一秒都没有迟疑就站起身来朝狱警走去，伸出双手等待上铐。

我看着凯被刑警带走的背影，叫住他，凯，等等。

我对他说，我今天见着之行了，她身体已经恢复，来办理转学。凯，其实你不必要这样，我根本没有恨你。

话音落下，我凝视凯穿着囚服的身影为此微微停顿了一瞬，然后又继续以平缓的步子走向拐角，最终消失。消失到另一个寂静的，充满了飞翔、麦田，以及回忆的世界中去。

他是我的少年。他也是我自己。

第五章

1.

其实我没有想到，我生命里最安宁的一段时期，竟然就是高三的最后两个月。

凯与之行都走了，我一个人在战场上孤军奋战，一副了无牵挂的样子。但我总害怕再也见不到她，而事实上我除了那样一个没有见证的许诺之外一无所有——要考到那所大学去，一定要和她在那里见面。

高三最后的日子里，在那些兵荒马乱的模考和灯光惨白的晚自习上，我总会一再想起那个冬夜里，她那样对我说起：绍城，我太喜欢北方冬天的夜晚了。我觉得我们以后就会是这个样子的，就是在这里，就是在这样的晚上，我们可以真正一起在那些楼里自习，然后出来散步……住在这里的宿舍……

我相信。

她说得那样笃定，我知道她一定不会忘记。

六月，在聒噪的蝉声中，最后一门考试结束的铃声响起的时刻，我放下笔，抬起头看见空白的黑板，头脑里第一个出现的，就是之行。

我无法确知，此时此刻，她是否也抱着同样无怨无悔的心情，在这高三岁月的告别式上，一个人缓缓从被落日镀成一片金色的考场校园走出来，在一大群喧闹的孩子中间——和我一样——避开那些大声地对答案的考生，避开那些被问东问西的学生团团围住的老师，避开那些扔掉书本勾肩搭背地去网吧的男孩，避开那些因为考砸了而蹲在角落里哭的女孩……默默地想念她。

我一个个想起那些人的名字——之行、凯、父亲、母亲、夜神，还有我的绍城……我一步步走着，好像一个光辉的青春段落，正在从我的生命中无声脱落，丢失在空茫的光年之外。

我回到学校去领通知书的时候，并没有想象中的兴奋。仿佛觉得这一切应当是理所当然。唯一放不下的事情，是找到我们的教务处老师，询问叶之行转学后的去向。

但是我得到的答案却只是：不方便告诉你。

2.

高考之后的日子，父亲一直都很欣慰。领了通知书的第二天，我们一家人去看望凯。凯朝我们走过来，大概由于已经渐渐习惯牢狱生活，他面色已经不再那样冰冷，却依然是死寂。我对他说，凯，我考上了。

他艰难地给我一个笑容，说，祝贺你！之行呢，之行也考上了吧？

我说……我后来一直都问不到之行的消息。

他不再说话。

3.

在去北京的飞机上，我惴惴不安地设想如果碰到了之行，该会怎样。到了学校，我到处搜寻新生名单，可是我始终没有看到叶之行这三个字。一学期下来，我彻底绝望了。之行没在这里。

你失约了，之行。我慢慢想着，又揣测起她出事之后经历的那些事情，我便觉得，也对，她过得一定很难。她又或许到了更好的学校，有她自己的新的人生。我竟感到一种诀别的意味，心下怅然。之行，之行。

大一的一年过得非常安静。独自一人在校园里上课，自习，吃饭，散步，日子像水一样流淌。走在校园里，总觉得身边少了一个人。

期末考试之前，下了一场雪。我跑到去年我们画了一朵向日葵的那片空旷球场上，一个人给她写了一地的信。写到最后鞋子已经被雪水湿透了，我却打不上句点。想说的话太多，我沮丧地躺在雪地上，躺在给她写的那封信上，闭着眼睛觉得眼泪在脸上结成了冰。

第二年开学的时候，另一个系的朋友在张罗他们系的迎新大会，他打手机给我说纯净水不够了，叫我搬一箱过来。

我扛着一箱水，悄悄走到主席台的后台，刚好听到主持人说，欢迎新生代表发言，当我听到该系新生发言代表“叶之行”三个字的时候，我心里一震，垂下了双手，那箱水砸下来，在木地板上发出一声巨响。台上的人全都侧过身来看我，之行听到响动，也转过脸来——我们四目相对。那个瞬间，我竟觉得我眼泪都快掉下来了。

之行显然十分镇定，她回过头去慢慢地把演讲稿念完。台下又响起掌声。我恍然间好像看到高一的新年晚会上，那个拉大提琴的女孩，头上的花饰掉落下来，被我捡起……三年过去了，我们终于又重聚。

我知道你一定会来的，之行。

无论经历多少波折，中间又相隔多少故事，这人世的桥，却总是架着你我相见的路。我们相见，仿佛总是注定，因此只需默默无言。是因执念着你我的缘分深深，因此总能挑起这世事的荣辱，每每印记，共同担当。我们生命的溪流便是这样渐渐交汇成河，静静流过光阴的平野。

4.

重新回到绍城，是在二十岁那年寒假。我带着之行，想回故地走走。阔别了七年。我寻找童年时的房屋，带她去看。房子还属于厂区的宿舍，工厂破败，没有资金修缮，所以即使外面翻天覆地，这里却还是没有被拆。我拍下了那些老地方的很多张照片。那两扇像流泪的眼睛一样的阁楼，童年时可以看见烟花的琉璃城堡，我和凯的小学，中学，暑假游泳的水库。

那夜下雪，冷得呵气成冰，我们在绍城的一家小旅馆房间里抱在一起躺下。我告诉她，凯和我，从小便是这样长大的。冬天的时候，我们在没有暖气的房间里紧紧靠在一起取暖，入梦。爸爸妈妈吵架的那些晚上，我也跑到他家去过夜；在学校里我一旦被人欺负，他必定站出来帮我，他第一次打架，也是为了我，在我睡着的晚上，他喜欢抚摩我的眉毛……

之行，人长大了，真的什么都不一样了。我好想他。

我们从绍城回来，一起回家去看望凯。

那是之行第一次去看他。在监狱的会客室，凯与之行相见时的表情十分复杂。我们坐下来说话，气氛却总是不对。凯剃着光头，憔悴潦倒的样子，一刀刀剜在我的心上，叫我几次忍不住要掉泪。但我又怎么会不知道，此刻手上戴着镣铐蹲大牢的，是他，比我更难的，当然是他。我怕他伤心，只敢露笑脸给他。到后来，大家都已经难过得说不出来话。之行把绍城老家的照片拿出来，让狱警递过去给他看，凯捧着那些相片，一张张看过去，眼泪唰唰地掉。一摞照片还未看完，他便当着我们两个的面，不可自制地伏在台面上放声痛哭，看得我心如刀割。

之行双手贴在玻璃上，泪流满面地对他说，凯，坚持住，没有什么坎儿是过不去的，你一定要好好的，我们等着你出来。

5.

在后来的许多年，我们的生活，自然不过是平平淡淡的幸福。大学毕业之后，我回到南方，帮着父母经营他们的产业。之行比我晚了一届毕业，我工作后相当卖命，为的是出钱供她到英国拿一个硕士文凭。她的父母因我的这份诚意，相当感动，原谅了我们年少时的过错，当即同意了我们的婚事。

之行当年为了调整环境而转学，高四复读，举家迁到了她父亲的老家去。后来考上大学，父母搬回这里来。结婚之后，我们也决意定居在南方，为的就是能照顾彼此父母，也为了能时时去看望凯。

那些年我不可想象，凯在牢狱中，过的是怎样的生活。我所能做的，不过仅仅是每个月都给管他的狱警不少红包，为的是能多关照着他，不被那些犯人欺凌。

那个世界的潜规则，也不过就是如此。我每周都去看他，当然不可能每周都在会客室见面，但我也会去他的监狱，让狱警把带去的东西给他。而每次见面，我都会看到凯的手臂上，又多了一些利器之伤。我不敢直接问凯，心里却非常惊恐，所以一再问狱警是不是有人欺凌凯，狱警告诉我说，放心，保证没有犯人敢惹他，这些伤，都是他自残造成的，没办法。我们能做的都做了，他住单独的牢房，牢房里没有任何可以伤人的利器，但是他还是要用私藏的刮胡刀的刀片，甚至陶瓷碗口的碎片自残。有很多夜晚，他一个人在牢房里痛哭。除了性格越来越自闭之外，凯处处都非常让人省心，表现非常好。

他后来获得了减刑，出狱的时候，之行还在外出差，于是只有我与父亲母亲去迎接。他从缓缓打开的铁门中潦倒地走出来，身上只有一件薄衬衣，左手将那只黑色的行李袋子放下，定定地站住。眼睛不适应光线，伸手遮挡在眉骨上，神情复杂地望着我们。

看着他胡子拉碴的铁青的下巴，干燥而凌乱的头发，一张抬不起来的脸，高大而憔悴的身形。我只觉得一阵从胸腔底部涌起的酸涩不忍，几欲落下泪来。我上前抱着他，紧紧地，拍着他的脊背，而他的双手却垂落着，似乎没有力气抬起来。

父亲在一边静静看着。凯的母亲哭着上前，拿出一件厚外套，絮絮叨叨地披在他身上。凯一直后退，泪水却已经在眼眶里打转。我看到他隐忍的表情，心里说不出地难受。这是在多年的生命空白之后，我唯一能有的心情。

该回家了，该回家了……

父亲絮絮叨叨地，扶着哭泣的母亲，拍拍凯的肩膀，轻声说。他沉默地点点头，躬身钻进车厢。

6.

凯在家闲了一段时间，暂时还未找到工作。他又很想自食其力，时不时痛哭着说他在监狱闲了那么多年了，现在好不容易出来，真的想要做点事情。父亲想到他连高中也没有毕业，刚刚出狱也不能做什么事，就说，你先开开出租车，不求你赚个什么钱，只是要凭自己本事挣饭吃。凯郑重地点点头。

他学车很快，领了驾照之后，就开始开出租车。凯非常卖命，起早贪黑地出车，总说要把买车的钱挣回来还给老爸，才算是靠自己本事挣饭吃。

春节将至的时候，之行出差回来，她似乎心情好了很多，我们的关系也缓和不少。除夕的年夜饭，是那么多年来头一次全家团聚。之行一家人和我们一家人，大家喜气洋洋地过了一个团团圆圆的春节。长辈们打趣着说要给凯寻一门亲事，还要让我和之行给他们添一个孙子……一家人逗起来，和和美美。

除夕夜的凌晨，之行睡下了。我起身来，走到凯的房间去。

如我所料，凯还未入睡，一个人竟大开着窗户，赤裸上身，站在窗前抽烟。南方冬天并不蚀骨冰冷，却也寒风阵阵。他转过身来看看我，没说什么，便又背过身去抽烟。我像童年时那样，跳过去倒在他的床上。

等他转过身来的时候，他那被夜风冻得发青的躯干，像一树冷杉一样孑然地立在那里，挡住了模糊不明的光线。寒风从他那冷兵器一样坚硬的肩峰上吹过，似在抛光他的身体轮廓。那线条有别少年时的单薄，却依旧担当着我多年的想念。

一时间我觉得那躯体仿佛在逼视着我。我们就这么一言不发地对视了些许时刻，然后眼看着他弯下身来抚我的头，捋起我额前的头发。他的瞳仁在暗处闪亮，俯身摸摸我的眉毛，叫我的名字，绍城。

凯躺下来，他的手搭在我的胸膛上，额头抵着我的肩，仿佛我们又回到少年时光。

那夜我心底这样感慨：一切有如旧日好时光。但如此的生活又能走多远。

7.

大年初一，凯早上睡了个懒觉，吃了午饭之后，又要去开出租车。我们都劝他，大过年的，别去了，他却笑着自嘲说，劳动光荣劳动光荣，要好好表现争取彻底改造。

出狱之后，我难得见他这样朗然的熟悉笑容，于是我走过去拍拍他肩膀说，准了！出去放风！他嘿嘿笑着，一脸高兴地就开车走了。

谁知道那日他一去，就再也没有回来。

那夜凯已经打算收车回家的时候，三个男子带着一个年轻少女在路边拦他的车。凯想多拉一趟生意也无妨，于是就让他们上来。刚一上车，其中一个就说了市郊一个荒郊野地的地名。凯皱着眉，觉得这么晚了不想跑这么偏远，刚想商量说能不能叫他们换一辆车，一扭头，那个坐在副驾驶位置上的流氓就拿了刀子出来。走也得走，不走也得走。他说。

凯镇定地回头，见到后座上那两个痞子，腰间都有刀，正把那女孩儿挟在腋下，那女孩儿怕得直抖，却被紧紧捏着嘴不敢说话。那一刻，多年前叶之行被那三个男人带走的同样一幕场景清晰地出现在他眼前，他控制不住地血往上涌。痞子见他想悄悄打手机报警，便一把夺过他的手机，匕首抵着他下巴说，杀了你我们自己开车过去也成，别给脸不要脸……

凯只好见机行事，刚刚开出市区，他隐隐觉得不对劲，原来后面那两个男人已经开始扒那女孩儿的裤子，竟然就在车里要强暴她……

他沉住气说道，几位大爷稍微忍忍，马上就到，马上就到，我这就再开快点儿。要是在车里被交警逮到了不好。

后座一个男人说，操，深更半夜哪来的交警！一边说又要动手。坐前面副驾位置的那个头儿估计是心里不平衡，便说，滚回去，着什么急！都给我别动！

凯一路把车开到了那荒郊野岭的地儿，下车前他求几位把手机还给他。那痞子的头儿想了想，把电池给抠了下来，还给他一个空手机，说，给你手机让你报警啊，你可小心，我记着你车牌号码，你要敢给我做什么傻事儿，从今往后你吃不了兜着走！

他们下了车，推搡着那女孩儿往田地里走，那女孩儿尖叫起来呼救，凯低头想用车里的无线电报警，可是太偏远，破机器半天找不到信号，眼看着那个女孩儿被拖走，他便掉转车头，开车冲过去撞了其中一个男人，可他怕撞伤那个女孩儿，又想到当年之行的惨状，便一时血往上涌，不管三七二十一跑下车来，扑过去和他们扭打在一起。

他寡不敌众当即被按倒在地，刀子像雨点一样落了下来，女孩儿吓得尖叫不停，那几人杀红了眼，停下来的时候，才见惹出了人命，便又把他扔在田里掩埋，开走了他的车……

接到别人报警的时候已经是第二天，我们赶到现场，只见他被裹尸布遮盖着，揭开来，已没有人形……隔夜的黑色凝血遍布全身……

凯的母亲当场晕厥，父亲扶住她，我失去控制地扑在他身上哭号，发疯一样喊他的名字，一把把他抱起来，重重地拍着他的背……不停地求他醒过来，求他马上给我醒过来……但是回应我的只有沉默，只有他无力垂落的手，他再也睁不开的眼睛……我紧紧抱着他的身体，跪在这荒野深处，撕心裂肺地哭喊着，泪流成河。

这冰冷破碎的身体，是从小为我遮风挡雨的哥哥，是陪伴我一路走来说好一辈子不离不弃的挚友，是深夜里摸着我的眉毛说会为我的忧心而忧心的少年，是沉默地爱着我的，多年来独自隐忍坚强过活的男人……我悲不自胜，抱着他躺下去，任谁拉扯也不肯起来……我只觉得他真的要离我而去了……

这是我生命中，目睹第二个亲人的死去。

8.

凯，现在过得好吗？我和之行来看你了。

每年他的忌日，我都站在他墓前，这样对他说。我放下一束洁白的紫罗兰，看着他的墓碑。在人间一样的陵园，在这陵园一样的人间，我总觉得好像一回头，他就还站在那里，沉默无言地笑着。

我知道他其实没有走，他好好地活着，一直都好好地活着。在我的梦中。在我至死不渝的想念里。

这是我的少年。也是我自己。

被窝是青春的坟墓
同名小说

1.

天花板上有一只大象一样的形状——是的，越看越像。他躺在寝室的床上，戴着耳机，把头捂进被子，对着那只想象中的大象，说，“让她喜欢上我吧。”

那只大象不为所动；但复读机里的磁带却戛然而止，缓缓旋转的磁芯暂停。音乐没了，一个自动回复似的、不带感情的声音，念道：

This will cost 75.4 meters, please press PLAY to confirm. [1]

他盯着那个PLAY键，食指触摸着那个三角形的符号，始终不敢按下去；他对着复读机又说了一遍，“让她喜欢上我吧。”

This will cost 80.8 meters, please press PLAY to confirm.

---

1 这将花去75.4米，请按播放键确认。

磁带又一次重复道。他怀着某种恼怒，徒劳地，把脑袋捂在被子里，和磁带玩着这个游戏，一次又一次许愿，随着愿望越来越强烈，所需长度不断增加，直到另一个声音说：

Sorry, insufficient remaining length.[1]

每次都是这样。他烦躁起来，摘下耳麦，举起复读机，盯着那两个带着小锯齿的转孔：卷着的磁带一边厚一些，另一边薄一些，好像两只眼睛炯炯有神似的，也盯着他。

就在这时，寝室门突然被撞开，室友回来了，嘻嘻哈哈地，隐约一股刚刚打完球过后的汗味儿跟着窜了进来，好像一群小兽回了山洞。

他赶紧把被子和复读机往旁边一塞，装作睡觉。

“觉皇！还在睡啊！？起来起来，给你看个东西。”室友难得回来一次，挥着一本游戏攻略杂志，不停地摇晃他的床桅。但他这会儿谁也不想理。他的确爱睡觉，但更多的时候是在装睡。装得久了，就得到一个“觉皇”的绰号，音同教皇。

2.

十几岁的生活，简直就是一望无际的草原，青翠，美丽，但青翠美丽了五百万平方公里——也就单调如同绿色沙漠了。年少意味着，金子般的时光，可惜没有自由——所以本质上还是活像一块块炭火，外表黑冷，内核很烫。

---

1 抱歉，剩余长度不足。

烦的事情很多，最烦的就是每一个早晨，起床铃声一响，生活老师就拖长了音调，用一种波浪般的节奏，高喊：

起床啦！起床……起床啦！起床……

每一声带“啦”的都是波峰，不仅更强烈，还伴随着粗暴的敲门声，经过走廊的震荡扩音，形成了回声。波浪沿着寝室一间间拍打过来，从那一头到这一头，由远及近……

到了到了到了赶紧塞住耳朵不然会很刺耳——砰砰砰！“起床啦！起床——”他不是没有想过利用那盘磁带让她闭嘴，甚至消失，但那代价太高昂了，他没舍得。他得小心翼翼地省着点儿用，往后不知道还有什么大用处在等着呢。

“不行，不能用这个方式让她喜欢上我”，他想着，“那也太衰了。世界上所有的捷径都可以抄，这一条不行。她一定可以喜欢上我的。她本来就可以喜欢上我的。”

3.

深蓝色的烟雾，从对面男生寝室的303窗口渗出来。像舞台布景一般的蓝色干冰，缓缓扩散。她最喜欢看熄灯的那一瞬间：一整栋寝室楼如同发光的蜂巢，瞬间陷入黑暗，各种气氛的色彩变得鲜明，唯独只有303带着蓝色。

临睡前，她又特意看了一眼。确认那个颜色还和以往一样，然后就心满意足地躺下了。得赶紧入睡，六个小时后又要起来了。

冬天六点半起床，是除了数学之外最大的噩梦。她和室友们睡眼惺忪地爬起来，蠕动在《运动员进行曲》慷慨激昂的噪音里，大家梦游似的刷牙洗脸穿衣服。出了寝室楼，操场十分黑暗，四周立着一圈垂头丧气的高照灯。所有人陆陆续续集合的场面，犹如一群群丧尸。

每个人都没睡醒，脑袋迟钝，说不了话。大家一边走一边穿校服外套，拉拉链。班主任最讨厌他们不拉拉链。他的原话说，“一个个跟吃了败仗的国民党散兵一样！”

学纪处长的训斥只出现在喇叭中，看不见人。他出了名地擅长“同位语”重复：

1. 全校同学——初一初二初三同学，高一高二高三同学——

2. 下周就是本学期做早操的最后一周；而这周，是本学期做早操的倒数第二周——

3. 可是你看看你们自己，有的没穿衣服，有的没穿裤子，有的衣服裤子都没穿——

一听到这儿她就想笑：难道除了校服才算衣服裤子，其他都算透明吗？

4.

之所以还是坚持去做早操，是因为可以看见她——就站在他视线的11点钟方向。两只耳朵宛如透明的扇贝，洁白的后颈，发际末梢翘着丝缕细发……太可口了……他的目光顺着她的脖子往下舔舐，那会是什么味道……再往下呢……他的脑子立刻着火了。不行，他一定要上去跟她说句话。已经过了一整个学期了，他还没跟她说上一句话。

就在他满脑子胡思乱想的时候，眼前的队伍像碎了的豆腐块一样涣散开来，升旗仪式都结束了，他还什么都没听见。

他眼睁睁看着她正在离去。离去。不行，他命令自己的双腿，赶紧跟上去，超过她，跑到前面——

然后他故意回头看了她一眼。

她看见——他整个人散发着血红血红的气场，周围的烟雾颤抖着。这人怎么了？这是……愤怒？生气？针对我吗？她一低头，赶紧绕开。

5.

就像一个人生来是色盲，但却往往要长到很大之后才能发现自己是色盲那样，她一度以为，所有人都能和她一样，可以看见他人心情的颜色，甚至，人与人之间气氛的颜色。

就比如她对面的那一栋男生寝室：一到晚上，下自习之后，几乎每个窗口都缓缓释放着像舞台彩色干冰那样的气氛。大部分都很……黄。也有红的。总之都是暖色系。少年人嘛，所谓血气方刚的颜色，大抵都是带着热度的。熄灯入睡后，那些颜色就渐渐消失了。偶尔还会蹦出一两个异色的尾气，像花火，一闪而逝，不知道是谁冒出来的什么心事。

周末回家，居民小区的万家灯火，在她眼里也呈现出五颜六色的烟雾状气体——红色烈火般的，绿色的诡异的，橙黄色与深蓝色相间的，浓淡各不相同。很多年了，她渐渐搞清楚了每一种颜色所代表的气氛与含义：

独居者很蓝：寂寞的颜色。

网吧里打游戏的少年们很红：亢奋激动的颜色。

走在路上，情侣勾肩搭背，气氛很黄，还带有一些紫：情欲的颜色。

大叔大妈经常是黑白灰：阴暗，愤怒的颜色。

蛋糕店里的人们颜色最多，有的粉红粉红的，还有的是淡绿色。她觉得那代表着温暖的，平静甜美的颜色。

但凡气氛激烈到一定程度，万家灯火的故事，就从一扇扇窗口溢出，她大概能猜到每个人心中的狼烟。

她也说不清是什么物质组成了那些狼烟。从小，她就对人与人之间的气氛色彩习以为常，印象深刻的一次，大概是十二岁左右，一个暴雨的夜晚，记不太清了——父母最后一次吵得你死我活，家里的气氛颜色从火红变成橙黄，最后彻底白热化，像火灾现场的浓烟，锅炉房的蒸汽……不断从他们的卧室涌出来。

原来，仇恨的气氛是灰白色的，会黏成一团浓雾，把她困住。她什么也看不清了。

第二天早上，她垂头丧气去上学，眼皮肿得抬不起来。同桌问，“咋啦吃错药啦？”

她说，“爸妈昨晚吵得烟熏火燎的……”

同桌白了一眼：“不愧是作文第一啊！……真会描述。”

“你爸妈也经常这样？”

“废话。懒得理他们。”

所以她也没觉得有什么异常。而等她发现不是每个人都能看到气氛颜色的时候，她已经有点大了。至少是小学六年级之后。记不太清。她拿着这个秘密像个烫手的山芋，不知如何处置。有时候，她会觉得自己像个神，通晓一切。虽然，神也有神的孤独；有着无处可说的，秘密的煎熬。

守着一个秘密长大是很烦的，想说而不敢说，想问而不敢问。秘密变成她的影子，她的朋友。她很喜欢夜晚，因为夜晚中人们的情绪更加浓烈，衬着夜色的底子，所有的气氛更加颜色鲜活。白昼里，人们大都情绪平淡，气氛也昏蒙暗淡，又也许是因为光线太亮，显得颜色并不清晰。

6.

进入高中之后，住校生活就开始了。第一个周，很不习惯，床板硬得发冷。期间，难得室友的妈妈来“探监”，隔着大门铁栅栏塞进来十斤周黑鸭，鸭脖鸭架鸭翅鸭爪一应俱全。大家齐心协力把这十斤东西藏进了教室储物柜，整个晚自习都在似有若无的卤香中煎熬着。

一下了自习，大家朝着周黑鸭的香味奔去，蜂拥而至她们寝室，饿狼似的啃了起来。叽叽喳喳地，边吃边聊，彼此陡然熟悉了起来。

她也拿了一只，啃得两只手都是油，却没加入谈话，只是站在窗边看对面。那是她第一次注意到男生寝室三楼靠右边尽头的那一扇窗子：那么纯净的深蓝色是很少见的。像海底的光芒荡漾。她数了好几遍，确信那个寝室是303。

303是单人间。每一层楼都有两个固定的单人间，面积比普通的四人间寝室要小一半，一般作为生活老师的值班室。但也有多余出来的，供特殊学生住宿，比如半途来的转学生，或者打呼噜打到所有人都睡不着的家伙。

她竟然很快就适应了硬板床，住校生活像一卷草席那样一寸寸展开，第二天，第三天……日子走上了某种轨道，同位语重复，机械流逝，从高一一开学，一直到那学期末，她都看见那个303寝室的窗口，每到夜晚倾泻出纯净，深蓝色的气氛，干干净净，像海，或者一小块星空。

知道身边有这么一个人，过着和你很相似的生活，多少是一种安慰。像一只手之于另一只手，或者一只鞋之于另一只鞋，沉默地，成双成对而生。

7.

之所以对那个蓝色印象深刻，是因为很久以前她记忆中也有这么一个邻居，窗口也渗出这种蓝。那是个唏嘘的故事，窗口的主人本来是个长得挺精神的姑娘，大学毕业生，那年头的天之骄子。人不仅长得美，还是马拉松冠军，很喜欢跑步。来了单位，被当成宝。

工作才不到半年，脑子里血管压迫神经，很快就半身瘫痪。一个春夏之间，从马拉松到轮椅，人生好像是个玩笑。一开始，单位上的人都说她是当代张海迪，不仅医疗报账种种通融，还发起捐款帮她治疗，“众筹”请了一个保姆照顾她日常起居。

但毫无好转迹象。

世上没人喜欢看不到结果的种子，所以那个姑娘很快被大家遗忘。一晃十多年，只有那个保姆陪着她，两人相依为命，十年如一日，也算忠心耿耿的传奇。但是据说，有次保姆倒开水，不小心倒在了姑娘的双腿上，但姑娘没有任何知觉，任开水流了一腿，活活烫成重伤。

她经常莫名其妙跑去轮椅姑娘那一层楼晃荡。在长长的，回荡着雨声的走廊里，站累了就蹲着，蹲累了就干脆坐地上。声控灯一熄灭，走廊就瞬间跌入黑暗，从门缝中，蓝色的气体从门缝渗出来，像舞台上的干冰那样，缓缓四溢。可能是因为日子实在是太枯白了，姑娘开始学拉大提琴。一开始琴声哽咽，把一段巴赫拉得坑坑洼洼，后来就好多了，琴声也像一个幼儿，摔摔爬爬学会了走路。有时候分不清是放的磁带，还是姑娘自己在拉琴，曲子忧郁如雪。

但南方并没有雪，只有很多雨。

她每天都惦记着跑去看看那个深蓝色的窗口，每天的颜色都和往常一模一样，一切如常，很好。她感到被陪伴，心里踏实。

生活像一盆永不沸腾的温水。在上学之前的好几年，那个姑娘的房间从来没有变成过别的任何颜色。直到后来某一天，毫无征兆的，那个房间的气氛变成了绯红。

她几乎吃了一惊，感觉深受背叛。

那种孤独……不应该是忠诚的吗？

某种因背叛而生的，不可名状的怨怒，现身为一头猛兽，拎着她，推着她，把她提了起来，按在那扇门上，又把她的耳朵压在门上偷听。

就在那一瞬间，屋内的声音突然就蒸发了，仿佛室内的人也发现了外面的偷听。她吓了一跳，后退一步，定住。过了一小会儿，屋内窸窸窣窣的声音又爬升了起来，她又尝试着，前倾身子，侧着脸，把耳朵靠近门面。但什么也听不清。她的目光只捕捉到门锁上的一小点可疑的污渍，下意识地用手指擦掉了。

她一回家，就装作漫不经心地向父母打听那个轮椅姑娘发生了什么，“人家结婚啦，跟一个聋哑人。”母亲说；“她爱人也是你们单位的？”父亲问。

聋哑。爱人。她记住了这两个词汇的发音，吃完饭，回房间，立刻翻出字典按拼音查找。

好吧，这大概可以解释为什么那扇窗子里透出的气氛变得不可捉摸，有时候灰白，有时候绯红，有时候紫黄紫黄的……“我原谅你，”她心想，“不过我再也不理你了。”

很快，她开始上小学，生活重心彻底转移，再没心思去关心那扇窗口。上学就意味着有一堆同龄人一起玩，很开心——可惜稍微上久了就很烦，天天就那几张脸，就那几节课，老师就那几句话翻来覆去：

> 讲完这题就下课。
> 我是为了你们好。
> 就你们班最不争气。

本以为长大了就好些，也没想到高中日子这么枯燥。烦的事情越来越多，日子跟代数一样叫人头大。周五放学，带着卷子回家，爸妈第一时间追问她月考多少分，她说，没考好，七十多分……

爸妈叹气：“怎么掉到了及格的水平，这样可不行啊。”

她也没好意思说满分是一百五。

随着期末考试快要到来，周末返校的心情就好像上坟。她望着堵得水泄不通的校门口，拖着沉重的脚步，走进铁门。

她把“何以解忧，唯有排骨”改成了签名档，他注意到了，心下一阵窃喜，没想到俩人的口味这么接近。就在上周末，他在想吃一顿排骨和期末考试进前十这两个愿望之间，选择了前者——因为前者便宜一些。

他回到只属于自己的单人间寝室，钻进被子，捂着头，小声许愿道，“让她今晚到天台上来吧！还有排骨，就要她最喜欢的那种做法的，我们一起吃。”

This will cost 40.5 meters, please press PLAY to confirm.

这么贵！？他气得把被子一掀，弹了起来。

太贵了。磁带总共长度也才80多米。不行，太贵了，再等等吧。等到愿望平息的时刻，就会便宜一些了。

8.

他是在非常偶然的情况下发现这一切的。

远在小学时代，忘了是哪一次没考好，他被父母轮番数落。他一顶嘴，数落就升级成挨骂。他知道再顶嘴就要升级成挨打，于是赶紧闭嘴，把复读机的耳麦戴上，放迈克杰克逊的磁带，埋头装做作业。他们骂得越大声，他越把复读机调大声。

父母显然知道他不是在听英语，冲过来要抢复读机。他抱着复读机冲进自己的房间，反锁；再钻进被子，死死将耳麦压在耳朵上，把音量开到最大，任父母砰砰砰砰地砸门。

“隔着被子，耳麦，我都还能听见他俩使劲儿敲门的声音，我忘了我当时喊了一句什么，‘哎呀你们别骂了行不行’之类的。就在这时，磁带突然卡带；复读机上面的暂停键突然就自动陷下去了，磁带变成了一种机械播报的声音，说：

'This will cost you 0.24 meters, please press PLAY to confirm.'

我英语太差了，根本没听懂，还以为是盗版货，出了问题，就使劲儿按了一下PLAY键，想继续放；诡异的是，我一按下去——就听见耳机里那个声音说，

'your wish is confirmed.'

接着磁带就快进了！呼啦呼啦，我手脚都乱了，不知怎么办，还好，它只快进了一小会儿，又继续正常播放了。我记得好清楚，那张卡带叫《Thriller》，整整要花十块钱。快进的下一首是《Billie Jean》。我觉得这事儿挺诡异，倒回去听刚才被跳过的那一段——竟然没了。”

“什么叫没了？”室友追问。

“只有一片白噪音，音乐声已经没了。”

“磁带被抹了？”

“对。重要的是，我当时没注意到，但后来注意到了——父母没再敲门了。外面变得很安静，等我过了一会儿，走出去准备洗澡的时候，我发现他俩好像忘了这回事儿似的，妈妈坐在沙发上打毛衣，看电视；爸爸在看报纸。他们还挺体贴地，说‘该洗澡了，早点睡，别太累了哈。’”

“所以你的磁带是……有许愿功能的？”室友忍不住想笑。

“对啊！”

“你是漫画看多了啊！”

那是他刚住校不久，十三岁，初一，第一次把这个秘密告诉别人。而室友的反应也在他的意料之中。在此之前，他独自藏着这个秘密，藏得十分辛苦。整个童年他都在致力于搞清楚“许愿的正确姿势”到底是什么：比如坐在课堂上，悄悄对着复读机说“让老师立刻打屁吧”——无效；在家里餐桌边，手里捏着复读机，默念：“让老爸立刻站起来跳霹雳舞吧”——无效……

经过很多次失败，他才弄清规则：

1. 必须是在他的那床小被子里；

2. 必须同时放着磁带，带着耳麦；

3. 愿望的代价，须在一定范围之内。否则，磁带只会提醒“Sorry, Insufficient remaining length.”

“为什么非要是那床小被子？”室友拧着眉头，问。

“你小时候有什么依恋物吗？他反问。

“什么叫依恋物？”

“就是某个你特别舍不得丢的东西，非要拿着，带着，之类的。

“勺子。”室友想了一分钟，确凿地说。

“勺子是什么鬼?

“小时候暑假嘛，我喜欢只穿着底裤在家里晃荡，盘腿坐在沙发上，把冰凉的大西瓜安放在盘腿弯儿里，一边看动画片儿，一边挖着吃。西瓜放那儿可奇异了，冰凉冰凉的，小鸟超爽都硬了，你懂得啦！唉哟……就是那把挖西瓜的勺子，塑料的，上边儿还有黑猫警长头像。我每天吃东西都非要用它;不用就不肯吃饭。”

“后来呢？”

“弄丢啦，哭呀。不吃不喝，最后是自己扛不住饿，就开始用筷子了。”

他真替室友遗憾，问，“你都没去试试那勺子有没有什么特殊功能？”

室友笑喷了，笑完，又发现他是认真的，气氛就尴尬了。室友正经下来，用一种验证神经病的语气，试探着问，“你都干了些什么愿望了？”

“让我妈闭嘴……肠粉……期末考双百……暂时没了。”

“没了？就这些！？你居然没想过——”室友一想到躺在硬盘里的那500G女优们，简直气晕了。

“我还没说完啊……这些愿望啊，不是定价的；同一个愿望，比如说我现在、立刻、马上、非要——吃到一碗肠粉，那可能代表我真的非常想要，这时候它就会特别贵！如果过了三小时，三天，三个星期……这愿望已经淡了，没那么想要了，那么一碗肠粉可能就只要0.01米……嘿嘿。”

“你磁带还剩多少长度？”

一被问到这个，他眼皮就耷拉下来了，拿起那盘MJ的磁带，举着，用食指戳进它的转孔，对着光：“其实吧，我算过，这盘磁带，单面播放也就半个小时多一点，带速4. 76cm/s，也就85米左右。”

“你蠢啊？你怎么不去许愿变出一亿盘这种磁带出来？”

“试过了……这想法本身就‘Sorry, insufficient remaining length’，我得省着点用。”

他们聊了一下午，直到窗外的阳光渐渐变成糖浆色。他为这个秘密从此有人分担而如释重负，却也没有想到，还没等到周一，周日晚上大伙儿一返校，他拥有那床被窝和磁带的事儿就传遍了全班。

回寝室的路上，一堆人在后边儿起哄，“唉哟喂……要不要招待我们跟内谁？昂？来它一百回合呗？”

“不贵嘛别舍不得嘛！”

一串不怀好意的笑声，像影子一样贴着他，听起来格外扎耳；旁边的女同学们侧目而视，手挽手，绕开他们，快步闪离。

包括她。

一见她绕开，他就心一沉。这么丢人的感觉还是第一次。更要命的是，大伙儿不肯罢休，进了寝室，一窝蜂按到他床上去折腾，非要看他那床小被子和磁带，闹得一个走廊都在看热闹。他只好拼命抵赖，终于挨到了熄灯，生活老师跑来强行制止喧闹。

本以为逃过一劫，没想到卧谈又开始了，大伙儿继续拿他开涮，还好说着说着话题就跑偏了，再次陷入老一套的孰骚孰浪的争论，又因为争不出高下，只好各自玩儿各自的器官，接着很快昏昏睡去。

“这帮混蛋，”他后悔得睡不着。在室友们此起彼伏的呼噜声中，他再次钻进被窝，戴上耳机，在MJ的歌声里，说，“让他们全都忘掉这一茬吧，就当我没说过。”

这次的错误花掉了10多米。他心疼到不行。十米，相当于八分之一。可以换来多少愿望？可他却用来弥补一个错误。整整八分之一哪，万一磁带的85米代表85岁人生呢？他会死吗？他是在耗费生命完成愿望吗？

焦虑一旦扩散就再也收拾不住了。他为此痛心疾首，当即决定搬去单人间，哪怕承担呼噜猪的恶名。还有，泄露秘密的代价是昂贵的，他再也不会干这种蠢事儿了。

就在那个晚上，他又梦见了当年那次搬家。爸爸扔掉了几乎所有旧物，他放学一回来，发现自己从小盖着的那床小被子不见了，疯了一样大哭大喊，他跑出去了，一路追到了废品站，翻东西，甚至惊动了警察，才终于找回那一床被子。那是妈妈能留给他的最后的印记了。

从那个晚上起，他就咬着被子睡，在父亲责备和嫌弃的目光中，无论怎么劝阻，他也死死不肯松手。

9.

作为外地寄读生，他周末不回家。与其回到那个陌生的新家，他更宁愿待在学校。每个星期五，人去楼空，只剩高三的那一栋还要补课。而到了星期六下午，连高三的都走了，整个学校清清静静，再也没有人跟他抢食堂，说实话他挺享受的。

寄宿学校的教室，什么东西都有。伊利盒装奶，奥利奥饼干，Nike水壶，晨光笔记本，还有日本牌子的笔，他读不出来牌子。暖手壶，MP3也忘在抽屉里。《看电影》《当代歌坛》《ELLE》。当然最多的还是卷子，书，一堆一堆。

什么东西都有，就是没人。他并不觉得寂寞，反倒很喜欢在周末空空荡荡的教室里坐着，真希望就这么一直坐着，星期一永远别来。

有时候去学霸的位子上坐一坐——那个位子特别空，什么都没有，抽屉里两根圆珠笔，连辅导书都没有，他感觉沾不到什么光，讪讪地走开；有时候则会踩在某个他最讨厌的家伙的桌子上，使劲踹他的抽屉，非常解气。但是每次踩完，他还是会用餐巾纸把那人的桌子椅子擦干净，嘴上念念有词，“怂蛋。”也不知道是在骂那个家伙，还是骂他自己。

他不止一次地坐到她的座位上去，仅仅是坐在那儿。感受这个凳子，她坐过的……她的臀部就在这凳子上坐过的……这令他心驰神往。他熟悉她抽屉里的每一样东西。他仔细闻过她抽屉里的护手霜的味道，打开过水杯查看，也抚摸她用过的书本，最后略带愧疚地放回去。

又是个非常平常的星期六下午。食堂周末的饭菜比平时更难吃，他根本没饱，拿着两根烤糊了的香肠，晃晃悠悠回到空荡荡的教室里，东看看，西晃晃，偷了一块同桌抽屉里的饼干，一咬，才发现已经潮了，发软，于是又放回去。一想到下周一同桌又会尖叫“啊！有耗子！”他就想笑。

就在这么在教室里跳来跳去，磨叽了一两个小时，才开始写卷子。一边写，一边把腿跷在同桌的凳子上，摇啊摇。他根本写不进去作业。卷子上的每个数字每个符号都在跳霹雳舞，活蹦乱跳，他一个都不认识了。他手心冒汗，焦虑地不停转笔。圆珠笔像个微型螺旋桨似得在他手上飞转。

她在做什么呢？在家？玩儿？看电视？她躺在床上吗？她在做作业吗？……她会在想我吗？她穿衣服了吗？……思绪如蛛网密织，缠得他一整个下午一道题也没写进去。“要是现在能在天台上见一见她就好了。抱一抱更好。”

啪的一声，圆珠笔又转掉了，像个报废了的直升机螺旋桨一样飞了出去。他起身去捡，一抬头，看见窗外下起了雨。雨丝纷乱而他心乱如麻，突然决定现在就回寝室去。立刻，马上，现在就钻进被子戴上耳机……

“让我现在就见到她吧。就在天台上。要有伞。我给她放一首歌。”

Sorry, insufficient remaining length.

什么！？上一次还只需要四十米；现在涨得剩余长度都不够了？！“……好吧，那就让她周日晚上返校的时候再来天台。”

Sorry, insufficient remaining length.

磁带里的声音无比冷漠。怎么会这样！？该死……他气得差点摔了复读机。那是MJ的声音吗？MJ你也太残忍了。他愤愤地想。

“好吧，就让她周一早上来天台吧……还有排骨，对。她爱的排骨。我们一起吃。”

This will cost all the remaining length. Please press PLAY to confirm.

磁带的回答令他吃了一惊，这是头一次听到磁带说：ALL THE REMAINING LENGTH. 磁带甚至在ALL这个单词上读了重音。

连周一上午在天台见一面的愿望都这么昂贵吗？照他以前的经验，所有的欲望都是符合边际递减效应的，只需要缓一缓，就会跌价；偏偏这个愿望非但没有淡去，反而愈加强烈，愈加昂贵了。

他终于意识到，不能等待了。再等下去，愿望就永远无法实现了，会变成永远的遗憾。

他几乎带着眼泪，按下了三角形的播放键。

Your wish is confirmed.

磁带哗啦啦地快进起来，他的心也仿佛被卷入了绞肉机。他盯着那两个转孔，几乎看傻了。他眼睁睁地看着磁带轻轻发出“咔”的一声，卡在了尽头。

没了，结束了。

结束了！？他盯着那一盘快进到尽头的磁带，感觉下坠一般的无助和空虚。他甚至没有用这盘磁带来许愿什么“考上清华”“将来成为银行家”“让那个教导主任摔个狗啃屎”……他甚至舍不得周末多吃上几顿排骨。

节省到今天，竟然省出了一个如此昂贵的愿望……他快速倒带，倒带，然后戴上耳机听——他多么盼望一切只是一个梦，MJ能再次唱起：

So beat it, just beat it……

妈的什么叫beat it，什么意思到底？他有一盘能实现愿望的磁带，比耶稣菩萨真主加起来都更靠谱——却什么都没能打败。“而她甚至什么都不知道……什么都不会知道。”

那一刻他的心情变得很蓝很蓝。蓝到像是迷路在深海中央。

她从未见过那么深蓝的烟雾，周日的晚上，303窗口变得像深海中的蓝洞，缓缓吐露着幽暗，纯净的蓝烟，那情景使她深感安慰，就好像知道世界上有另外一个和你过得一样孤独。

原来不止自己一个人这么烦恼。她盯着那个深海蓝洞般的窗口，想了想，跑去打了一个电话：“马上要期末考啦，这周末不想浪费时间回家啦，路上好堵！不如用来赶作业，好多同学都不回去……”

父母答应了。学习真是万能借口，她想着，松了一口气。

其实更主要原因是，周日晚上一返校，就发下来一堆没考好的卷子，死人纸似的飘到她桌上。她实在不想回去面对父母了——虽然她真的很想念排骨，一想到它那琥珀色的眼睛，毛茸茸的笑容，她就整个人都酥软下来，心情蓬松而洁白。

“何以解忧，唯有排骨哪。”她感慨着，盯着它的照片，那毛茸茸的洁白的笑容叫她看得发呆。

10.

教学楼南面的天台，他已经去过无数次了。他非常喜欢那儿的风。高高的，离天空很近很近，放眼望去可以看到很远的城市中心。早晨去过，落日的时候去过，晚自习的时候去过；据他所知，只有他去过。

周一是个深蓝色的早晨，和后来很多个深蓝色的早晨一样。在生活老师还没喊起床之前，他就爬了起来，迅速穿衣刷牙；寝室大门打开的第一刻，就冲了出去。

竟然还在下雨——他担忧起来，她还会来吗？

起床啦！起床……起床啦！起床……

每一声带“啦”的都是波峰，不仅更强烈，还伴随着粗暴的敲门声，经过走廊的震荡扩音，形成了回声。波浪沿着寝室一间间拍打过来，从那一头到这一头，由远及近……

到了到了到了赶紧塞住耳朵不然会很刺耳——砰砰砰！

“起床啦！起床——”

在这催促声的捶打下，她被迫跟着大家一起翻身，蠕动，赖床，直至不可能再赖。《运动员进行曲》轮番滚动在走廊里，大家梦游着刷牙，换衣服，迷迷糊糊地出门。

天还没亮，雨点敲打在自行车棚上，响亮犹如紊乱的军鼓。路灯之下，屋檐下的水珠仿佛沿着路边点燃了一串烛光。他顶着雨，跑向教学楼，三步两步上了楼梯。

到了，到了，最后十级台阶。方方正正的出口，沿着门缝，呈一个长方形的光之框，就在前方；他放慢脚步，一级一级地，整理自己的呼吸。

推开通往天台的门，一团毛茸茸的，洁白的笑容迎头而来，吓得他几乎弹了起来。

11.

又一个周一就此开始了，宿舍的出口流出许多人影；她汇入丧尸一般的队伍，一边拉拉链，一边赶往操场。细雨把她的头发挠痒了。她抬起头正准备拉上帽衫，赫然看见天台上冒着彩色的烟雾，粉绿色的黄的红的……那分明是排骨这种傻瓜才会有的心情，怎么会出现在天台上？

她不知不觉朝着那个发光的天台走去，越走越偏，远离了队伍。

教学楼还是一片漆黑，没灯。她小心翼翼地上楼，一边恐惧，一边停不下来。通往天台的最后十级台阶显得很长，她听见排骨在叫。她满腹狐疑，加快了脚步，朝着前方那口方方正正的光亮而去。排骨粗重的呼吸声，近了，近了，那张毛茸茸的笑容出现在她面前，耷拉着粉红色的舌头，摇着尾巴，把彩虹色的气氛搅动成一团螺旋状的颜料。

她惊讶得什么都说不出来，顺着排骨的引领，上了天台。她看见一个人戴着耳机，在一溜窄窄的栏杆边儿上，闭着眼睛，摇头晃脑。整个人像是一块颜色更深一点的靶子，雨如光箭，朝他落去。

他紧张极了，心里有十万匹野马撞如乱林。她看到他散发着无比复杂的心情，是深蓝色与暗红色相间，还有……一些绿色，浅紫色……他取下耳机的一边，递给她："这是我最喜欢的一首歌。送给你。"

她不知道这首歌的名字。她只是接过来听。在声波的扩散中，弥留的云朵正在一点点消退，天际线撕裂了，漏着光。

他觉得那首歌仿佛永不结束，雨永不结束，这一刻也永不结束。她看见他渐渐红得像一口锅炉。于是她笑了。

"我想跟你说……"

他卡在这儿，停了好久也没说出来。在一小段空白中，So beat it.

他突然明白那是什么意思了。